·

RHYS FORD

'NOTHER SIP OF GIN

RHYS FORD

'NOTHER SIP OF GIN

Publié par
DREAMSPINNER PRESS

5032 Capital Circle SW, Suite 2, PMB# 279, Tallahassee, FL 32305-7886 USA
www.dreamspinnerpress.com

'Nother Sip of Gin
Copyright de l'édition française © 2023 Dreamspinner Press.
Titre original : 'Nother Sip of Gin
© 2020 Rhys Ford.
Première édition : août 2020
Traduit de l'anglais par Emmanuelle Rousseau.

Illustration de la couverture :
© 2020 Reece Notley.
reece@vitaenoir.com
Conception graphique :
© 2023 L.C. Chase.
http://www.lcchase.com
Les éléments de la couverture ne sont utilisés qu'à des fins d'illustration et toute personne qui y est représentée est un modèle

Édition e-book en français : 978-1-64108-572-4
Édition imprimée en français : 978-1-64108-573-1
Première édition française : avril 2023
v 1.0

Édité aux États-Unis d'Amérique.

À Holly et Mike pour s'être battus afin que la musique continue pour moi.

Aux Cinq, qui rient et dansent avec moi, mais non, nous ne chanterons pas à propos d'un cheval à l'extérieur en dépit du désir des Irlandais dingues.

Et pour chaque lecteur qui entend la musique du groupe dans son cœur durant sa lecture.

Remerciements

Comme toujours, je remercie les Cinq; Tamm, Penn, Lea et Jenn. J'adresse également toute ma tendresse à Bru, Elizabeth, Naomi, Gin, Liz et tout le monde chez DSP.

Je ne pourrais pas écrire sans musique, et la liste des musiciens qui ont alimenté mes paroles et inspiré mon âme est bien trop longue pour être répertoriée ici, mais je remercie chacun d'entre eux d'avoir élevé la voix et d'avoir crié sur ou pour leurs démons.

Fortunes laissées sur du papier
Grille de fer dans mon dos
Une poignée de chansons dans mes poches
Tu m'as tiré du noir
Dragons dans les rues
Feux d'artifice dans le ciel
Nous sommes partis et avons bouclé la boucle
Une boucle du temps passé
Pécheurs à la croisée des chemins
Un X sur la route
Siroter du gin, compter le temps
Se préparer à exploser
— Une autre gorgée de gin

AU COMMENCEMENT

— PUTAIN, SINJUN, cracha Damie, perché sur un grand tabouret. J'aurais besoin d'une main supplémentaire pour effectuer cette maudite transition telle que tu l'as écrite.

L'étrange chaleur estivale rendait San Francisco étouffant et oppressant, semblant aspirer l'oxygène de l'air pour laisser derrière elle une vapeur sablonneuse humide à respirer. Anéantie par la vague de chaleur, la ville se retranchait dans ses trous, éloignant la plupart de ses habitants des rues, laissant derrière eux les touristes désireux de visiter les sites touristiques et de poser à côté de monuments tout en se flétrissant sous le soleil implacable.

En dépit des règles strictes de l'immeuble, Damie avait convaincu la propriétaire de la chambre de bonne de lui permettre de partager son espace avec Miki, lui promettant toutes sortes de faveurs et de bien se conduire si elle faisait semblant de fermer les yeux. Ayant soit un point faible dans la tête ou dans le cœur, elle avait accepté, et ils s'étaient installés dans la petite pièce avec sa kitchenette de fortune et une salle de bain partagée avec les treize autres personnes de l'étage. Malgré tout, c'était un logement situé dans un angle, convoité pour ses deux fenêtres et, en dépit de ses dimensions réduites, l'une des plus grandes pièces que les chambres de bonne avaient à offrir. Miki ne savait pas ce que Damie avait offert à la vieille Weng pour obtenir cette chambre, mais il s'en moquait. Les deux fenêtres leur fournissaient un léger courant d'air, évacuant la majeure partie de la chaleur hors de la pièce avec des ventilateurs bien placés. Malgré la brise tiède et humide, la ville donnait l'impression de retenir son souffle, attendant que quelque chose fonde sur elle.

Miki ne pouvait qu'espérer que ce quelque chose serait un orage et qu'il apporterait un peu de fraîcheur sur les collines en pente et dans les rues sinueuses. Un espoir sur lequel on pouvait parier sans risque, surtout depuis que l'air était devenu métallique, une odeur d'acier brûlé, emportée par la brise chaude, apportant avec elle une promesse de pluie.

C'était soit ça, soit le magasin d'automobiles de l'autre côté de la rue avait une nouvelle voiture qui prenait feu et il ne faudrait que

1

quelques minutes avant qu'on ne soit agressé par les sirènes des camions de pompiers.

— Cette merde enfreint toutes les règles d'écriture d'une partition de guitare, grogna Damie. Pas étonnant que personne ne veuille faire partie de notre groupe.

— Ils ne veulent pas faire partie du groupe, parce qu'ils pensent que tu es un connard à vouloir faire des répétitions, rappela Miki à son meilleur ami. Trois fois par semaine ne semblent pas rien. Et ce gars ? Dave ? Celui que nous avons rencontré chez Queenie ? Il avait l'air sympa.

— Ouais, je l'aime bien. Stable. Toi, tu l'aimes bien, parce qu'il t'a filé le reste de son hamburger.

Damie adressa un sourire à Miki et gloussa en voyant le majeur levé de son camarade, avant d'ajouter :

— Nous avons besoin d'un bassiste. À moins que tu ne comptes jouer de la basse.

— Je ne peux pas chanter si je joue de la basse, fit-il remarquer en secouant la tête. Ça me fait chier. Je peux l'écrire, mais je ne peux pas faire les deux en même temps. Ça me fait perdre le rythme dans ma tête. Sauf si nous avons un autre chanteur.

— Sinjun, il est hors de question que je couvre ta voix sous une guitare basse.

Damie gratta de nouveau les accords, étirant ses doigts jusqu'à ce qu'ils atteignent les bons emplacements.

— Tu es d'accord pour monter sur les planches, n'est-ce pas ? La dernière fois que nous sommes montés sur scène, tu avais l'air… un peu à l'ouest.

Miki se laissa tomber sur le matelas qu'ils avaient installé sous la fenêtre du mur étroit. Un autre, identique à celui-ci, reposait contre le mur opposé, étalé sur une plate-forme surélevée afin qu'ils puissent utiliser l'espace en dessous afin d'y ranger leurs instruments chaque fois qu'ils quittaient la pièce. Puisque Damie utilisait le lit rehaussé pour s'asseoir et s'entraîner, ce matelas était le seul autre endroit où Miki pouvait s'étaler. Les draps avaient l'odeur de Damie : un peu de sueur nocturne, de talc pour bébé et de lavande mentholée provenant du savon qu'il avait acheté au rabais dans le magasin de déstockage. Il n'y avait pas assez d'oreillers sur le lit de Damie pour que Miki s'y sente vraiment à l'aise, mais cela ne le dérangeait pas. Surmonté de quelques carrés de mousse à mémoire de forme qu'ils avaient récupérés dans une pile d'objets de locataires expulsés, madame Weng les avait mis à la disposition de ceux qui les désiraient, le lit était doux et berçait le corps allongé de Miki, soulageant en partie les douleurs de croissance qui rongeaient ses articulations.

— J'AI CRU voir Vega dans la foule, déclara-t-il.

Damie se redressa instantanément. Miki écarta d'une main l'indignation et la colère qu'il savait devoir supporter s'il laissait Damie se déchaîner.

— Ce n'était pas lui, mais cela m'a un peu remué. Parfois, j'ai peur. Merde, il ne peut plus me faire de mal désormais, et pourtant, c'est comme si en voyant quelqu'un qui lui ressemblait même un peu, je me recroquevillais à l'intérieur. Que se passera-t-il le jour où ce sera vraiment *lui*. Qu'est-ce qui m'empêchera d'aller lui foutre mon poing sur la gueule ?

— Putain, je t'aiderai.

Damie posa sa guitare, puis se glissa sur le matelas à côté de Miki, arrangeant les quelques oreillers autour d'eux.

— Je maintiendrai ce bâtard pendant que tu cogneras. C'est le moins que je puisse faire. Laisses-en juste assez pour moi quand tu seras à bout de souffle.

— Je suis le chanteur. Je ne peux pas manquer de souffle, le taquina-t-il, enfonçant ses doigts dans les côtes de Damie. Il m'a toujours dit que personne ne me croirait. Que je pourrais le dire à n'importe qui, on se contenterait de me reconduire chez lui. Certains l'ont fait. Des travailleurs sociaux ont dit que j'étais un menteur et qu'ils ne parvenaient pas à comprendre pourquoi je ne voulais pas être hébergé chez un gars aussi génial que lui. J'aimerais pouvoir les cogner eux aussi.

— Hé, Sinjun, je te promets une chose… d'accord, peut-être plusieurs choses, mais principalement *une*, murmura Damie, attirant Miki contre lui.

Il faisait trop chaud pour être l'un contre l'autre, bien trop chaud pour même parvenir à respirer, cependant Miki ne se serait pas éloigné de lui, même s'ils avaient été en feu.

— Toi et moi… nous sommes un tout. Pour toujours. Peu importe ce qui se passe, peu importe où nous allons, je serai toujours ton frère. Nous sommes la seule famille que nous ayons. Peut-être tout ce que nous n'aurons jamais, mais personne ne te touchera plus jamais comme ça. À moins que tu ne le souhaites.

— Ouais, c'est vrai, renifla Miki.

Il enfonça de nouveau un doigt dans son flanc jusqu'à ce que Damie hurle et s'écarte vivement sur le côté.

— Qui diable va vouloir d'un putain de connard brisé comme moi ?

— Tu serais surpris, Sin. Bon sang, tu vas devoir repousser les gens avec une batte de baseball, surtout une fois que nous commencerons à faire la tournée.

Se frottant les côtes, Damie ricana en ajoutant :

— Juste une chose, le jour où tu tomberas amoureux, assure-toi que c'est quelqu'un qui comprend qu'il hérite d'un lot. Même chose pour moi. Il ne peut pas en avoir un sans obtenir l'autre, et si ça ne lui convient pas, alors il dégage.

— Toi ? Peut-être, contredit Miki. Moi ? Il y a peu de chance.

— Fais-moi confiance. Tu tomberas amoureux.

Penchant la tête, Damie rectifia :

— Tu pourras donner des coups de pied, crier et mordre, mais tu trouveras quelqu'un sans qui tu ne pourras pas vivre et putain, que Dieu lui vienne en aide, bordel. Espérons que ce sera quelqu'un avec la tête sur les épaules. Peut-être une sorte d'avocat. Quelqu'un de stable. Merde, avec une grande famille qui te donnera envie de courir en hurlant chaque fois qu'il te dira qu'il est l'heure d'aller leur rendre visite.

— Ouais, va te faire foutre, D, grogna-t-il en le repoussant. Retourne à ta guitare, parce que la prochaine chose qui risque de sortir de ta bouche c'est que je vais tomber amoureux d'un flic, et ce sera difficile pour toi de réussir cette transition avec tous les doigts que je risque de te casser.

KIRIN DE DAMIEN

Tokyo – Damien Mitchell et Miki St John

TOKYO ÉTAIT un enchevêtrement de lumières, de métal, de voitures et d'une langue que Miki aurait été incapable de comprendre même pour sauver sa vie, mais la nourriture était géniale et la foule incroyable. Ils devaient jouer quatre concerts au Japon, à guichets fermés dans chaque salle, mais c'était Tokyo qu'ils attendaient.

Le *Budokan*.

La nuit précédente avait été… époustouflante. Miki ne pouvait pas imaginer comment leur vie pourrait être meilleure. Debout sur la scène – une scène légendaire – pour un test son, il avait été rempli d'humilité et entraîné dans une spirale d'anxiété seulement brisée lorsque Damien avait placé une main au milieu de son dos, la pressant entre ses omoplates.

— Si on affiche complet, je me paierai le tatouage que j'ai toujours désiré, murmura son frère sous le bourdonnement des amplis qui s'allumaient derrière eux. Dave m'a mis en contact avec un type d'ici, à Tokyo. Apparemment, c'est un incroyable tatoueur. C'est vraiment underground ici, mais si tu connais un mec qui connaît un mec, il te tatouera. Je lui ai déjà parlé au téléphone et j'aimerais que tu sois avec moi.

— Où d'autre pourrais-je me trouver? répliqua Miki avec un reniflement. Même si nous ne faisons pas salle comble, fais-le. On joue au *Budokan*, D. Le fait que nous soyons sur cette scène est… Je n'ai pas de mots, frangin. Fais ce tatouage. Je serai présent à tes côtés.

Ses oreilles vibraient toujours, et comme pour n'importe quel grand spectacle, chaque fois qu'il tournait la tête, Miki entendait un bourdonnement, un baiser audible laissé dans ses tympans, parce qu'il se tenait devant des colonnes d'amplis. Cela faisait partie des risques du métier, il savait qu'il aurait dû porter les bouchons d'oreilles discrets que Johnny lui lançait au début de chaque concert, mais ils atténuaient le bruit de la foule, et Miki voulait entendre chaque applaudissement jusqu'au dernier et chaque acclamation hurlée.

Parce qu'il ne jouerait plus jamais sur cette scène. Ou du moins, il n'aurait plus jamais cette première fois, alors il voulait se gorger de la joie explosive du public qui chantait et dansait sur leurs chansons.

LE BOURDONNEMENT en valait *vraiment* la peine.

Damien trouva un chauffeur pour les emmener, principalement en soudoyant le concierge de l'hôtel pour trouver quelqu'un qui les emmènerait dans les profondeurs des bas-fonds de Tokyo après le refus du chauffeur du groupe. La voiture était minable et abîmée, mais le jeune Japonais qui avait sauté par la portière du conducteur avait été ravi de les rencontrer, demandant leurs autographes tout en brandissant un CD pirate de leur premier album. Ils l'avaient signé avec gratitude, et Damien avait demandé à l'un des grooms d'aller chercher une chemise du groupe dans leur zone de stockage pour leur chauffeur, scellant ainsi leur amitié avec le type portant le nom improbable de Stan.

— Maru Tattoos ? s'étonna Stan, dans un anglais fortement accentué quand Damien lui montra l'adresse obtenue par téléphone. Tu vas te faire tatouer ? Ici ?

— C'est le plan, répondit Damien. Je suis censé y être dans une heure. Penses-tu que nous pouvons y arriver à temps ?

— Je peux vous y amener, promit Stan. Difficile de se garer dans le secteur, mais je trouverai une place après vous avoir déposé et j'attendrai. Vous appellerez lorsque vous aurez terminé. Je vais vous donner mon numéro de téléphone.

— Ça va prendre des heures, prévint le guitariste. Je ne sais même pas si ça sera terminé aujourd'hui. C'est un motif sur le dos.

— Dans ce cas, je vous retrouverai sur place, et si vous avez besoin de quelque chose, je le trouverai pour vous.

Stan se glissa dans un flot de circulation insensé, agitant son bras par la fenêtre ouverte alors qu'il s'insérait au milieu des voitures.

— Vous aurez besoin de beaucoup de caféine. Cela aidera à soulager la douleur.

— Eh bien, j'espérais un peu du whisky, marmonna Damien depuis le siège arrière pour Miki. Mais je suppose que le café est la meilleure chose sur la liste.

Stan ne plaisantait pas. Les rues devinrent de plus en plus étroites jusqu'à ce que même la petite voiture noire ait du mal à entrer et à sortir

6

des virages serrés. Ils s'arrêtèrent sur ce qui ressemblait à un trottoir et tournèrent à droite, évitant de peu une pancarte représentant un canard dansant tenant une paire de baguettes au-dessus. Miki attrapa la sangle qui pendait à côté de la fenêtre, hoquetant quand elle se détacha et lui resta dans sa main. Damien se contenta de rire, puis passa son bras autour de sa taille, le tenant fermement alors que Stan effectuait un autre virage insensé. Ils roulèrent dans les ruelles étroites et sombres pendant vingt minutes vertigineuses, la voiture s'arrêta brusquement dans un crissement et Stan se retourna, souriant d'un air extatique.

— Je ne peux pas m'avancer davantage. Trop serré.

Stan brandit un doigt en avant, pointant une passerelle vers la gauche.

— Vous voyez le panneau rouge avec le cercle dessus ? C'est Maru. Allez-y et je viendrai vous retrouver. Vous voulez du café ? Glacé ? J'apporterai aussi des *ika*. Vous voudrez sans doute quelque chose à manger.

— C'est de la seiche, marmonna Miki à Damien dans un souffle.

— Est-ce que je vais aimer ? questionna Damien.

— Je les aime. Mais je les préfère chaud.

Miki fouilla dans sa poche et trouva une poignée de yens.

— Peux-tu acheter ceux qui sont épicés ? Ou les doux en roulé ? Ceux-là sont bons.

— Sans problème, assura Stan en récupérant l'argent. Je vous rejoins bientôt.

Quelques instants plus tard, Damien et Miki se tenaient sous une rangée faiblement éclairée par des lanternes en papier, fixant la petite voiture de Stan qui s'éloignait, crissant en tournant dans un coin et disparaissant de leur vue. Se raclant la gorge, Damien gloussa, donnant un coup de coude à Miki.

— Penses-tu que nous le reverrons un jour ? interrogea-t-il en riant.

— Seigneur, j'espère bien. Parce que sinon, nous allons devoir appeler Edie et la supplier d'envoyer quelqu'un pour venir nous chercher, grogna Miki. Et elle n'aime pas recevoir ce genre d'appels téléphoniques. Tu te souviens de ce qu'elle a fait à Dave quand il s'est retrouvé coincé dans le bassin des lamantins en Floride ?

— Mec, je pense que ça avait moins à voir avec le bassin des lamantins que l'arrivée d'un appel à trois heures du matin, répondit Damien. Mais oui, elle n'était pas heureuse. Eh bien, j'espère que Stan reviendra, et sinon, nous trouverons juste un endroit où boire. Il est presque dix heures actuellement ;

7

peut-être que nous n'aurons même pas fini avant l'heure du petit-déjeuner et que tout ira bien.

Il y avait à peine assez de place pour marcher et tous deux durent se baisser plusieurs fois pour éviter un fil ou une lanterne qui pendaient sur le chemin. À en juger par les bouteilles en verre de bière et de saké placées dans les étagères en bois suspendues au-dessus de nombreux rideaux surmontant les portes, la ruelle était l'endroit où les gens venaient picoler. Le rire bruyant sortant d'un endroit était aussi familier que ceux que Miki avait entendus dans d'innombrables villes, mais les odeurs de nourriture qui émanaient du comptoir d'un magasin de *yakisoba* provenaient indéniablement de Tokyo, un riche mélange de saveur salée avec un soupçon de curry en arrière-plan. Son estomac grogna un peu alors qu'ils avançaient, Damien le rattrapant par le coude quand Miki ralentit pour regarder le menu imagé collé sur le bord de la fenêtre de commande ouverte de la boutique.

— Plus tard. Ou du moins, tu t'y rendras quand je hurlerai de douleur et que j'aurais besoin de quelque chose dans ma bouche en plus de ma propre langue, dit Damien en l'entraînant. La boutique est juste là.

— Très bien, accorda Miki à contrecœur. Mais tu me dois des nouilles. Peut-être même une bière.

— Seigneur, quand il ne s'agit pas de musique, c'est de la bouffe. Tu n'as que deux idées fixes dans ton crâne, répondit son frère. Laisse-moi juste rencontrer ce Ichiro Tokugawa et je te libérerai pour te laisser récupérer des nouilles. Juste… ne te tire pas comme Stan. Je te veux avec moi quand il commencera.

— Mec, je ne vais nulle part, promit Miki. Je resterai avec toi jusqu'à la fin. Et si ce Ichiro fout en l'air ton tatouage, je t'achèterai même du whisky… juste avant d'appeler Edie pour qu'elle me fasse sortir de prison pour meurtre.

LA PREMIÈRE morsure de douleur vint rapidement et puissamment, une langue de feu sur sa peau qui s'infiltra dans ses os. Agrippant le dossier de la chaise sur laquelle il était assis, Damien respirait à travers la piqûre de charbon traîné sur sa chair et se concentrait sur tout ce qui se trouvait devant lui… tout ce qu'il pouvait voir à travers le voile de larmes obscurcissant sa vision.

Il adorait le motif, un kirin élaboré avec un sourire provocant et une crinière enflammée, mais Ichi l'avait prévenu que cela prendrait plusieurs séances. Ils avaient pris des dispositions pour le revoir à San Francisco et Los Angeles quand Ichi viendrait faire une tournée, mais le travail initial – la partie la plus difficile – serait fait à Tokyo, une portion de six à sept heures de contours assortis de pointillé noir.

Il prévoyait d'ingurgiter une sacrée quantité de boissons alcoolisées une fois qu'il pourrait se relever de sa chaise.

Son frère, Miki, avait faim… mais pour être honnête, Miki avait toujours faim.

Il avait grandi depuis le jour où Damie l'avait entendu chanter du Joplin à tue-tête sur une issue de secours de Chinatown, il avait aussi gagné un peu de masse musculaire, ajoutant une force nerveuse à sa silhouette élancée. Ses cheveux étaient plus longs, une crinière brune striée de châtain en désordre, et son visage s'était rempli, le faisant passer d'un gamin mignon comme un tamia à un jeune homme incroyablement beau. Ses yeux noisette mouchetés de vert demeuraient identiques, prudents, sceptiques et généralement mi-clos, absorbant tout ce qui l'entourait.

Tout comme il le faisait en ce moment.

À minuit, le magasin de tatouage était animé, rempli de bavardages d'artistes et de quelques clients qui n'arrêtaient pas de jeter des regards furtifs sur le chanteur métis étendu sur un fauteuil à oreille en velours patiné qu'Ichi avait traîné à proximité pour que Miki s'asseye. Rester assis était… difficile pour lui. Il se prélassait sur le siège, son corps maigre semblable à un liquide sinueux versé dans un abandon élégant de la physique et de manières, ses longues jambes drapées sur l'accoudoir du fauteuil. Si cela avait été quelqu'un d'autre, Damie aurait pensé que la disposition astucieuse des membres et l'inclinaison érotique de la tête de Miki contre la courbure supérieure du siège étaient une pose calculée destinée à séduire et à exciter.

Damie ne s'y trompait pas. Miki était complètement oublieux de son environnement.

Pas au point que ses yeux ne se crispaient pas quand Damien sifflait sous la douleur croissante, mais ignorant tout de même à quel point il affectait beaucoup de gens dans la boutique.

Curieusement, aussi magnifique et sensuel que soit Miki, il ne déclenchait absolument rien chez Damien… sauf invoquer un besoin de protéger son frère et peut-être pousser autant de nourriture dans sa gorge qu'il était humainement possible.

Quelqu'un dans la boutique changea la musique, passant du classique «L'arc En Ciel» à Sinners Gin, et Damien rit quand Miki leva les yeux au ciel.

— Pourquoi n'irais-tu pas acheter ces nouilles que tu voulais ? suggéra Damien à travers un sifflement. Je vais rester ici un moment.

— Tu en veux aussi ? Ou veux-tu que je te prenne du café à la place ? demanda Miki, en se levant de son siège avec une grâce nerveuse. J'ai ma carte sur moi et un peu d'argent, mais le magasin de nouilles avait un de ces panneaux, donc ça devrait aller.

— Contente-toi… de m'acheter un truc froid. Bordel de merde, ça fait mal.

Damien inspira un peu d'air, espérant calmer la brûlure de l'intérieur. Ichi murmura quelque chose qu'il prit comme une question pour savoir si Damien voulait s'arrêter, alors il secoua la tête.

— Je vais bien. C'est juste… putain, c'est juste cet endroit.

— La colonne, c'est le pire, confirma Ichi avec un marmonnement approbateur. Eh bien, les cous aussi. Tout ce qui contient du tissu conjonctif. Parfois la douleur voyage, alors on la ressent ailleurs. Si tu souhaites t'arrêter…

— Il ne le fera pas, affirma Miki en reniflant. Il est têtu comme une mule. Il rampera probablement hors de sa tombe, parce qu'il ne sera pas prêt à mourir quand le Faucheur viendra le chercher. Vous verrez.

— Va chercher tes foutues nouilles. Et peut-être une bière, grinça Damie en jetant un coup d'œil au reflet du tatoueur dans le miroir en face de lui. Une bière, c'est bon ? Pouvons-nous boire ? Est-ce que *tu* veux boire ?

— Rien pour moi. Je… pilote une aiguille, plaisanta l'artiste japonais, déplaçant sa chaise pour travailler par-dessus l'épaule de Damien. Et oui, tu peux boire… un peu. Ne te saoule pas. Ce n'est pas bon pour la peau. S'ils ont un Bossccino glacé, ce serait sympa.

— D'accord, de la bière à l'eau de pisse pour Damie, du café pour Ichi et des nouilles pour moi, grogna Miki à leur intention. Je reviens dans un instant. J'espère qu'ils ont du poulet. Je veux dire, la pieuvre, ça va, mais je préfère du poulet.

Ichi s'immobilisa, éloignant l'aiguille bourdonnante de la peau de Damien, et une expression pensive s'installa sur ses beaux traits alors que Miki quittait les lieux, laissant le *noren* retomber derrière lui. Damien connaissait cette mimique. Il l'avait vu mille fois auparavant, néanmoins,

Ichiro replongea simplement la tête de sa machine à tatouer dans l'encrier et reprit son travail.

— Bon sang, je ne sais pas ce qui est pire, marmonna Damien. Que tu travailles sans t'arrêter ou que tu t'arrêtes assez longtemps pour que ma peau croie que c'est fini, puis que tu recommences.

— Je pense que c'est pire quand on s'arrête.

Une autre pression et la brûlure recommença à un endroit différent, au moment où il ajouta :

— Parle-moi de ton ami. Il a l'air… compliqué. Beau, mais *très* compliqué.

— C'est sans doute la meilleure description de Miki St John que j'ai jamais entendue.

Damien se tint extrêmement immobile alors que l'aiguille dérivait sur sa colonne vertébrale. Elle toucha une série de nerfs et ses orteils commencèrent à picoter ; puis elle s'éloigna, remplissant une autre ligne.

— Si tu es intéressé… il aime les gars – la plupart – il est juste un peu… bousillé.

— Tu dis ça parce qu'il n'est pas sentimental ou parce que tu veux éloigner les autres de lui ?

Cette fois, la piqûre de douleur ne vint pas de l'aiguille, plutôt des paroles d'Ichi, pourtant Damien siffla quand même.

— J'aime son apparence. Et il donne l'impression d'être un défi, mais pas un auquel je pourrais survivre. Il est trop tendu et tu sembles être le seul en qui il a confiance. Je lui offrirais plutôt une amitié qu'autre chose. Je pense que c'est quelque chose qu'il pourrait me rendre sans que j'y perde mes doigts. Autant j'adorerais connaître son goût, autant j'aimerais garder ma langue dans ma bouche.

— Ouais, j'ignore s'il existe quelqu'un capable de gagner un jour le cœur de Miki, mais s'il existe, j'espère qu'il a l'estomac bien accroché, parce que ce connard mange des choses particulièrement étranges.

Nouveau bourdonnement, nouvelle brûlure, Damien s'accrocha à la chaise, pensant qu'il avait finalement dompté la douleur qui coulait sur sa peau quand Ichiro revint en arrière, ajoutant un embellissement.

— *Putain de bordel de merde.* Seigneur et dire que quelqu'un a fait ça à Miki quand il était enfant ?

Si Ichiro était curieux de comprendre de quoi parlait Damien, il n'eut pas la chance de poser des questions, parce que Miki passa la porte en rideaux du magasin, tenant un sac en plastique dans une main et ce qui ressemblait à une petite boîte en forme de bouteille dans l'autre. Son frère s'arrêta une seconde, probablement perdu dans l'enchevêtrement de ses propres paroles de chanson qui l'enveloppaient alors qu'il traversait la boutique. En baissant la tête, Miki s'avança.

— Hé, D! Je t'ai apporté… qu'est-ce que c'est que ce bordel?

Miki étudia la cannette alors qu'il s'approchait du box.

— C'est une Michelob. Le gars a dit que c'était américain, mais je ne sais pas, ça pourrait être japonais. Ça pourrait être de la pisse de cheval, mais il a dit que c'était le meilleur qu'ils avaient. Ichi, je t'ai acheté un truc à base de café. Où puis-je le déposer? Est-ce que je peux manger ici? Ou dois-je retourner dehors?

— Non, c'est bon, tu peux rester, l'informa Ichi. Assieds-toi. Tu peux utiliser la table là-bas si tu le veux. Quand Damien ressentira le besoin de faire une pause, il pourra attraper sa boisson.

— J'ai changé d'avis, grommela Damien. Va me chercher un putain de whisky.

— Tu vas devoir te satisfaire de la bière pour le moment. Je t'apporterai autre chose après avoir mangé.

Une fois assis sur le fauteuil à oreilles, Miki récupéra un récipient en polystyrène et une paire de baguettes dans le sac, puis l'ouvrit, laissant échapper un nuage de vapeur piquante. Quoi qu'il ait rapporté avec lui, cela sentait plus quelque chose qui aurait été dragué dans la Baie et présenté dans un taco qu'à n'importe quoi de comestible, mais connaissant son frère, Miki s'en moquait.

— Je veux manger ça pendant que c'est encore chaud.

— Je t'ai littéralement vu manger une bouchée de macaroni au fromage tombée sur un banc couvert de neige. Tu n'en as rien à foutre de savoir si ta nourriture est chaude. Tu n'en as même rien à cirer si ta nourriture est *cuite*.

La ligne suivante lui fit monter les larmes aux yeux, et il se serra les dents pour s'empêcher de crier.

— Passe-moi cette *maudite* bière.

Il n'y avait pas assez d'alcool dans la cannette pour faire plus qu'humidifier le fond de la bouche de Damien, et il accepta avec gratitude l'un des liquides caféinés d'Ichi, espérant que Stan, toujours absent, avait eu raison à propos de la caféine. Soit il s'habituait à la traînée de feu sur sa chair, soit Stan avait raison, car après quelques minutes, l'agonie ne semblait plus aussi importante. En réalité, il envisageait de dire à Ichi de voir jusqu'où il pourrait aller quand Damien aperçut le tentacule rose de quinze centimètres de long que Miki avait aspiré de ses nouilles.

— OK, c'est franchement dégoûtant, dit-il en plissant le nez. Je me fais tatouer là, et tu me fais l'impression d'avaler un Cthulhu.

— Va te faire foutre. Tu es juste en colère, parce que je ne t'apporterai pas de whisky tant que je n'aurai pas fini de manger.

Miki attrapa un autre morceau de céphalopode avec ses baguettes et en grignota l'extrémité. Agitant sa main avec le tentacule, il dit de sa voix rauque et enfumée :

— On dirait que ça fait mal.

— Merde, tu crois?

Il ricana en retour, seulement pour se faire repousser contre son siège.

— Tu ne te souviens pas de ce que ça fait? questionna-t-il.

— Moi?

Miki baissa les yeux sur son bras, son tatouage demeurant caché sous sa manche.

— Nan. Je ne me souviens de rien.

— Il a dit que tu avais été tatoué quand tu étais enfant, commenta Ichiro.

Il fit le tour de l'autre côté de Damien, sa chaise roulante grinçant lorsqu'il bougea.

— Ce n'est… pas bien. Jamais les enfants.

— Ouais, personne ne m'a demandé mon avis, dit Miki en posant ses baguettes.

Remontant sa manche, il montra à Ichiro les lignes bleues mutilées et inégales sur son bras.

— L'un des flics a dit à quelqu'un que cela signifiait Mieko, alors ils l'ont noté comme mon nom, mais…

— Ce n'est pas ce que cela signifie.

Le froncement de sourcils d'Ichiro devint plus profond tandis qu'il ajoutait :

— Je ne le reconnais pas. Non pas que je connaisse tous les kanji, mais en général, je peux émettre une hypothèse. Je n'ai jamais vu celui-ci.

— Ouais, personne d'autre n'a pu le faire non plus. Ou du moins, les deux ou trois fois où je l'ai montré à des gens que je croyais capables de le connaître, admit Miki, en tirant sa manche vers le bas. Ils ont juste changé de sujet et se sont éloignés.

— Hé, j'ai une idée, s'exclama Damien en s'asseyant avant qu'Ichiro ne reprenne son travail. Penses-tu que tu pourrais le couvrir ? Je veux dire, Miki, tu le détestes. Ichiro ici présent est un dieu. En plus, combien de fois vas-tu avoir du temps libre et un dieu du tatouage à proximité ?

Pendant un moment, le visage de Miki s'adoucit avec une expression que Damien ne pouvait qualifier que comme du regret, puis son frère, fidèle à lui-même, ramassa ses baguettes et déposa l'âme de Damien pour que les vautours s'en réjouissent.

— Je ne peux pas faire ça, D. Que se passera-t-il si quelqu'un vient me chercher et que tout ce qu'il a pour me trouver, c'est ça ?

Miki tapota son bras avec les extrémités émoussées de ses baguettes.

— C'est tout ce que j'ai qui soit vraiment moi. Tout le reste m'a été donné, comme des restes et des vêtements usagés, mais ça – aussi moche soit-il – c'est tout ce que j'ai qui m'appartient. Alors, peut-être qu'un jour, quand j'aurai renoncé à ce que quelqu'un s'intéresse à moi, je le recouvrirai. Mais pour l'instant, il reste. Parce que quelqu'un pourrait encore avoir besoin que je l'aie. Et je veux qu'on puisse me trouver.

Serments et Morgan

San Francisco – Kane Morgan

Kane Morgan sentait toujours le poids de son étoile dans sa poche arrière. Chaque pas qu'il faisait le rendait plus important, un morceau de métal à sept pointes avec un numéro – *son* numéro – l'ancrant à la ville sous ses pieds. C'était un symbole familier, un symbole avec lequel il avait grandi en jouant lorsque son père rentrait à la maison et retirait une partie de son uniforme à la fin de sa journée. L'une des premières discussions de Kane à l'école avait concerné le nombre de pointes d'une étoile, et l'enseignante, une jeune femme douce avec l'espoir et le rêve de guider joyeusement les enfants vers la connaissance, s'était retrouvée entraînée dans une bataille houleuse pour savoir comment dessiner une étoile appropriée.

Il n'avait pas guère plus de cinq ans, mais Kane avait été catégorique. Les étoiles – les *vraies étoiles* – avaient sept pointes et un nombre gravé au milieu.

Désormais, il avait un numéro. Désormais, il avait une étoile à sept branches. Maintenant, il rentrait à la maison... la même maison dans laquelle il avait grandi, parce qu'il venait juste de sortir de l'Académie et qu'il ne gagnait pas assez d'argent pour avoir son propre logement... et disséminait des parties de son uniforme presque aux mêmes endroits que son père l'avait fait.

Comme son frère Connor le faisait aussi.

Kane n'aurait pas dit qu'il vivait dans l'ombre de Connor, mais il était parfois difficile de sortir de celles de son frère aîné et de son père. Il les avait – et continuait – à les vénérer tous les deux, il s'était même retrouvé à essayer de faire les choses comme eux. L'insigne, cependant, était le sien.

Même s'il était le troisième Morgan à se voir attribuer une étoile à sept branches à San Francisco.

Et d'après les multiples voyages au bureau du directeur pour se disputer avec leurs professeurs, il semblait que les jumeaux, Kiki et Riley, suivaient leurs traces.

Quinn, son frère cadet éclatant, brillant et fracturé comme un vitrail, ne le ferait probablement pas, cela brisait un peu le cœur de Kane de savoir que son frère excentrique aux yeux verts n'aurait pas sa propre étoile.

— Il trouvera sa place, avait déclaré leur père Donal.

C'était un jour où Kane, âgé de dix ans, s'était demandé à voix haute quel chemin Quinn suivrait dans la vie s'il ne devenait pas un flic.

— Et qui sait? Tu pourrais changer d'avis, *boyo*. Tu peux être tout ce que tu souhaites, fils. Tu n'es pas obligé de porter le badge et l'uniforme juste parce que je le fais. C'est parfois difficile et ingrat. Il y a des jours où on a l'impression que personne ne veut de nous ou on nous déteste à cause de cet insigne. C'est un honneur de le porter, mais c'est aussi un fardeau. Es-tu sûr de ne pas vouloir être un artiste à la place?

Kane avait rappelé cette conversation à son père le jour où il s'était tenu fièrement alors que son propre badge avait été épinglé sur son uniforme pour la première fois. Donal avait ri, disant que ce n'était pas la première fois qu'il avait eu cette conversation et que ce ne serait pas la dernière.

Alors que ses yeux parcouraient le groupe de Morgan qui se tenait autour de leur petite mère rousse, Donal avait dit:

— J'en aurais peut-être un de plus, peut-être deux. Mais ma réponse restera toujours la même. Tout ce que je veux pour chacun d'entre vous, c'est d'être heureux, d'aimer et d'être aimé.

Kane travaillait sur le premier et se comportait en amateur pour le deuxième et le troisième. Il était jeune, pas même la fin de la vingtaine, et pour une raison quelconque, parcourait Chinatown lors d'un samedi soir pluvieux à la recherche de l'entrée de la ruelle d'un magasin de tatouage.

— C'est juste là-bas.

La voix grave de Connor résonna dans les rues étroites. Son frère aîné vibrait pratiquement d'excitation et d'une surabondance d'énergie.

— J'ai vu l'un de ceux qu'il a faits sur quelqu'un et j'ai vraiment aimé le rendu du tracé, mais en mieux. J'en veux un comme ça, mais pas exactement. Il a dit que ce ne serait pas un problème. Je suis impatient de voir ce qu'il a dessiné.

— Donc tu n'as même pas vu son travail? questionna Donal, le sourcil levé.

Kane ralentit instinctivement le pas, laissant Connor totalement dans la ligne de mire de son père tout en se soustrayant au champ de vision de Donal.

— Tu es en train de me dire que mon fils va mettre quelque chose de permanent sur sa peau – quelque chose qu'il devra défendre devant sa mère – et qu'il ne sait même pas ce que c'est ?

— Eh bien, je sais que ce sera *De l'or dans la paix, Du fer dans la guerre* et il y aura un phénix au-dessus. Je ne sais tout simplement pas à quoi il ressemblera exactement. Mais Da, tu devrais voir ce qu'il fait, répondit Connor avec un haussement d'épaules et en lançant un regard penaud à leur père. En plus, je lui ai peut-être annoncé que plus d'un d'entre nous se ferait tatouer ce soir.

Kane ralentit encore plus sa marche. Juste au cas où.

Au début, son père ne dit rien. Donal se contenta de jeter un coup d'œil à son fils aîné, puis déclara :

— Si je rentre à la maison avec un autre tatouage, votre mère aura probablement quelque chose à redire à ce sujet. Commençons par voir ton homme. Et s'il n'est pas assez bon, il ne mettra pas la moindre trace d'encre sur toi. Parce que ça reviendrait à demander à ta mère de me tuer.

La ruelle puait et le magasin de tatouage était pratiquement un cliché. Nichée entre une fabrique de biscuits de fortune et un buffet Szechuan à volonté, la porte de Lucky Cat Tattoos était une mince planche noire peinte avec un *maneko* souriant « ouvert », sous une flèche en néon rose clignotant avec une frénésie susceptible de provoquer des crises. Il n'y avait pas de fenêtres pour voir à l'intérieur du magasin, et à en juger par le mètre de distance entre la porte noire et les deux portes de sécurité ouvertes situées de chaque côté, il ne semblait pas y avoir beaucoup d'espace pour marcher, encore moins pour accueillir un salon de tatouages.

Comme si Connor pouvait lire dans les pensées de Kane, il expliqua :

— Le gars m'a dit qu'il y avait un long couloir ; ensuite l'espace s'ouvre sur la boutique.

— Je réserve toujours mon jugement, murmura Donal dans sa barbe. Voyons d'abord ce qu'il y a de l'autre côté de la porte.

— Si nous ouvrons la porte et qu'il y a un grand temple bleu entouré de nuages avec un chien cornu qui hurle Zuul après nous, je referme la porte et je leur laisse avoir Connor, déclara Kane au chuchotement plutôt discret de son père.

Le vieil homme fit un clin d'œil espiègle à Kane.

— Fils, contente-toi de te souvenir que si quelqu'un te demande si tu es un dieu, tu dois répondre oui.

— Da, si je suis un dieu, qu'est-ce que ça fait de toi ?

— Un imbécile d'avoir laissé ton stupide frère nous convaincre de l'accompagner pour nous faire tatouer dans une boutique de tatouage dans une ruelle de Chinatown, affirma Donal en secouant la tête. Eh bien, si les choses tournent mal, au moins il a armé les renforts.

— À moins qu'un géant en guimauve se présente. Dans ce cas, nous serions foutus.

Kane offrit un large sourire à son frère qui tenait la porte du magasin ouverte.

— Vous savez tous les deux que je peux entendre chacun de vos mots, pas vrai ? dit Connor en donnant à Kane un léger coup de poing sur le bras. Je me tiens juste en face de vous.

— Vraiment ? le taquina Kane. Je pensais que vous, les gars du SWAT, ne pouviez rien entendre par-dessus votre propre génialité. C'est bon à savoir. Et si tu te retrouves face à quelque chose qui ressemble à un canard zombi survolant le Golden Gate Bridge, je me foutrai de toi.

Le Lucky Cat Tattoos était au final contenu dans une grande boîte en parpaings.

Il partageait une salle de bain avec le restaurant, une situation comique qui poussa plusieurs femmes asiatiques confuses à ouvrir la porte communicante, puis à s'excuser à profusion avant de la refermer derrière elles, disparaissant dans la gargote. Le long mur en face du couloir menant à la porte d'entrée faisait face à la rue, une longue rangée de fenêtres munies de jalousies entrouvertes laissant passer une partie de l'air lourd de la nuit dans l'espace clos.

— As-tu remarqué, Da, les fenêtres sont du genre à laisser entrer l'air, mais tu ne peux pas sauter à travers ? fit remarquer Kane, se baissant derrière l'épaule de son père pour chuchoter dans son oreille. Juste au cas où tu aurais des doutes.

— Continue à réfléchir comme ça et tu finiras par devenir inspecteur un jour, répondit Donal. J'ai essayé de convaincre votre mère d'installer ce genre de fenêtres dans vos chambres, mais elle n'aimait pas leur aspect. Je ne m'inquiétais pas trop pour Quinn, mais tous les deux, vous vous embarquiez dans des bêtises avec Sionn et Rafe qui m'ont ajouté quelques cheveux gris.

18

— Ces jours sont révolus depuis longtemps, Da. Enfin, pour moi du moins. Ce n'est pas comme si j'étais Rafe, à courir partout avec des rock stars.

Il renifla en pensant à ses plus jeunes frères et sœurs.

— Bien que Kiki et Riley nous aient donné notre comptant, mais Braden… c'est celle qui te causera des ennuis.

— Et pourtant, ici, je suis là à attendre que mon aîné se fasse tatouer dans Chinatown par un homme nommé Bear.

Donal se gratta la nuque, retournant un sourire à un homme élancé dans l'un des autres box qui lui en avait adressé un.

— J'espère que ton frère sait ce qu'il fait. Il a dit que le type lui avait été chaudement recommandé, alors voyons ce qu'il en est.

— J'aime les œuvres qu'il a dessinées et les tatouages de son portfolio sont sympas. Mais juste un conseil, Da, à moins que tu ne souhaites obtenir un rendez-vous ce soir, tu devrais probablement arrêter de sourire chaque fois que tu établis un contact visuel avec ce gars.

Kane était fier d'avoir réussi à conserver un sourire sur son visage lorsque l'expression de son père passa de pensive à confuse. Il ajouta :

— Tu es un gars attirant. Et le sourire n'aide pas.

— Tu es cinglé, fils. Je dois avoir au moins vingt-cinq ans de plus que ce garçon.

— Ouais, Da, c'est le cas, admit Kane, en tapotant le large dos de son père. Et ça n'aide probablement pas que tu m'appelles fils. Montre-lui ton alliance. Cela aidera ou scellera ton sort.

— Tu ressembles un peu plus à ta mère chaque jour.

Donal lui donna une légère poussée vers le comptoir au fond de la boutique.

— Voyons ce que fait ton frère. Et garde ta bouche fermée devant ta maman à propos de ce jeune homme. Elle m'en fait déjà assez voir à propos des femmes des réunions de l'association des parents d'élèves.

C'était intéressant de voir les différents types d'exemples de tatouage que chaque artiste avait accrochés aux murs de leur étal. Il semblait que la plupart des gens de la boutique se spécialisaient dans le traditionnel américain, avec quelques touches de japonais ici et là. Le tatoueur de Connor était différent. Son étal était décoré d'une variété de styles ; bien que l'aigle classique, l'ancre et la fille hawaïenne soient présents, il y avait aussi des dessins fantaisistes d'ours en peluche et de licornes.

Son portfolio comprenait le premier écusson de police que Connor leur avait montré à titre d'exemple, ainsi que quelques autres, chacun avec son propre style et sa propre interprétation de l'emblème bien-aimé des forces de l'ordre. L'artiste avait définitivement fait passer son nom dans le département, car Kane retrouvait plus d'un St Michel dans le mélange. Un carnet de croquis était ouvert sur la table dans la stalle, et ils avaient interrompu l'artiste à leur arrivée, l'éloignant d'un aigle hurlant avec ses serres refermées sur une bannière déchirée.

Kane devait admettre que lorsque Connor les présenta à Bear Jackson, il eut des doutes. L'homme avait l'âge de Connor ou avait quelques années de plus et était à peu près de la même taille, si ce n'est plus grand. Bear avait un sourire chaleureux et dégageait une paix tranquille autour de lui, une courte barbe accentuant ses traits forts, et ses yeux bleu foncé étincelaient tandis qu'il parlait du croquis qu'il avait créé pour Connor. L'artiste et le flic plaisantèrent quelques instants sur le fait d'être des géants, riant d'avoir des frères et sœurs plus jeunes et plus petits, puis se concentrèrent sur l'œuvre d'art que Bear avait faite pour le tatouage de Connor.

Si Kane se faisait tatouer un jour, ce serait avec celui que Connor comptait se faire dans quelques minutes.

Il y avait une touche irlandaise dans les lignes, une subtile pointe celtique dans leurs courbes. Le phénix emblématique du bouclier aurait pu être tiré du livre de Kells, le feu de ses plumes torsadé et entrecroisé, et le lettrage sur ses bannières était un bel équilibre entre la calligraphie délicate et la force masculine.

Il convoitait le tatouage autant qu'il avait voulu le camion de pompiers en métal entièrement équipé avec des lumières clignotantes et des sirènes fonctionnelles que Connor avait eu pour Noël quand il avait sept ans, un camion de pompiers que Kane avait finalement hérité et auquel il avait toujours accordé une place d'honneur dans sa chambre.

— Oh, mon fils, s'exclama Donal dans un murmure étouffé, c'est une magnifique œuvre d'art.

— Tu sais, Da, nous pouvons tous les trois la porter ensemble, dit calmement Connor. C'est quelque chose qui nous relie. Non pas que j'aime moins les autres ; c'est simplement qu'aucun des autres ne comprend ce que signifie franchir une porte ou entendre le crépitement d'un appel sur la radio. Cela définit qui nous sommes de bien des façons.

— Ça ira bien avec le St Michel que j'ai sur mon épaule, se dit leur père. Qu'en penses-tu, Kane ?

C'était une œuvre d'art singulière et magnifique réalisée avec une telle passion que Kane pouvait ressentir l'amour de l'artiste dans chaque ligne. Mais son étoile était neuve, non ternie et propre, un symbole en argent à sept branches comme il avait toujours rêvé d'en avoir une. Son père et son frère méritaient de porter le phénix et d'avoir *Oro en paz. Fierro en guerra* gravé sur leur peau. Il ne l'avait pas encore *mérité*. Il devait d'abord obtenir plus du flic en lui.

— J'aimerais bien un jour, mais je n'ai pas encore patiné mon étoile, avoua-t-il.

En tapotant sur l'œuvre originale, Kane demanda à Bear :

— Au cas où je ne vous trouverais pas quand je serai prêt, puis-je avoir une copie de ce motif ? Cela dit, si vous restez dans les parages, j'aimerais que vous me l'encriez quand je serai lieutenant. Parce que je crois qu'à ce moment-là, je pourrai dire que j'ai gagné le droit de porter ça.

— Pas de problème, accorda Bear avec un large sourire. En fait, j'ouvre ma propre boutique un peu en contrebas de la jetée. J'ai signé le bail aujourd'hui, alors quand vous serez prêt, ou si vous voulez vous faire *n'importe quel* tatouage, venez me trouver au 415 Ink. Je m'occuperai de vous.

Poils de chien

Cette série publiée en épisodes est dédiée à tous ceux
qui ont acheté un de mes livres et sont tombés amoureux de Mec.
D'accord, c'est pour tous ceux qui ont déjà lu un de mes livres.
Parce que vous êtes à l'origine de tout ça.
Cela me fait très plaisir.
Au-delà de la mesure.
Alors merci.

I

— BONJOUR, DÉFENSEUR de l'Écureuil en Béton.

C'était un nom stupide, mais le bouledogue le portait avec un grand sérieux. Apparemment, les gens qu'il appelait siens considéraient les écureuils comme une partie importante de leur vie, alors il les honorait à son tour en les défendant. C'était mieux que le nom humain qui lui avait été donné : Roscoe. Un bruit au mieux, et un bruit dur. Cela signifiait probablement quelque chose en langage humain, mais j'ignorais quoi. Ils discutaient rarement de leur langage avec nous, et principalement au sujet de la nourriture ou des jouets.

Et les coups. Certains humains aimaient chasser les membres de la Meute, comme s'ils dominaient le sol sur lequel ils s'accroupissaient.

Être territorial était une chose, mais être cruel en était une autre.

Tout comme le nom Roscoe.

— Bonjour, Marcheur Gitan de Chinatown.

Le défenseur renifla une salutation à travers la clôture à mailles en chaîne entourant sa propriété. Une autre chose humaine stupide, faire courir une haute ligne de métal autour d'une zone comme s'ils pouvaient la protéger de tout ce qui pouvait entrer de l'extérieur. Ce serait une clôture assez facile à escalader, ou si j'étais autre chose qu'un membre d'une meute, voler ou ramper en dessous, mais ce serait irrespectueux envers le bouledogue, alors je restai de mon côté de la limite idiote.

— Où vas-tu aujourd'hui ?

— Je me dirige vers le bout de la rue là-bas. J'ai trouvé un humain que j'aime bien. J'y resterai toute ma vie.

Son choc parfuma l'air, et je le reniflais, me demandant d'où venait une telle surprise. Je penchai la tête vers lui, relevant mes oreilles vers l'avant.

— Pourquoi trouver ça étrange ? Pensais-tu que je renoncerais à mon vagabondage ? Celui que j'ai trouvé a besoin d'un vagabond. Il reste trop à l'intérieur. Il aura besoin de moi pour faire entrer l'extérieur.

— Est-ce qu'il t'aime ?

Le bouledogue fronça les sourcils, et je me demandai s'il avait passé trop de temps avec ses humains, car il ressemblait plus à l'un d'eux quand il parlait. Mais ensuite, en repensant à tous les bouledogues que j'avais connus, la plupart des races étaient comme ça. Une masse de rides, d'inquiétude et de défense de choses étranges.

— Il me nourrit. Et quand il sort, il va au restaurant du coin et m'achète un sandwich. Juste pour moi.

Je captai l'odeur d'un chat dans le vent. C'était à proximité, mais pas un que je connaissais. Si je n'avais pas été sur le chemin du retour à la maison, je le chercherais, mais j'avais des choses à faire. Je devais trouver mon humain nouvellement réclamé et le marquer comme mien – une tâche facile, puisque j'avais évité au moins trois pluies depuis la dernière fois que je l'avais vu, alors je puais mon odeur.

— Alors, tu me verras avec lui. Je me suis dit que je devrais t'informer que je serais dans le secteur et j'espère être une bonne meute pour toi.

— Attends, je le connais celui-là. Il a l'air de posséder un chat.

— Il *est* un chat, affirmai-je. Mais je peux m'en accommoder. Souhaite-moi bonne chance. Ça va être difficile avec lui, mais je suis déterminé.

— Alors pourquoi le fais-tu ? questionna le défenseur alors que je me détournais.

— Parce qu'il est triste à l'intérieur, répondis-je.

J'étais ravi que le bouledogue n'ait pas tracé une ligne d'agression entre nous. Il aurait été difficile de vivre près de lui s'il l'avait fait.

— Et parce que, Défenseur, il mérite de vivre quelque chose de mieux que la mort qu'il a choisie pour lui-même.

II

L'ÉCUREUIL MORT était la goutte de trop.

D'accord, s'avancer avait été la goutte ultime, mais cela comptait comme la trouver, surtout quand cette chose grinçait et giclait alors que le pied de Miki s'abattait sur son cadavre légèrement écrasé.

— Putain de merde !

Son hurlement résonna dans la moitié vide du garage, et Miki sauta hors de l'écureuil en secouant son pied. Se retournant, il cogna son coude sur la porte du garage, faisant claquer ses côtes et envoyant une onde de choc de douleur dans son bras. Déséquilibré, son mauvais genou céda et il tomba, se cognant sur le sol en béton dans un étalement sans élégance. La douleur dans son coude n'était rien, comparée à l'angoisse de torsion qui remontait de sa jambe pour saisir la base de son cou, une ondulation dévastatrice dans ses nerfs.

Pour ajouter l'insulte à la blessure, les restes de l'écureuil étaient toujours accrochés à son pied nu, sa chair caoutchouteuse ressortant entre ses orteils.

Plus important encore, le transporteur du rongeur mort était assis là à rire de lui, sa langue rose recroquevillée comme un doigt d'honneur sortant de sa bouche haletante.

Une bouche haletante dégageant une puanteur d'écureuils morts.

— Mec, vraiment ?

Miki secoua son pied, ajoutant une autre couche de souffrance à son genou déjà douloureux. L'écureuil resta logé entre ses orteils, et il les écarta aussi largement qu'il le pouvait, en remuant plus fort.

Le maudit cadavre était aussi têtu que le chien qui semblait maintenant vivre avec lui.

— Tu vois ce truc sur mon pied ? C'est quoi ce bordel ? Merde, maintenant je vais devoir le toucher.

Miki se demanda combien de temps il pouvait rester là avec un écureuil mort collé sous son pied avant que quelqu'un le découvre.

— Ouais, la réponse, c'est éternellement, parce que personne n'en a rien à foutre de toi, Sinjun.

Il regretta instantanément d'avoir utilisé ce vieux surnom, et la douleur redoubla, se précipitant dans son sang avec une piqûre venimeuse. Personne ne l'appelait plus comme ça. Bon sang, même Edie disait Miki ou même St John quand elle était en colère contre lui. Sinjun était mort. Aussi mort que les hommes qui l'avaient jadis appelé ainsi.

Putain de merde, Damie lui manquait tellement. Il n'y avait personne pour lui dire que c'était normal de se réveiller tremblant de peur au milieu de la nuit. Cela lui manquait d'être enlacé. Cela lui manquait de pouvoir traverser un couloir ou une pièce pour trouver quelqu'un capable de l'ancrer dans le présent. Sans les autres, il était perdu et... il se noyait.

Il se noyait tellement, et rien de ce qu'il faisait ne semblait le rapprocher du rivage.

Il y avait des jours – la plupart des jours – où il avait envie de se laisser couler, juste pour que tout s'arrête.

— Tu fais ça et sa saloperie de famille obtiendra toutes les affaires de Damie. Et dans la foulée, tu sais qu'ils vendront des tampons hygiéniques et de l'eau minérale avec nos morceaux.

Miki renifla, son nez se bouchant trop fort pour qu'il parvienne à respirer.

— Putain, Damie. Pourquoi a-t-il fallu que tu me laisses ici ? Pourquoi n'es-tu pas celui qui est resté ? Tu aurais pu assumer cette putain de merde sans moi, parce qu'il est plus que certain que je ne peux pas le faire sans *toi*.

Quelque chose tira sur son pied et il cligna des yeux, essuyant les larmes dans ses yeux pour jeter un œil. Curieusement, le terrier avait la queue plutôt plate de l'écureuil dans sa bouche et retirait son trophée mort du pied de Miki. Lâchant son cadeau chargé de puanteur sur le sol, le chien trottina aux côtés de Miki et essuya ses larmes avec sa langue baveuse.

Miki rit malgré lui, puis s'étrangla, repoussant doucement le chien.

— Oh non, Mec. Tu viens juste d'avoir le cul d'un écureuil dans la gueule. Pas question que tu l'approches de moi. Jamais face à face. Jamais.

III

MON HUMAIN était inutile.

Il n'y avait pas d'autre moyen de le dire, hormis… inutile. Il ne pouvait pas chasser. Bon d'accord, presque aucun humain ne le faisait de nos jours. La plupart d'entre eux se rassemblaient dans des lieux de restauration ou faisaient venir d'autres humains avec de la nourriture, mais même à ces choses simples, mon humain échouait.

Le bruit qu'il utilisait pour moi était agréable. Mec. J'avais entendu d'autres humains l'utiliser pour s'appeler. Un peu comme dire Meute. C'était une reconnaissance d'égalité et je le portais avec honneur. En fait, je l'ajoutais à mes autres noms avec joie. C'était bien mieux que celui du bouledogue et un nom tellement plus important que le pauvre bâtard de Chihuahua que j'avais rencontré et que le propriétaire appelait Nichon de Hamster. Mais Renifleur de Chaleur, Chair Douce aimait le nom et le portait comme un badge.

Bien sûr, lui-même s'appelait aussi Terreur des Chats, et nous prétendions tous les deux que c'était vrai.

Parfois, il était préférable de laisser la fierté d'un chien demeurer intacte, même s'il frissonnait en passant devant l'un des rivaux traditionnels de la Meute pour l'affection : le félin rusé.

Non, mon humain était inutile dans tellement de domaines. Toute sa nourriture sentait uniquement le sel, les céréales et les produits chimiques, même s'il s'assurait que la nourriture qu'il me donnait était principalement des protéines – même les croquettes séchées qu'il laissait dans un sac ouvert pour moi sur le sol. Il ne marchait pas. Il n'étirait pas ses jambes. Et il avait mal. Tout le temps. À l'intérieur et à l'extérieur. Il y avait des parts de lui que je ne pouvais pas atteindre, parce que les humains et leurs faibles compétences en communication signifiaient qu'ils devaient bavarder et bavasser de manière insensée juste pour se dire bonjour ou au revoir.

J'aurais aimé qu'il bavarde avec quelqu'un – n'importe qui –, mais il voyait rarement d'autres personnes. S'il sortait pour se rendre vers le lieu de restauration au coin du carrefour, il passait moins d'une poignée de secondes à parler à l'humain là-bas.

Inutile.

Et il ramenait également à la maison beaucoup trop de céréales fermentées liquides. S'il avait l'intention de boire sa nourriture, je devrais bientôt trouver une nouvelle personne avec qui vivre, parce que celle que j'avais trouvée était trop brisée pour survivre.

Non, j'allais avoir besoin d'aide. Le problème de mon humain était trop gros pour qu'un chien seul puisse s'en occuper. J'avais besoin d'une voix plus grosse que celle que j'avais, une voix que mon humain – mon Miki – écouterait.

J'étais fatigué que mon humain ait la saveur des larmes. Fatigué d'espérer qu'il trouve quelque chose avec lequel il aimerait jouer parmi les choses que je lui apportais chaque jour. J'allais devoir lui apporter quelque chose – quelqu'un – de plus grognon que lui. Je savais que je me sentais mieux après un bon combat. Il y avait quelque chose à propos de mon sang échauffé qui élevait l'esprit même dans les jours les plus sombres.

C'était ce dont Miki avait besoin. Que son sang s'échauffe.

Et je connaissais l'humain idéal pour le faire.

IV

LES HUMAINS sont des êtres stupides, vraiment stupides.

Quelqu'un avait amené la *mort* dans ma maison, et les nuées d'hommes grognons et sentant le métal qui avaient envahi ma maison passaient plus de temps à essayer de me pousser dans une boîte qu'à prendre soin de mon Miki. Il était effrayé et malade. Je pouvais sentir la maladie sur lui, et l'Autre – Kane – faisait de son mieux, pour tenter de calmer mon humain.

Ça n'allait pas fonctionner. Miki était déjà couvert de la puanteur du meurtre, et cela le rendait malade. Cela lui retournait l'estomac et le mélange salé de céréales qu'il avait mangé était partout sur le sol. Mais cela n'avait pas d'importance de toute manière. Les gens bruyants fouillaient aussi là-dedans, comme s'ils allaient trouver autre chose que des céréales et de la bile.

Il y avait la *mort* dans la maison! Comment pouvaient-ils ne pas la sentir? Ce n'était pas une belle mort. Pas comme une chasse ou même de la viande ramenée d'un lieu de restauration. C'était la mort sans intention de manger la chair; le pire genre d'horreur auquel une meute pouvait penser.

C'était quelque chose qu'un chat ferait : amener une victime dans la cour d'un autre chat pour dire qu'il était meilleur que l'autre.

J'avais besoin de rejoindre Miki. Lui dire que tout irait bien et que Kane prendrait soin de lui, mais l'un des humains m'avait soulevé – comme s'il avait le droit de le faire.

Alors, je l'avais mordu.

Et il n'avait *pas* bon goût.

Il y avait très peu de fois où j'avais montré mes dents avec colère. Habituellement, pour avertir un autre membre de la meute de s'éloigner quand je mangeais et qu'il était parfaitement capable de trouver sa propre nourriture. On ne montre pas de dents à un chiot ou un chaton. Ma mère m'avait appris les bonnes manières avant même de m'éloigner de sa tétine. Je le savais depuis le début. L'agressivité était de la stupidité, car il y avait d'autres moyens pour moi de gérer la situation. Mais dans ce moment de panique, de stress et de colère, je ne pouvais penser qu'à une chose : rejoindre Miki.

Alors, j'avais mordu un des gars de Kane jusqu'à ce qu'il saigne et me laisse tomber.

Désolé, je ne suis *pas* désolé.

J'avais fait deux pas vers le garage quand quelqu'un m'avait jeté quelque chose dessus, et l'instant d'après, j'étais dans la pièce froide et dure avec une gamelle d'eau que je ne pouvais atteindre qu'en me tenant sur mes pattes arrière. Quelques pantalons plus tard, une assiette avec de la nourriture sèche et plus d'eau dans un bol me rejoignirent, et quelqu'un pensa à jeter à l'intérieur l'un des gros os que Miki demandait à un autre humain de m'apporter quand on apportait son espèce de pain salé.

Il n'y avait plus eu de voix familières après ça. Juste des bavardages. La majorité était confuse. Certains étaient inquiets. Quelques fois, je crus entendre Kane, mais le son de la voix était différent. Pas aussi vieux. Pas aussi sage, mais en grande partie de la même litière.

Je ne pouvais rien faire de plus. Juste rester assis là. Et attendre.

Bon, et mâcher la viande de mon os. J'espérais seulement que quelqu'un prendrait soin de mon humain. Et garderait la mort aussi loin que possible de lui.

V

— Tu SAIS ce dont tu as besoin ?

Brigid pencha la tête, étudiant Miki, alors qu'il grignotait la montagne de nourriture qu'elle avait posée sur une assiette et laissée tomber sur ses genoux.

La femme ronronna. Ronronna littéralement. Aussi irlandaise que n'importe quelle pinte de Guinness qu'il avait avalée à Dublin lors d'une tournée, la mère de Kane parlait avec un ronronnement mélancolique destiné à réconforter et apaiser.

Mais ça lui filait la frousse.

Une peur bleue même.

Il savait pourquoi. L'expliquer n'aiderait pas. Il avait déjà rencontré des femmes comme Brigid. Eh bien, pas exactement comme Brigid, puisqu'elle semblait être le genre de personne dont on utiliserait le nom pour nommer un navire insubmersible.

Non, Miki fronça les sourcils, on donnerait son nom à un iceberg. N'importe quel pauvre navire qui s'occupait de ses affaires au milieu de l'océan était foutu s'il la croisait.

Et si quelque chose lui donnait le sentiment d'être plus petit qu'un dériveur sur une trajectoire de collision avec le destin, c'était apparemment une mère irlandaise au visage doux, déterminée à le gaver comme une dinde en attendant le jour du jugement. Ça, et elle le regardait.

C'était sacrément difficile de manger quand quelqu'un le fixait. Bon sang, même le chien ne le faisait pas. Mais pour le coup, Mec l'avait abandonné depuis ce qui semblait être des heures, s'installant pour ronger un autre os qu'il avait traîné dans un coin du salon. Elle le fixait... comme si elle voulait quelque chose.

Il tendit des choux de Bruxelles grillés, dressant un mur de verdure entre eux.

Apparemment, ce n'était pas ça, parce que ses sourcils se soulevèrent en se regroupant comme un ressort enroulé qui attend de jaillir et de le mordre.

— Hum, non ?

31

Il lui fallut un peu de temps pour se rendre compte qu'elle attendait toujours qu'il réponde à sa question. Bizarre, car elle ne s'était pas arrêtée plus d'une seconde tandis qu'elle gazouillait et chantonnait en traversant le salon et le canapé où il s'était retranché pour se cacher de son assaut.

La première chose qu'il allait faire serait de prévoir des portes très épaisses pour la chambre dans laquelle il allait installer son lit. Des portes vraiment épaisses. Qui se verrouillaient. Peut-être même de l'intérieur avec une lourde barre de bois comme s'il s'attendait à un raid d'orques ou peut-être de Smaug. Observant son effroyable serpillière de boucles rouges alors qu'elle ondulait et se recourbait autour de son visage en forme de cœur, Miki n'était pas vraiment sûr que même ce type de portes la retiendrait.

— Tu dois rentrer à la maison avec nous, déclara Brigid, prononçant cette condamnation mortelle à son encontre avec son joyeux accent Lucky-Charms. Quinn peut venir nous chercher. Je vais emballer quelques vêtements…

— Putain, non !

Miki se releva du canapé avant de se rendre compte qu'il avait encore une assiette de nourriture sur ses genoux. Le truc à base de chou qu'il tripotait heurta le tapis près du nez de Mec. Joyeusement, le terrier l'avala en une seule bouchée, se redressant rapidement pour jouer à l'aspirateur sur les restes du dîner de Miki.

Le non n'avait absolument aucun poids. Bon sang, même le chien ne releva pas les yeux de sa nourriture quand Miki cria. Même s'il fronça les sourcils au terrier, les choux grillés allaient probablement les revisiter tous plus tard. Miki était toujours sous le choc du nuage gazeux mortifère que le chien avait émis après avoir pris une bouchée de kimchee.

— Merde, le Kimchee, c'est du chou. Tout ce qu'il y a dans cette satanée assiette est du chou. Essaie-t-elle de s'assurer que je pète au lit ? Kane va adorer… merde, où est-elle allée ?

Miki regarda autour de lui, choqué de se retrouver seul dans le salon avec ce qui allait évidemment être une bombe à retardement poilue de gaz moutarde dans quelques heures. Une touffe de cheveux roux près de son lit défait fit manquer un battement à son cœur, et Miki savait qu'il mourrait d'un arrêt cardiaque bien avant que le cul sulfureux du chien ne l'ait attrapé.

Surtout quand Brigid souleva la bouteille de lubrifiant à moitié vide, il l'avait fourrée à la hâte sous son oreiller, et qu'elle demanda :

— Dois-je emporter seulement celui-ci ? Ou penses-tu que vous aurez tous les deux besoin d'en prendre plus ?

VS

Il y avait quelqu'un de nouveau dans la maison.

Moi, en qualité de Mec, je suis responsable d'aller jeter un œil sur les intrusions. Les fonctions du nom de Mec sont définies de manière vague. Contrairement à mes autres noms – comme le plus récent Cat Squat Grattesable –, Mec n'est pas tant une description de mon statut parmi les autres dans la Meute générale, mais plutôt mon statut donné par Miki, parce que je partage sa vie et sa tanière.

Mec, un son si court, mais il s'accompagne d'énormes responsabilités.

Je prends ces responsabilités très au sérieux. Ma première et primordiale responsabilité est envers Miki, mon humain.

Quand j'ai emménagé pour la première fois dans notre maison, il était blessé quelque part trop profondément en lui-même pour que je puisse le lécher.

C'est le problème avec les humains.

Ils sont blessés trop profondément en eux-mêmes, et parfois leurs âmes saignent de blessures qu'ils ne peuvent pas voir.

Quand j'ai trouvé mon humain pour la première fois, je savais qu'il saignait depuis un moment. Je ne savais tout simplement pas qu'il avait une hémorragie – les blessures étaient si profondes.

Kane a aidé. Plus qu'aidé. Kane était un baume pour ses blessures – celles que je ne pouvais pas atteindre. Ensemble, nous avons gratté et poussé notre humain jusqu'à ce qu'il bouge. Miki mangeait la nourriture que Kane lui apportait. Je ne pourrais pas demander de meilleur chasseur que lui. Miki ne sentait plus le sel et les produits chimiques, et ses yeux n'étaient plus morts.

C'est ce qui m'inquiétait le plus. Un corps, humain ou chien, peut se débattre dans l'herbe, mais une fois que les yeux sont morts, le moment pour leur âme de partir est proche, et même le corps ne peut pas la retenir.

J'étais très inquiet à ce sujet. Je ne voulais pas que Miki me quitte. Les humains ne devraient pas brûler aussi vivement et aussi rapidement que la Meute. Ils vivent plus longtemps, parce qu'ils voient si peu, vivent si peu. Ils ont besoin de plus de temps pour devenir pleinement eux-mêmes, et souvent, ils n'y parviennent pas, même quand on leur donne dix vies de Meute à vivre.

C'est triste d'être humain. Le monde doit être un endroit trempé, aqueux, sans odeur, et leur vue… il serait préférable qu'ils naissent aveugles pour que leurs autres sens puissent mieux se développer. Au lieu de cela, ce sont des ombres laiteuses dans le monde, glissant dans l'espoir d'aspirer tout ce qu'ils peuvent et de l'appeler vivant.

Bien sûr, j'ai aussi le sentiment qu'ils croient dominer le monde. Ce qui est idiot, car comment un être vivant peut-il posséder un rocher? Un rocher sera là longtemps après que le vivant redevient poussière.

Miki n'est pas comme ça. Kane est un peu comme ça avec les colliers, les baignoires et les sons de noms, mais je lui fais plaisir. Après tout, il m'a aidé à réparer Miki.

Mais ce nouveau… dans la maison. Il émane de lui quelque chose de familier, mais qui ne l'est pas. Il est plus grand que Kane. Ils sentent pareil, néanmoins, celui-ci est plus épicé. Bourru par certains égards, mais quand je lui ai demandé de la nourriture, il m'a donné du steak finement haché, et même une fois, des os de vache couverts de graisse et de cartilage.

C'est un bon humain qui sait que le cartilage est le chemin vers le cœur d'un chien.

Celui-ci le sait.

— Conn, je vais bien. Je n'ai pas besoin que tu viennes veiller sur moi simplement parce que Kane est au travail.

Miki parle à celui qui est arrivé. Ils se sont déjà parlé à la porte, et pendant un moment, j'ai cru que je devrais mordre le «celui qui n'est pas Kane», car il insistait pour entrer dans la maison et Miki n'était pas content à ce sujet.

Ne mords jamais un humain qui te donne à manger a été la deuxième leçon de ma mère. C'était une bonne leçon. Une que je suis assidûment, parce que les gens aiment les chiens souriants et heureux. J'aime avoir un ventre plein, donc ça fonctionne. Je ne voulais pas mordre… Conn, son nom est Conn – mais je le ferais si je le dois. Je ferais n'importe quoi pour Miki.

Parfois, les règles sont censées être enfreintes. Et je savais que Miki me protégerait d'un coup si je devais le défendre.

Pour un humain semblable à un chat, Miki est plutôt fidèle.

— Il t'aime, oui, gronda Conn, sa voix aussi grave que celle du Danois du bout de la rue. K m'a demandé de venir, parce qu'il s'inquiète pour toi. Je voulais m'assurer que tu manges et dormes un peu.

— Un coup de téléphone aurait suffi ? grommela Miki.

Il repoussait, opposant sa personnalité contre l'autre homme. Il était bon pour ça. Contrer et esquiver.

— En plus, j'ai Mec.

Je remuais ma queue. Ils aimaient quand un chien remuait la queue en entendant le son qu'ils lui avaient donné. Je ne savais pas bien pourquoi. Il y avait rarement un jeu attaché au son, mais souvent cela signifiait de la nourriture, alors je remuais la queue.

Ce coup-ci, Miki caressa ma tête alors que je sautais sur le canapé pour pouvoir mettre mes pattes sur les coussins du dossier et regarder Conn sans me faire mal au cou. Il avait la taille d'un lama, et j'avais presque des difficultés à prendre mon souffle à lever la tête tout le temps pour le regarder. Kane aussi. Les deux sont beaucoup trop grands pour qu'un chien moyen les regarde. Et contrairement à Q, ils ne s'accroupissent pas pour me parler.

Il avait laissé la porte ouverte, probablement pour pousser Conn dehors quand il aurait fini. Dehors, la gigantesque voiture noire que conduisait Conn tournait au ralenti, une de ses portes restées ouvertes et ses lumières se déversant sur l'extérieur de la maison. J'aimais mieux la machine de Kane. Nous y montions et j'avais ma propre fenêtre pour me pencher à travers. C'était sympa.

— Mec ne va pas te nourrir, souligne Conn.

Je n'étais pas d'accord. J'avais faim, et Miki mangeait aussi, parfois. D'une certaine manière, je le nourrissais du mieux que je pouvais. Ce n'était pas ma faute s'il mangeait des choses que les corbeaux ne voudraient pas toucher.

— Dans ce cas, tu es là pour quoi ? Me cuisiner le dîner ? riposta Miki.

Il était doué pour le sarcasme. Je pouvais en sentir la forte odeur dans ses paroles.

— Non, je suis ici pour t'emmener chercher de la cuisine mexicaine, répondit Conn, en secouant la tête en direction de la porte ouverte. Allez, saute là-dedans, et je pourrai dire à K que j'ai accompli mon devoir fraternel. Ou préfères-tu qu'il envoie notre mère la prochaine fois ?

Miki le fixa, dégoûté par quelque chose. Caressant ma tête, il répondit lentement :

— Seulement si Mec peut venir avec moi. Et il prend un taco.

Il avait dit un mot magique. Je descendis du canapé et montai dans l'énorme voiture avant d'entendre la réponse de Conn. Ce n'était pas grave, parce que Miki me suivait et mon estomac se tordit d'anticipation.

— Tu sais que la plupart des chiens connaissent «assis et reste», commenta Conn, en grimpant dans l'éléphant qu'il appelait une voiture. Ton chien connaît «taco».

— Il connaît aussi «macaroni au fromage», fit remarquer Miki avec un sourire en se redressant. Mais si tu veux que je mange, tu dois aussi nourrir mon chien. C'est le deal. Même Kane le sait.

Mon chien. Je me rengorgeai à cette description. Le chien de Miki. L'humain de Mec. C'étaient d'adorables noms. Et Miki les connaît tous les deux.

J'allais devoir ajouter Mangeur de Tacos à mes noms, mais honnêtement, Mec était tout ce dont j'avais vraiment besoin. Parce qu'il contenait tellement de choses… et le tout dans un seul son.

VI

LA MAISON était – comme l'avait dit la jeune femme qui venait de finir de me gratter le ventre – une sauce géniale.

Je ne savais pas quel genre de sauce serait une sauce géniale, mais j'imaginais que ce serait probablement comme la délicieuse bonté de la sauce au steak sur du bacon.

Surtout parce qu'il y avait justement eu du bacon, et malgré le dégoût de Miki face à mes expulsions corporelles parfaitement naturelles, il y avait eu des frottements du ventre à gogo.

Et aussi… des chats. Parce que la Meute savait que j'adore les chats. Ils sont comme de petits cousins grincheux qui ont vraiment besoin d'être taquinés pour sortir de leur malheur. Les rayons du soleil étaient tous bien, mais vraiment, le monde serait bien mieux pour nous tous s'ils réalisaient que parfois, c'était l'agitation d'une queue et des dents exposées à la manière étrange des humains qui fournissaient la récompense à la fin de la journée.

Les chats pensaient différemment. Ils étaient toujours en train de répéter qu'ils avaient autrefois été des dieux. Inutile de leur rappeler tout ce qui concernait les familiers des sorcières ou le mythe selon lequel ils pourraient voler le souffle d'un bébé. C'était l'époque où les humains se réunissaient, allumaient des bougies et chantaient sur leurs gros culs poilus.

Mon humain déteignait définitivement sur moi.

La maison avait un chef de Meute bien défini. Il était plus gros que les autres, plus âgé et aboyait plus fort quand il parlait. Non pas qu'il ait parlé à travers la plupart des cris aigus que le jeune gratteur de ventre faisait près de mon Miki, mais il fournissait indéniablement un bon rempart pour Miki lorsque mon humain reculait de quelques pas. Donal, l'avait appelé la mère. Plus de bruits, et ils signifiaient probablement quelque chose aussi, mais vraiment, qu'est-ce que tout cela signifiait ? Les noms sont si fluides et les humains semblent très attachés à seulement quelques sons lorsqu'ils se parlent. Même leurs noms de Meute étaient de courts grognements. Papa. Maman. Qui communiquait de cette façon ?

Quel chaos cela devait être quand un humain se tenait dans une foule et criait maman ou papa. Combien d'humains se retournaient, parce que c'était le bruit que quelqu'un lançait pour eux ?

Sottise. Des sottises partout.

— Alors, tu es Merle, hein ? Tu ne ressembles pas beaucoup à un merle pour moi. Mais Brae dit que c'est ton nom.

Je voulais lui répondre, non – ce n'est pas le bruit pour moi, mais bon – je n'étais pas fait pour parler.

Ah, l'ombre du père me surplombe alors qu'il s'assied sur l'espèce de canapé mou à côté de moi. Si j'étais superstitieux comme un stupide chat, je devrais attendre un moment, puis courir autour de la maison pour me débarrasser de cette saleté d'ombre… de préférence de manière aussi rapide et erratique que possible pour qu'elle ne puisse plus me retrouver, mais… je n'étais pas un chat.

En plus, il avait apporté du bacon avec lui.

— La famille va te rendre aussi gros qu'une vache si elle continue de te nourrir comme elle le fait.

Il contribua un peu à la transformation en vache en coupant un morceau de bacon et en le tenant pour que je le grignote. Je lui léchai la main en guise de remerciement. Et aussi pour l'encourager à cracher le reste. Il m'obligea, petit à petit.

— Ton Miki a l'air un peu choqué, mais ne t'inquiète pas, nous prendrons soin de lui aussi.

Un autre grignotage de bacon et il gratta l'endroit entre mon dos et mon cou que je ne pouvais atteindre que lorsque je me frottais contre la chaise raide de la tanière de Miki.

Le bacon était trop. J'avais déjà eu la viande d'un os – beaucoup de viande aussi – ainsi que ces trucs à base de chou que Miki avait laissé tomber, des trucs au chou plus petits, un biscuit moelleux ou peut-être trois de l'assiette que Kane avait préparée pour lui-même, mais oubliée sur la table assez longtemps pour que j'en récupère, et quelques tranches de jambon du premier gratte-ventre que j'avais rencontré. Le bacon était définitivement trop pour mon estomac et j'éructai, goûtant la délicieuse friture dans mon haleine.

Le coup que Donal me donna sur le côté de mes flancs n'aida pas non plus, et aussi fort que j'essaie, je ne pus le retenir. L'un des chats les plus prétentieux me donna un coup de patte depuis son perchoir sur une table, et je tournai la tête dans sa direction, ne voulant pas gâcher ma relation avec un homme qui en savait manifestement assez pour m'apporter du bacon quand il en avait.

La chatte dit quelque chose – probablement à propos de ma mère, parce que les chats ne sont pas inventifs dans leurs insultes – et me frappa de nouveau. Cette fois, cependant, elle me toucha et m'égratigna le nez avec sa griffe. Son air suffisant dura presque aussi longtemps que le bacon, parce que je penchais la tête… et lui vomis dessus.

VII

— QUELLE HEURE est-il? questionna Kane.

Il chercha à atteindre son téléphone. Il s'éteignit – une sorte d'alarme. Musical, mais doux.

— Putain de Connor, il a probablement encore changé ma sonnerie. Qu'est-ce que c'est que ça?

Le lit avait une odeur… familière. Agréablement familière, mais les draps étaient froids. Ses orteils aussi. Et ses épaules. Son cul n'était pas beaucoup plus chaud, en plus il y avait une brise importante frappant ledit cul et d'autres parties dénudées de son corps. Un appendice qu'il aimait beaucoup se plaignit puissamment de l'air froid de San Francisco qui le frappait, et il se recroquevilla sur lui-même, refusant de supporter la froide soirée du dehors du creux chaud entre ses cuisses.

— Toi, tu es un lâche, dit Kane à son sexe en attrapant un pantalon de survêtement sur une chaise à proximité.

Heureusement, c'était l'un des siens et pas celui de Miki, enveloppant sa queue soulagée.

— Heureux maintenant? Merde, pourquoi diable fait-il si froid ici? Et… putain, du vent?

Il ravala la panique lui nouant la gorge. Clignant des yeux, Kane s'obligea à se rappeler où ils avaient passé la nuit. Miki avait été chassé de l'entrepôt comme un mouton conduit à l'abattage, avec la propre mère de Kane dans le rôle du border collie qui lui mordillait les talons jusqu'à ce qu'il franchisse la porte.

— Mon Dieu, il va me tuer si elle ne le laisse pas partir.

Kane leva les yeux vers le ciel pour implorer n'importe quel ange gardien à l'écoute n'ayant rien à faire.

— Si vous écoutez, Seigneur, faites comprendre à maman qu'il n'est pas du genre à être câliné. Je ne veux pas le décrocher du plafond chaque fois qu'elle s'approche de lui, car c'est sûrement ce que je vais devoir faire si elle ne s'arrête pas.

— Tu parles comme ton père quand tu as sommeil.

La musique s'arrêta alors que la voix de Miki sortait d'un coin sombre de la pièce.

— Plus… irlandais. Comme si tu me vendais du savon ou des céréales.

— Hé, tu es là.

Il se frotta les yeux, attendant qu'ils s'adaptent à la douce lumière ambiante provenant de la rue. L'appartement de style loft que son père avait construit derrière le garage était d'une taille suffisante pour contenir l'étrange meuble, et certainement assez grand pour que les ombres se forment dans ses coins. Miki avait trouvé l'un de ces recoins les plus sombres et jetait un coup d'œil depuis sa sécurité, étreignant une guitare acoustique désormais silencieuse.

— La porte ouverte, c'est pour quoi ? T'as trop chaud ?

— Non, le chien devait pisser. Puis il est rentré, mais j'ai perdu la notion du temps. Putain, il gèle ici.

Miki posa doucement la guitare contre le mur. Ses cordes bourdonnèrent quand ses doigts glissèrent dessus une dernière fois, un léger adieu jusqu'à ce qu'ils se retrouvent. Il boita en retournant au lit, le genou raide et sans sensation. Kane le rattrapa avant qu'il ne trébuche, et Miki emplit l'air avec un juron.

— Bordel !

— Pourquoi ne te remets-tu pas au lit ? proposa Kane, embrassant le sommet du crâne de Miki. Je vais fermer la porte.

— Et bon sang, maintenant tu es vraiment réveillé.

Miki se jeta pratiquement sur le matelas, s'enfouissant dans les draps refroidis.

— Merde, le lit est froid aussi. À quoi ça sert d'avoir un petit ami s'il ne garde pas les draps au chaud ?

— Est-ce donc ce que je suis ? Un petit ami ?

Il le dit d'un ton taquin, mais alors que Kane fermait la porte, il se retrouva à attendre la réponse de Miki. L'anticipation était vive, un rasoir posé sur son cœur, attendant de plonger en lui.

— Oui ? Merde, je ne sais pas. Comment les gars s'appellent-ils ?

La porte fermée, Kane se tourna pour regarder Miki tirer sur les draps et se battre avec eux. Il n'y avait pas de moment capital suspendu entre eux pour le chanteur. Non, il était plus soucieux de conjurer le froid que de briser le cœur de Kane.

— N'en avons-nous pas déjà parlé ?

— Non, pas vraiment. Vaguement. Un peu, admit Kane doucement alors qu'il s'approchait du lit. Mais pas avec autant de mots.

— Alors, c'est un non-oui-peut-être ?

Miki bâilla et hurla quand Mec sauta sur le lit.

— Chien, surveille ton nez. Ce putain de truc est plus froid que... bordel, quelle que soit la chose froide à laquelle je ne parviens pas à penser pour le moment. Et oui, je suis presque sûr que nous avons déjà discuté de quelque chose ou... bon sang. Écoute, K, toi et moi savons tous les deux que je suis nul pour ça. Ne pouvons-nous pas simplement couper court à toutes les conneries sentimentales et lui donner un nom pour que je puisse me rendormir ? Dois-je utiliser le terme petit ami ou pas ?

— Ouais, répondit Kane, se déplaçant à quatre pattes pour ramper sur le corps élancé de Miki. C'est donc petit ami, Mick. Mais ne retournons pas dormir tout de suite. À la manière dont tu frissonnes sous moi, on dirait que tu pourrais avoir l'utilité d'un peu plus de réchauffement. Laisse ton petit ami t'aider.

VIII

J'ÉTAIS SUR la défensive, en équilibre sur la clôture – une bonne phrase empruntée aux chats – avec la mère de Kane. Elle était excitée, un peu comme une Jack Russell que je connaissais, et comme ce terrier en particulier, sa morsure était bien pire que son aboiement. Et concernant tout ce qui était malodorant et mûr, elles pouvaient toutes les deux aboyer.

Tout ce que je pouvais dire était inutile. Elle s'était en quelque sorte offensée de mes ébats matinaux et m'avait enfermé dans une autre pièce froide et lumineuse qui puait les fleurs, les nettoyants et le linge frais. Ce n'était pas les draps d'un lit doux et moelleux. Non, c'étaient des choses assoiffées et râpeuses qui, bien que parfumées, ne signalaient qu'une chose à un chien.

Un humain allait effacer chaque maudite carte de visite, odeur et trace de l'existence d'un chien de sa fourrure et de sa peau.

Alors non, je n'étais pas trop emballé par la mère de Kane.

D'autant qu'elle m'avait attiré avec du bacon, avant de fermer la porte derrière moi.

Un chien était habitué à la trahison. Cela arrivait tous les jours. Les gens partaient… parfois pour toujours. Les gens mouraient avant que nous ne soyons prêts à les voir partir. Et parfois, ils faisaient des choses méchantes comme faire semblant de jeter un jouet pour qu'on aille les chercher uniquement pour le garder et rire pendant que nous le cherchions.

Le frère cadet de Kane – l'un d'eux – avait fait ça quand j'étais sorti la première fois dans la cour, et Miki s'était déchaîné sur lui comme l'un des chats arrogants perchés dans le salon à l'instar d'un poulet royal. Mon Miki n'aimait pas être dupé, et il n'y prenait aucun plaisir. Par conséquent, Miki ne laisserait personne me tromper.

Alors, il serait probablement de mon côté s'il savait que la mère de Kane m'avait tenté avec du cochon frit puis, après m'avoir donné la tranche, m'avait poussé dans une baignoire pour me débarrasser de mes errances.

Pour emprunter un juron aux humains : *salope*.

Pourtant, je l'avais enduré gracieusement. Bon, grognon, mais je n'avais rien dit, je n'avais mordu personne, et elle m'avait badigeonné avec juste assez de mousse pour que les gens se demandent si j'étais un putain de caniche lorsque la porte s'était ouverte rapidement et qu'un autre Fils-Monstrueux-de-Donal entre.

Je perdais le fil de qui était qui. Ils se ressemblaient tous et, pour la plupart, avaient la même voix, mais ils avaient des odeurs différentes. Je jetais un regard mauvais à Brigid sous mon voile de mousse – ce serait le cas, *si* je pouvais le sentir à travers le maudit savon dans lequel elle m'avait recouvert.

— Conn, ferme la porte. Le chien risque de sortir et alors ce sera l'enfer.

Elle poussait presque la chansonnette pendant qu'elle me faisait mousser.

— Maman, pourquoi tu baignes le chien de Miki ? Tu prends un peu trop de liberté, tu ne crois pas ?

Conn… c'était Conn. Je le reconnus quand il s'approcha et je pus le regarder à travers la mousse. J'essayais de lui présenter mon visage de chiot triste éprouvé, mais soit le savon diminuait sa puissance, soit il était immunisé. Je blâmerais le savon.

— Bon sang, il a failli faire un nouveau trou du cul à Ian pour avoir essayé de tromper le chien. Maintenant, tu vas le foutre en rogne en lavant le Mec ?

— C'est juste Mec. Pas *le* Mec, le corrigea Brigid.

Elle avait raison, mais elle n'avait pas la bonne inflexion. Miki semblait être le seul à maîtriser suffisamment le miki-ese pour y mettre le bon ronronnement, mais j'endurais le massacre de mon bruit aussi bien que le bain – en silence et en lâchant un pipi dans une chaussure ou deux quand je le pourrais.

— Et je devais le laver. Il a traversé les parterres de fleurs et s'est roulé dans les entrailles de poisson que ton Da a mis là-bas pour une raison ou autre. Je ne peux pas le laisser puer comme une assiette de *hakarl* quand l'un d'eux se lèvera. Ils penseront qu'on ne peut pas nous faire confiance pour surveiller le chien, et alors que se passera-t-il pour nous ?

— Ne pas surveiller le chien ?

Conn avait l'air aussi confus que je l'étais, et j'essayais de lever les yeux au ciel de sympathie, mais malheureusement, mes tripes s'agitèrent à la place et je sentis un glissement de gaz m'échapper.

La vengeance est une chose douce et sucrée – ou plutôt une chose pourrie mieux servie après avoir mijoté dans mes tripes et quand Brigid, mère de la Horde à la Langue Bien Pendue et Cajoleuse Traîtresse, se pencha sur mon cul pour me frotter les pattes arrière.

Inutile de dire qu'elle s'était enfuie. Elle avait fui comme la trafiquante de bacon qu'elle était, étouffée par ma fourrure de rang et par mon ventre chargé de choux. Je jetai un regard nostalgique à la porte maintenant ouverte, puis je le relevai vers Conn, qui se tenait au-dessus de moi avec un sourire perplexe sur le visage.

— Oui, je sais que tu l'as fait exprès, espèce de petit bâtard, dit-il en riant, ressemblant plus à son père qu'avant alors qu'il se penchait sur moi. Et non, tu n'échapperas pas au nettoyage. Allez, finissons-en. Et pas d'entourloupe. J'ai grandi avec une meute de frères. Il n'y a pas de puanteur que tu puisses imaginer qui se rapproche même des garçons après un week-end de burritos aux haricots congelés.

IX

MIKI ÉTAIT plein. Principalement de nourriture, mais aussi d'autres choses. Vautré sur un canapé très confortable dans la salle familiale des Morgan, depuis la banquette, il regardait à travers les hautes fenêtres donnant sur l'arrière-cour où Mec chassait l'ombre des oiseaux sur l'herbe humide de pluie.

— Tiens, tu sembles en avoir besoin.

Donal plaça une bouteille brune de boisson gazeuse dans la main de Miki, puis s'assit sur un large fauteuil posé près du canapé dans lequel il s'était blotti.

— Je suppose que tu aimes les boissons gazeuses.

— Ouais.

Il sirota une gorgée, puis plissa le nez face aux bulles.

— Waouh, fort. Duveteux.

— Un peu comme ton chien là-bas.

Le chef de la famille Morgan rit.

— J'espère que ça ne te dérange pas, ma femme lui a donné un bain ce matin. Visiblement, il avait trouvé un peu d'engrais et il avait décidé que c'était son royaume.

— Il déteste les bains, répondit doucement Miki, en prenant une autre gorgée. Je dois toujours courir après lui dans la maison, puis une fois que je l'ai mis dans la baignoire, il se tient là comme si j'étais sur le point de le mettre dans un four à micro-ondes ou un truc du genre.

— Eh bien, tu seras heureux d'apprendre qu'il aime aussi beaucoup le bacon, alors Brigid l'a attiré avec ça.

Donal rit devant l'expression horrifiée de Miki.

— Laisse-moi deviner, tu ne l'as jamais soudoyé comme ça ?

— Ça semble un peu… traître, tu vois ?

Il fronça les sourcils, ne sachant pas s'il aimait ce qu'il entendait. Connaissant Mec – et le goût du chien pour les odeurs nauséabondes, il était probablement à un niveau nucléaire de puanteur, mais cela le dérangeait quand même.

— C'est comme mentir, non? Je veux dire, Carl... putain, Kane probablement...

— Il m'a parlé de cet homme.

Les mots étaient doux, beaucoup plus apaisants que n'importe quel morceau de tarte que les Morgan lui avaient imposé après avoir mangé son troisième dîner.

— Tu n'as pas à en parler, sauf si tu le veux, mais sache que si tu le fais, cela restera entre nous, OK?

— Ouais, ça marche.

Miki hocha la tête, soupirant alors que Mec dérapait presque dans un rosier.

— C'est juste... Carl avait l'habitude... au début de toutes ses conneries... de m'acheter des choses ou de me donner des bonbons. Alors, je l'aimais bien. Ensuite, il faisait... des saloperies avec moi. Je ne veux pas faire ça à Mec. Il... ce n'est pas bien. Soit on lui donne des trucs, parce qu'on le veut, soit non, tu comprends? Les choses ne devraient pas être... biaisées. Je sais que c'est stupide, parce que c'est un chien et tout, mais... bon sang, apparemment c'est *mon* chien. Et je ne veux pas qu'on lui mente.

— Plutôt bien, murmura doucement Donal. Je peux concevoir ton point de vue, et je suis d'accord. Ta relation avec lui est basée sur beaucoup de confiance. Il est venu vers toi et dépend de toi pour ça. Je comprends.

— Ouais, alors tu es le seul, se moqua Miki. La plupart des gens pensent que je suis fou ou quelque chose comme ça.

— Non, pas fou. Juste... ton monde est très dépouillé, mon garçon. Tu es honnête. Les gens ont parfois du mal avec l'honnêteté. Tu n'enrobes pas les choses avec de jolis mots si tu n'aimes pas quelqu'un, mais tu es assez poli pour être courtois avec quelqu'un si tu dois le faire.

— Merde, tu dois parler de Brigid.

Il sourit à Donal.

— Pardon, je sais que c'est ta femme, mec, mais elle est... mec, elle est comme avaler du *Sriracha* pour se rafraîchir la gorge après avoir grignoté un *habañero*.

— C'est la raison pour laquelle je suis tombé amoureux d'elle.

Donal posa ses pieds sur une petite table basse, puis sourit à Miki.

— Ma vie était très... ordinaire avant de rencontrer Brigid Finnegan. Alors, je ne pourrais pas imaginer ma vie sans elle. Folle et têtue à l'excès, mais féroce et loyale. Je savais qu'elle serait une bonne mère pour mes enfants et une bonne âme à avoir dans mon cœur pour le reste de mes jours. Elle est jolie aussi. Ça a été un long chemin, mon garçon.

— Ouais, je vais te croire sur parole, admit-il en haussant les épaules. Les femmes… pas une seule… rien.

— Non, j'en conclus que non, le taquina Donal. Mais je te promets quelque chose, mon garçon. Je ferai de mon mieux pour qu'aucun des miens ne te pousse trop fort ou ne te fasse du mal, à toi et à ton chien. Voilà ce que je te promets.

— Vraiment.

Miki le regarda avec précaution en ajoutant :

— Que dois-je faire pour ça ?

— Tu continues à aimer mon Kane. Parce que je te le dis, *boyo*, je n'ai jamais vu mon fils aussi heureux qu'il l'est avec toi.

Donal fit un clin d'œil à Miki.

— Et pour ça, je combattrais tous les dragons qui seront nécessaires. Même si c'est la mère de mon garçon.

X

J'AVAIS PARDONNÉ à Kane.

Cela m'avait pris un peu plus de temps que je ne le souhaitais, mais quand il ramena Miki à la maison, mon humain n'était *pas* dans l'état où il était quand il l'avait quitté. Il allait mieux maintenant, mais pas au début. Ça faisait des jours, mais quand même, ça faisait mal. Sacrément.

Non, Kane était sur ma liste de merdes. Et je pourrais beaucoup chier.

Heureusement pour Kane, il y avait un steak grillé sur un poêle extérieur et on m'en avait promis un pour moi.

Promis par Donal, Père des Piétineurs, des Grognons des Montagnes et de la Compagne Traîtresse.

Pourtant, un homme devait parfois se contenter de ce qu'il avait devant lui, et c'était la seule raison pour laquelle je pourrais penser que Donal avait une traîtresse pour compagne. Eh bien – en observant les alentours de la cour – elle semblait également avoir de très grandes portées, un plus quand un mâle veut établir une lignée à laisser derrière lui.

J'avais déjà fait ma part. Préférer uniquement les compagnons liés aux humains garantit non seulement une portée saine, mais aussi des chiots presque toujours garantis de trouver leurs propres humains sans trop d'effort. Jusqu'à présent, mes seize descendants avaient été dispersés dans les quartiers, et chacun d'eux était heureux.

C'était tout ce qu'un chien pouvait demander dans la vie.

Cela et du bacon donné gratuitement, mais apparemment, c'était trop demander pour certaines personnes.

Les personnes.

Miki était une personne. Une bonne personne. Il revenait à la maison un peu brisé, mais mieux à l'intérieur. Il était sorti pour combattre quelque chose à l'intérieur de lui, et à la place, il avait trouvé quelqu'un qui l'attendait… un démon qu'il n'avait pas créé, mais quand même récolté.

Parfois, les humains se trahissaient avec des choses bien plus grosses que le bacon.

Je trouvais mon Miki et montais sur ses genoux. Cela ne le dérangeait pas que j'aie retrouvé des tripes de poisson mort, bien que cette fois, je

50

les avais simplement flairées un peu. Ils sentaient le Donal et les oranges. Le premier ne me dérangeait pas. Le second piquait mes narines, alors je l'avais laissé.

Bien que d'après l'expression de chat satisfait sur le visage de Donal quand il m'avait vu sortir des roses, je dirais qu'il était responsable des oranges là-dedans, d'une manière ou d'une autre.

— Ton chien sent bien meilleur. C'est merveilleux ce qu'un bain régulier peut faire.

Kane mordilla le cou de Miki. Ils se mordillaient beaucoup l'un l'autre. Plus que je ne pourrais jamais le faire, mais ils semblaient aimer ça. C'était probablement beaucoup plus agréable sans avoir autant de fourrure coincée entre les dents, mais je ne faisais que supposer sur ce sujet. Kane était assez poilu pour être un Shiba Inu à certains endroits.

— Et je crois deviner qu'il veut un morceau de steak, ajouta-t-il.

— Il est toujours partant pour un morceau de steak. Ton père lui en a pris un pour lui aussi.

Miki fit un signe de tête vers l'endroit où Donal préparait mon dîner et mettait des morceaux dans mon bol.

— Il va en avoir assez. Merde, ton père lui a même grillé des carottes.

— Il te grillerait des carottes si tu en voulais.

— Ai-je l'air de manger des carottes grillées ? ironisa-t-il.

Mon humain ironisait vraiment bien, mais j'aime les carottes.

— Bon sang, les carottes ne sont-elles pas censées être crues ?

— Tu aimes juste de longues choses crues à mâcher, taquina Kane.

Il grogna quand Quinn s'assit sur la chaise longue à côté d'eux.

— Hé, va trouver ton propre nid d'amour. Nous parlons de carottes, ici.

— J'ai entendu.

J'aimais Quinn. Je l'avais aimé encore davantage une fois que j'avais réalisé qu'il était probablement aussi partial que Miki. Il m'avait refilé un morceau de brocoli, s'assurant qu'il avait été trempé dans un truc blanc avant de me le donner.

— Votre chien est plus lapin que canin. Ou penses-tu qu'il était comme ça, parce qu'il était un chien des rues avant d'emménager avec toi.

— Ne lui donne pas ça, Q-bert. Il va…

— Il peut coucher avec toi ce soir, Q. J'en ai assez qu'il me chasse de la chambre, déclara Miki en plissant le nez. J'ai déjà ma dose avec Kane qui ronfle.

— Je ne ronfle pas.

— Non, pas actuellement, remarqua doucement Quinn.

Je me glissai sur ses genoux, implorant sans vergogne tout ce qu'il accepterait de me donner. Des yeux de chiot tristes fonctionnaient sur lui, et je reçus un morceau de peau de poulet croustillante de son assiette. Presque aussi bon que du bacon.

— Tu ronfles depuis la première fois où Rafe t'a frappé sur le nez.

— Il n'aurait pas dû me tripoter le cul, protesta Kane.

Il hurla à nouveau quand Connor appuya un doigt à l'arrière de sa tête.

— Rafe tripote le cul de tout le monde, assura-t-il.

Connor vola le dernier morceau de poulet de l'assiette de Quinn et le partagea avec moi. Si je ne faisais pas attention, je serais trop gros pour monter les escaliers et dormir sur le lit de Quinn.

— D'ailleurs, sans Rafe, toi et Quinn seriez toujours en train de penser que vous aimiez les femmes.

— Je savais que je n'aimerais jamais les femmes, grogna Quinn.

Il frappa la main de Miki quand mon humain la souleva en signe de salut, certifiant :

— Je préfère coucher avec Mec.

— Bien, grogna Kane avec espièglerie, découvrant ses dents de cette drôle de façon qu'il avait. Parce que ce soir, la seule chose chaude que je veux dans mon lit en train de me mâcher les orteils, c'est celui-là.

Je reniflai du mieux que je pus.

Comme si j'allais mordiller *ses* orteils.

XI

MIKI AVAIT suffisamment guéri pour être grincheux. Kane l'avait bien supporté, mais après que le magasin du coin s'était plaint des ravages de Mec sur leur chariot de produits à l'extérieur, Miki et le chien partaient pour un voyage en voiture vers la jetée. Ils avaient pris la GTO, Kane traversant Chinatown comme si sa vie en dépendait.

Compte tenu de la façon dont Miki se sentait mal, Kane se sentait probablement pareil.

Il savait qu'il aurait dû être heureux. Bon sang, il était vivant. Kane… bordel, une grande partie de sa vie était bonne grâce à Kane, mais il restait une petite partie de lui allongé dans l'obscurité.

Et rien ne pourrait jamais effacer cette part sombre dans son cœur.

— Penses-tu que Damie savait que je l'aimais ?

Miki jeta un coup d'œil à Kane alors qu'il entrait dans un parking. Les mains de son amant étaient fermes sur le volant et ses phalanges n'étaient pas blanches, alors Miki se dit que la question n'était pas trop décalée.

— Je veux dire avant… tu sais ?

— Mick, je pense que Damie n'est probablement entré au Paradis que parce que tu l'aimais, marmonna Kane, se glissant dans un espace vide. D'après ce que j'ai entendu dire sur vous deux, je suis surpris qu'ils n'aient pas verrouillé les portes et jeté les clés de l'enfer, parce qu'ils avaient peur que vous vous présentiez.

— Nous n'étions pas *aussi* horribles.

Il fit une pause, repensant à leur premier road trip et au nombre de bars d'où ils avaient été virés.

— D'accord, peut-être un peu, mais ce n'est pas comme si nous étions les Jake et Elwood des Blues Brothers de San Francisco.

— Hum, grommela Kane.

Merde, il détestait ce son. Il détestait encore plus ça, parce qu'il était à peu près sûr que Kane l'avait copié de lui.

Mec avait hâte de sauter hors de la voiture, mais un *non* sévère le retint jusqu'à ce que Kane attache une laisse au harnais du chien. Miki balança ses jambes et grimaça quand il cogna la portière de la voiture avec son pied. Une canne jaillit de la banquette arrière alors que Kane la bousculait sur la console.

— Prends ça, c'est dangereux là-bas.

— Drôle. Je suis sûr qu'ils rient à gorge déployée là-bas au bout de l'arc-en-ciel.

Il prit la canne et y appuya la majeure partie de son poids en sortant de la voiture.

— Tu gagnes un prix. La garde temporaire de mon chien.

— Eh bien, au moins, tu admets qu'il est ton chien maintenant.

— Seulement quand tu le promènes et que les gens viennent te roucouler dessus.

Il battit des cils, écarquillant les yeux en se moquant de certaines des femmes qu'ils avaient rencontrées lors de leurs rares promenades.

— Oh, quel adorable chiot. De quelle race est-il? Vous devez être vraiment doué pour l'entraîner, parce qu'il se comporte *si* bien.

— Ouais, il se comporte si bien qu'il vient juste de pisser sur mes baskets.

Kane se débarrassa de quelques gouttelettes sur son pied en le secouant et fixa le chien blond qui se moquait de lui.

— Toi, *boyo*, tu as vraiment de la chance qu'il t'aime, parce que je ne laisserais personne me pisser sur le pied.

— Tu ferais mieux de ne laisser *personne* pisser sur ton pied, l'avertit Miki, clopinant aux côtés de Kane. Ou quoi que ce soit d'autre sur toi, d'ailleurs. Pourquoi ferais-tu ça? C'est dégoûtant.

— Certaines personnes pensent que l'urine est une panacée.

— Une quoi?

— Quelque chose qui peut guérir tous leurs maux.

— Merde, pourquoi n'as-tu pas dit ça dès le début? Et si c'est le cas, pourquoi les gens ont-ils des problèmes rénaux? C'est là que la pisse est stockée, non? Attends, non... c'est la vessie. Que font les reins? Filtrer les éléments?

— Un truc comme ça, dit Kane avec un petit rire. Pas très doué en biologie, n'est-ce pas?

— Je sais où est ta bite, rétorqua Miki. Et ta bouche. Presque toutes les parties du corps dont je dois m'inquiéter. Si l'un d'eux bouge, j'aurai un problème.

Ils marchèrent lentement et pas très loin. Pour éviter le froid, Miki avait superposé autant de vêtements qu'il l'avait pu et se pliait encore un peu, mais le froid pénétrait ses os et il hésita, rentrant presque dans un pylône. Kane attrapa son coude et le dévia brusquement. Il le tira trop fort, déséquilibrant Miki dans la direction opposée, et les amants se cognèrent, marchant presque sur Mec, assis sur le trottoir entre eux.

Mec grogna de mécontentement, puis se leva pour renifler un poteau de clôture en fer forgé à proximité pendant que Kane se démêlait des bras de Miki.

— Hé, c'est le Old Lady Finnegan.

Miki poussa son menton vers un pub irlandais installé presque contre le bord de la jetée.

— Mec, je me demande si elle est toujours là. Attends, Finnegan. Tu as dit que ta tante ou quelque chose comme ça possédait un pub avant de mourir. Le Old Lady Finnegan est celui de ta tante !

— Eh bien, ça l'était. Au passé maintenant, tu te souviens ? Mon cousin, Sionn, est le propriétaire de l'endroit désormais.

Kane tira sur la laisse de Mec pour attirer son attention, mais le chien l'ignora, préférant continuer son enquête sur les tables extérieures du pub.

— Il se faisait rare, notre Sionn. Da dit qu'il est de retour en ville, mais je ne l'ai pas vu.

— C'est parce qu'il se cache de ta mère, marmonna Miki. Nous devrons revenir. Elle avait l'habitude de me chasser d'ici tout le temps. Moi et Damie. Elle détestait que les musiciens jouent devant chez elle. Elle nous chassait avec un balai.

— Ouais, elle le faisait aussi avec sa famille si tu ne bougeais pas assez vite.

Kane sourit, passant son bras autour de la taille de Miki.

— Allez, rentrons à la maison. J'ai envie de te réchauffer un peu et de mettre un sourire sur ton visage.

— C'est aujourd'hui, tu sais ? dit Miki, en se déplaçant lentement, sa canne cognant le long du trottoir.

— Le jour où tu as perdu tes gars ?

— Oui.

Il avait l'habitude de refuser de pleurer, mais dans la chaleur de l'étreinte de Kane – même une demi-étreinte – Miki laissa couler ses larmes, chaudes et douces-amères sur son visage.

— Je suis heureux de t'avoir. Je veux dire, bordel… je t'aime, Kane, mais ils me manquent. Je déteste juste de ne pas les avoir avec moi.

— Ils sont toujours avec toi, Mick, murmura Kane.

Il embrassa une larme jaillissant au bord des cils de Miki.

— Et un jour, tu les reverras. Je le sais. Je peux le sentir au fond de moi.

APRÈS UN COUP DE WHISKY

— TU AS des Doritos et du café pour le petit-déjeuner, Sinjun.

Ce n'était pas une question pour Miki, pas dans l'esprit de Damien. Plus une déclaration, d'autant plus que son meilleur ami lui jeta un regard dégoûté, puis continua à grignoter les triangles orange vif qu'il avait versés dans un bol.

— Quelle est la différence entre ça et le corn Chex ? demanda Miki, la bouche pleine. Juste du fromage en poudre. Et tu prends du Chex avec du lait.

Damien ne pouvait pas le contester. En réalité, il y avait peu de possibilités de disputes avec Miki St John. La plupart du temps, ses étranges décisions sur la nourriture, l'amour et la vie en général avaient du sens si on le demandait. Ce n'était que le chemin compliqué pour y arriver qui donnait le vertige à Damien.

Mais il n'y avait certainement pas de discussion concernant les Doritos et le Chex.

Il était tôt le matin, le terme « tôt » étant relatif pour un couple de musiciens. Dix heures étaient tôt dans l'esprit de Damien, mais il devina que Miki était debout depuis des heures. Les dernières années avaient été bonnes pour le chat de gouttière qu'il avait trouvé sur une issue de secours de Chinatown. Bien sûr, l'accident de voiture était une tragédie merdique, mais ce qui avait suivi semblait s'accrocher agréablement aux épaules de Miki.

C'était en grande partie dû à Kane Morgan, l'homme que Miki aimait inconditionnellement, et au terrier blond éraflé rongeant un vieil os sur le canapé à côté de ses pieds.

— Penses-tu au groupe ?

Il s'était dit qu'il allait s'y prendre de bonne heure. En finir avec cette discussion avant que la journée ne commence vraiment, afin de pouvoir se dire que c'était fait et pouvoir passer à autre chose. Le mot surprise n'était pas assez puissant pour le choc que Damien ressentit lorsque Miki hocha la tête en griffonnant dans l'un de ses maudits cahiers. Damie attendit que son frère sorte de sa coquille ; comme Miki restait silencieux, il insista à nouveau :

— Et ? Qu'en penses-tu ?

Miki le regarda, des yeux noisette scintillants à travers une chevelure châtain foncé. Au cours de toutes les années où Damien avait eu Miki à ses côtés, jamais ils n'avaient été à la croisée des chemins où ils se trouvaient en ce moment. Damien *aspirait* à remonter sur scène, mais Miki avait *besoin* de la musique. Ils pouvaient jouer dans un placard au fond d'un fast-food sur des casseroles trouvées dans la cuisine et Miki en serait heureux.

Damien ne le serait pas. Il le savait. Ils le savaient tous les deux. Ce que Damien demandait – implorait, en fait – c'était que Miki monte sur scène et vive sa vie face à un public. De nouveau.

À l'époque où ils n'avaient rien ni personne, être un groupe en tournée avait été tout ce qu'ils connaissaient, tout ce qu'ils désiraient. Maintenant, sans raison de dormir à quatre dans une camionnette ou de manger des biscuits volés pour le dîner, remonter sur les planches semblait beaucoup exiger de Miki.

Mais là, Damien se tenait au bord du canapé rénové qu'ils avaient traîné d'appartement en appartement, suppliant silencieusement Miki de le rejoindre dans la folie d'être dans un groupe. C'était beaucoup demander au très privé Miki St John.

Peut-être même trop. Mais il ne pourrait pas le faire sans Sinjun. Il ne le *voulait* pas sans son frère.

Miki lécha la poussière orange vif sur ses doigts, la grattant avec ses dents. Il déglutit, puis dit très doucement, à peine assez fort pour que Damien l'entende :

— Ouais, on devrait le faire, D. Créons un groupe.

MIKI ATTENDAIT que Damien pousse à nouveau, demande une fois de plus de franchir une ligne qu'il pensait ne plus jamais avoir à emprunter à nouveau.

Il avait réfléchi à quoi répondre. Quoi faire, vraiment. Enregistrer était épuisant. Faire une tournée était… Il ne pouvait même pas y penser. Pas encore. Pas avec la culpabilité cuisante qui s'accumulait en lui.

Damien passait la journée sur Cloud Nine. Excité et bavardant, il ne semblait pas remarquer que Miki glissait dans ses pensées, plongeant dans l'épaisseur d'encre qui l'attendait sous « et maintenant » qui le tourmentait.

Sionn était rentré à la maison afin d'embarquer Damien pour une soirée en tête-à-tête, et Miki leur avait fait signe de partir, reconnaissant d'être seul.

C'est ainsi que Kane le trouva, seul et dans le noir avec Mec ronflant, étalé au milieu du sol du salon.

— Y a-t-il une raison pour laquelle tu es assis ici sans lumières ?

L'irlandais de Kane roulait, épais et profond, rompant la solitude fragile que Miki avait accumulée.

Au crédit de Kane – et Miki avait toujours été du genre à lui rendre son crédit –, son amant n'avait pas actionné l'interrupteur. Au lieu de cela, Kane avait trouvé son chemin à travers la grande pièce de l'entrepôt, utilisant probablement la luminosité ambiante provenant des fenêtres couvrant le mur du sol au plafond pour voir, jusqu'à ce qu'il se tienne au bout du canapé où Miki était assis à fixer la baie.

— Ça va, *a ghra* ?

Kane s'assit sur la caisse d'expédition qu'ils utilisaient comme table. Ses mains se posèrent sur le visage et le bras de Miki, effaçant le chatouillement d'inconfort dont il avait été incapable de se débarrasser depuis qu'il avait accepté le plaidoyer insensé de Damie.

— Parle-moi, Mick. Est-ce que tout le monde va bien ?

Question légitime compte tenu de la merde qu'ils avaient tous traversée récemment, alors Miki hocha la tête.

— Tout le monde va bien.

— Alors, qu'est-ce qu'il y a, mon amour ? Tu ne te vautres plus dans l'ombre, tu te souviens ? le taquina Kane. Plus de Batman pour toi maintenant, non ?

Il aurait dû allumer l'une des lampes. Kane n'avait pas besoin de rentrer à la maison dans les ténèbres, mais le temps s'était échappé de Miki avant qu'il ne puisse l'attraper. Un peu comme sa bouche répondant à l'impossible question de Damien avant que son cerveau ne puisse l'arrêter.

La lumière ambiante était faible. Ils étaient trop loin du pont et des piliers pour que les inondations atteignent vraiment l'entrepôt, mais il y avait suffisamment de lumière pour voir clairement Kane, d'autant plus que les rideaux étaient repoussés.

— J'ai dit oui à Damien aujourd'hui.

Miki bougea, écartant ses jambes du canapé pour pouvoir faire face à Kane.

— À propos des trucs du groupe.

— Les trucs du groupe.

Kane glissa ses mains autour de celles de son amant, les tenant comme si Miki était précieux. C'était un contact auquel il avait du mal à s'habituer. C'était plus facile d'avoir Damien de retour que d'accepter vraiment que Kane l'aimait, mais c'était là, dans chaque petite chose qu'il faisait et disait, il aimait Miki et n'avait pas regardé en arrière une seule fois.

— Ça te convient ? Être dans un autre groupe ?

— Non, s'étrangla Miki. Je ne suis vraiment *pas* d'accord avec ça, K.

MIKI SE laissa emmener du canapé à la cuisine. Il avait accepté de ne pas avoir de sexe dans les endroits où ils préparaient de la nourriture, mais qu'il soit damné si quelqu'un lui disait où s'asseoir. Perché de manière provocante sur le comptoir pendant que Kane s'affairait à leur préparer le dîner, Miki triait ses émotions et ses pensées, reconnaissant que Kane ait été assez patient pour attendre qu'il se ressaisisse.

On lui tendit un bol de haricots verts, Miki regarda les légumes ressemblant à des vers pendant près de trente secondes avant de secouer le récipient vers Kane.

— Qu'est-ce que je suis censé faire avec ça ?

— Les nettoyer.

Kane avait le dos tourné à Miki, il ne pouvait donc pas voir l'expression confuse sur le visage de son amant.

Il les renifla, ne sentant que les haricots et l'eau.

— Ils sont déjà propres.

— Ils sont lavés, mon amour. Tu dois…

Kane jeta finalement un coup d'œil derrière lui, puis se mit à rire du grognement qu'il reçut en retour.

— Pardon. Regarde, tu attrapes le bout là, comme ça, puis tu retires la ficelle. Si tu la laisses, c'est comme si tu mâchais une ligne de pêche.

— Hein.

Miki fit une tentative sur l'un des haricots, retirant un long fil vert translucide sur le côté.

— Putain, on devrait les appeler des haricots à ficelle.

— Probablement.

Kane reporta son attention sur la cuisson des morceaux de poulet.

— Mets la partie avec des fils dans le sac que j'ai posé à côté de toi. Je les jetterai à l'eau une fois que tu auras terminé.

— Pourquoi ne pas utiliser des surgelés ?

Il savait qu'il n'aimait pas les pois frais. Ils étaient trop farineux et fermes dans sa bouche, mais les surgelés étaient bons, et il n'y avait rien de tel que des pois en conserve avec un peu de mayonnaise et du poivre.

— Ont-ils un goût différent ?

— Je trouve qu'ils sont meilleurs.

— Tu as dit ça à propos des pois aussi.

Un gros morceau d'un haricot se cassa entre les doigts de Miki, il le lécha avec hésitation. Il avait un goût cru, aussi vert que tout ce qui devrait être vert. Curieux, il mordit le bout, faisant attention de ne pas mettre la tige dure dans sa bouche. C'était sucré et un peu charnu, mais pas mauvais.

— Ils sont bons, décida-t-il.

— Meilleur cuit avec un peu de beurre.

Kane finit de piquer le poulet et se retourna pour regarder Miki enlever les fils de leurs légumes.

— Rien de semblable à ce à quoi nous sommes habitués. Parfois, c'est mieux. Parfois, c'est pire. Mais nous devons essayer, pas vrai ?

Kane était grand, épais et musclé dans des endroits que Miki trouvait fascinants, mais c'était l'intelligence dans ses yeux bleu foncé qui retenait son cœur captif. Étant l'un des garçons les plus âgés des Morgan, il avait grandi au début du mariage de Donal et Brigid, glanant des morceaux de sagesse alors que ses parents apprenaient à manœuvrer grâce à leur propre amour et à leur famille grandissante.

Il n'avait aucun doute dans son esprit, Kane ne parlait *pas* de haricots verts.

— Supposons que ce soit merdique ? Comme des pois. Mais que tu dois les manger, parce que tu l'as promis.

Il prêta beaucoup plus d'attention aux haricots qu'il n'en avait besoin, mais c'était difficile de regarder Kane. Kane, qui ne s'était jamais tenu au bord du néant à le fixer encore et encore jusqu'à ce que le vide devienne son ombre, quelque chose qu'il ne pourrait jamais éviter.

— Et je lui ai promis, K. Je l'ai promis à Damie. Supposons maintenant que je le laisse tomber ? Supposons que je ne puisse pas gérer un nouveau groupe ?

MALGRÉ TOUTE sa beauté, Miki était loin d'être délicat. Pourtant, Kane s'approcha de lui avec précaution, déplaçant les haricots sur le comptoir, puis s'insérant entre les jambes de son amant. Il repoussa une mèche de cheveux hors des yeux noisette troublés de Miki, soupirant quand ce dernier tressaillit instinctivement à son approche.

Si les hommes qui avaient appris à Miki à tressaillir n'étaient pas déjà morts, Kane mettrait avec empressement son badge de côté et les réduirait en bouillie. Le doux « *désolé* » murmuré par son amant humilia Kane, il glissa son doigt sous le menton de Miki, soulevant son visage jusqu'à ce qu'il puisse le regarder.

— Mick, mon amour, je vais te demander quelque chose, et je ne veux pas que tu te fâches contre moi pour l'avoir fait.

L'expression qu'il reçut de son amant était l'une des plus renfrognées de Miki. Kane embrassa le coin de sa bouche, lui arrachant un sourire.

— Ne me grogne pas dessus. Contente-toi de m'écouter.

— Je ne grogne pas.

Miki tira sur le col de Kane, étirant son T-shirt.

— Parle.

Kane n'allait pas souligner le ronronnement évident sous les mots de Miki. Il était tenté, mais son amant frôlait le bord de quelque chose de sombre, et la dernière chose qu'il voulait était qu'il y plonge.

— Vas-tu faire partie du groupe de Damien, parce que tu le veux ou parce que Damie veut que tu le fasses ?

Kane détacha les doigts de Miki de son T-shirt, embrassant les jointures de son amant une fois qu'il les eut libérés.

— Que veux-tu, *toi* ?

— Je veux la musique, admit Miki. Seulement, je… *bordel*.

— Maintenant, *tu* me parles, mon amour.

Kane se pressa, glissant ses mains le long des cuisses puissantes de Miki.

— C'est quoi ce *bordel* ? Qu'est-ce qui te noue l'estomac si ce n'est ni la musique ni la scène ?

— Je m'en fous, même si on est nul…

Le velours rauque de sa voix se brisa, s'effondrant en fils fins et durs.

— C'est tellement stupide. Il y a juste tellement de merde là-dedans. Tu es ici. À la maison. J'ai une putain de maison, et D veut sortir vadrouiller. Et puis, qui diable d'autre allons-nous faire venir à l'intérieur ?

— Ce n'est pas stupide, le rassura Kane. Tout bien considéré, c'est très normal. Et oui, je serai là. Bon sang, je pourrais même te suivre. Je pourrais être ta groupie.

— Les groupies sont merdiques. Crois-moi, renifla-t-il. Il était à fond sur eux à l'époque. Maintenant, probablement plus autant avec Sionn. Il préfère avoir Sionn au téléphone que quelqu'un jetable dans son lit. Je n'ai pas de soucis à ce sujet.

— Et toi ? Les appels téléphoniques seront-ils suffisants ?

Il le dit pour plaisanter, mais le regard choqué de Miki blessa profondément Kane.

— Je n'étais pas sérieux, Mick. C'était juste une blague, mon amour.

— C'est pas drôle, connard.

Miki secoua la tête, se reculant quand Kane se pencha pour obtenir un baiser.

— Sérieusement. Ce n'est vraiment pas drôle.

Les relations étaient compliquées pour Miki. Kane l'oubliait souvent. Lorsqu'on avait grandi dans l'étalement tumultueux d'une famille nombreuse et affectueuse, il était difficile de prendre du recul et de voir le monde à travers les yeux de Miki. C'était une vue plus rose que lorsque Kane l'avait rencontré pour la première fois, néanmoins, il y avait encore des blessures persistantes sous la surface, elles remontaient souvent quand Kane s'y attendait le moins.

— Je n'ai jamais pensé une seule fois que tu emmènerais quelqu'un d'autre dans ton lit, mon amour. Tu n'es pas comme ça.

Kane reçut son baiser cette fois, une éclaboussure chaude de sa saveur sur sa langue.

— Et être mal à l'aise avec de nouvelles personnes est normal. Je le serais.

— C'est le gros problème, tu sais ? dit Miki, en soupirant et en posant sa tête sur l'épaule de Kane. Parce que c'était tellement magique avant. Et je veux que ce soit à nouveau magique.

— Tu te sens coupable de continuer avec un groupe sans les autres ? demanda Kane.

Il frotta les jambes de Miki, générant plus que de la chaleur sous sa peau.

La dernière chose que Miki voulait était de gérer une queue dure pendant qu'il analysait le merdier dans son cerveau, mais Kane n'avait probablement aucune idée de la manière dont son contact chatouillait ses sens. Il y avait eu des moments où il avait eu du mal à garder son esprit

63

concentré sur les plaisirs du sexe avant de rencontrer Kane, mais il y avait des moments où tout ce qu'il pouvait voir ou ressentir était la tristesse et la douleur d'être piégé dans une petite pièce sans espoir de s'échapper.

Il n'avait jamais ressenti ça avec Kane. Son flic ne lui avait jamais donné l'impression d'être en danger. Et malheureusement, il y avait maintenant de petites choses que Kane faisait, comme frotter son genou abîmé ou lui adresser un sourire canaille qui entraînait la libido de Miki à une ébullition rugissante.

— Si Connor et Quinn mouraient, te sentirais-tu coupable si tu aimais les nouveaux frères que ta mère ramène à la maison? demanda doucement Miki.

Il n'était pas préparé au sifflement choqué de Kane et fronça les sourcils lorsque les mains de son amant se figèrent.

— Je dois te reconnaître ça, Mick, tu n'es jamais du genre à retenir tes coups.

Kane expira lentement avant de lui répondre :

— Je suppose que pour toi, c'est ainsi que tu le ressens… comme si tu remplaçais des frères par des inconnus. Et oui, quand maman a ramené les jumeaux à la maison, ce n'était pas exactement mon moment le plus génial. Je n'avais pas *besoin* de plus de frères et sœurs… et certainement pas d'une *fille*.

— Kiki peut te botter le cul, rappela-t-il à Kane. Le pire, c'est que ton père et ta mère se mélangent en elle. Toute la méchanceté de Donal et la plupart des putains de règles de ta mère dans un seul paquet.

— Ouais, je l'ai compris quand elle a attrapé les couilles de Conn et les a tordues, parce qu'il lui avait tiré les cheveux.

Kane gloussa, probablement à la grimace de Miki.

— Le fait est que j'aime Kiki et Riley en raison de qui elles sont, pas de ceux que j'avais déjà dans ma vie. Et contrairement aux frères et sœurs, Damie et toi allez choisir ces gars, donc ce n'est pas comme si vous deviez prendre ce qu'on vous apporte. Vous avez fait ça avec Johnny et Dave, n'est-ce pas? Ou étaient-ils là avant toi?

— Damie connaissait Dave, mais ils n'étaient pas dans un groupe. Damie avait des gars avec lesquels il jouait, mais ils déconnaient trop.

Miki remarqua l'expression légèrement confuse de Kane.

— Ils ne se présentaient pas aux concerts, n'apprenaient pas les morceaux. Ou quand ils se présentaient, ils étaient trop ivres pour jouer.

— Alors, il les a tous jetés au bord du trottoir et a recommencé avec toi? demanda Kane, ses doigts passant à nouveau sur le genou de Miki. Ce n'est pas idiot de sa part.

— Pas idiot pour moi. Il m'a trouvé un endroit où crécher.

Damien avait eu du mal à l'époque, mais pour Miki, l'appartement d'une pièce était une aubaine. Il n'avait jamais pensé que les choses étaient difficiles. Il y avait toujours des moyens de s'en sortir, du papier toilette volé dans les stations-service, des gobelets de restauration rapide recyclés remplis en cachette et le partage d'une grande frite après avoir ramassé un peu de monnaie, voilà comment les choses se passaient. La musique... *ça*, ça avait changé la vie.

Et le ferait probablement à nouveau.

Kane avait raison. C'était juste un autre début. Un parmi beaucoup d'autres. Un nouveau groupe ne changeait rien au passé et il ne lui enlèverait certainement rien de ce qu'il avait déjà dans le présent. Il avait Kane, Damien, Mec et tout le monde se pressant autour de lui, à portée de main chaque fois que le monde devenait trop sombre. Ajouter deux autres personnes à l'ensemble ne serait que la cerise sur le gâteau déjà consistant.

— Oui, tu as raison. Je ne remplace personne que j'ai déjà. J'ajoute juste du neuf.

Miki lui vola un baiser, puis tapota légèrement Kane sur la mâchoire avec son poing.

— Et je pense que ton poulet est en train de brûler.

INTERVIEW AVEC LES GARS

Interviews

S'ASSEOIR AVEC Miki St John est toujours intéressant. Réunis avec Damien Mitchell, les choses passent d'intéressantes à explosives.

Ils forment définitivement un couple. Pas de la manière traditionnelle dont deux hommes se connectent l'un à l'autre – dans une relation romantique éternelle d'amour et de sexe –, mais plutôt une fraternité enchevêtrée rarement vue de nos jours. Les voir ensemble sur scène ne donne à un fan qu'un indice du lien entre ces deux hommes. De près et en personne, cette amitié est presque palpable.

J'ai pris rendez-vous pour rencontrer les gars de Sinner's Gin et leurs amants pour une série d'interviews en deux parties. Je les ai rencontrés dans un entrepôt rénové où Miki a emménagé à la suite de la tragédie ayant frappé le groupe, il n'y a aucune trace de chagrin sur le visage de Damie quand il ouvre la porte. Il est aussi beau et arrogant que sur les anciennes photos du groupe, cependant il y a une lueur sombre dans ses yeux, une obscurité passagère alors que Miki, son jumeau figuratif, sort de la cuisine pour nous rejoindre dans le salon occupant une grande partie de l'espace du rez-de-chaussée de l'entrepôt.

Tous deux sont détendus et heureux. Le sourire charismatique de Damie est en place quand il attrape le Gatorade de Miki, et il attend que son ami s'installe avant de se percher sur le canapé à côté de lui. Leurs épaules se touchent, et il y a un bref moment de bousculade agressive, un jeu enfantin entre eux avant qu'ils éclatent tous les deux de rire, le baryton de Damie roulant sous les tons riches de Miki.

Miki St John est plutôt sexy en personne, un homme souple avec un visage timide et doux. Ses mains sont constamment en mouvement, agrippant l'anneau en plastique de la bouteille ou jouant avec la déchirure dans le genou de son jean. Damien est moins agité, mais non moins sympathique. Presque agressif avec son charme, le guitariste fournit un tampon social à son meilleur ami, intervenant pour combler les silences pendant que nous parlons de la ville qu'ils aiment tous les deux.

Je leur montre une liasse de papier avec une petite liste de questions posées par les fans, et le nez de Miki se fronce. Damien lui donne un autre coup de coude et lui dit de bien se comporter, puis me donne la permission de poser les questions.

Tout d'abord, merci à vous deux d'accepter de répondre à ces questions. Je vous en remercie.

M : C'est pas comme si nous faisions autre chose.

D : Ce que Miki veut dire, c'est que nous en sommes ravis. On doit parfois traduire ses conneries avec lui. Il est grincheux. Nous n'avons plus de Pop-Tarts à la cannelle et à la cassonade.

M : Sympa. Connard. Il les a mangés.

D'accord, commençons. Aimez-vous les pommes ?

M : Les pommes ?

D : Sérieusement, les pommes ?

Ne jugez pas. Elle achetait des pommes.

Miki hausse les épaules, puis dit : Oui, je les aime beaucoup. Les rouges vraiment foncés. Et douces. J'aime les pommes douces. Pas les vertes.

D : J'aime les vertes.

M : Je ne veux tout simplement pas qu'elles aient le goût de pommes de terre. Beurk. Dégueu.

D'un autre fan : Pourquoi ne pouvez-vous pas simplement manger ? Ce fan vous implore : S'il vous plaît, mangez plein de choses. Mangez juste toutes sortes de trucs.

D : Merde, je mange tout le temps. Vraiment, constamment. C'est Miki qui oublie. Ou il mange de la merde.

M : Je ne sais pas cuisiner. Je brûle tout.

D : Tu pars en *vadrouille* et laisses des trucs sur la cuisinière. Ou j'entre dans la cuisine et il y a deux saucisses frites mortes dans le micro-ondes. Le chien est beaucoup nourri, parce que quand il y a de la nourriture dans une assiette ou un truc comme ça, il oublie que c'est sur la table, et Mec se sert. Ton chien est gros.

M : Ce n'est pas mon chien.

D : Tu n'arrêtes pas de le dire, mon pote. Si ça t'aide à dormir la nuit, mais mange de la putain de nourriture.

M : Oui, Brigid.

Damie le regarde : Froide, mon pote. Elle est froide.

Que faites-vous lorsque vous n'êtes pas en tournée ou en enregistrement ?

D : On mange. On écrit de la musique. Bon sang, je ne sais pas. On joue à des jeux vidéo. J'écoute beaucoup de musique. J'aime aussi aller sur les marchés fermiers. Ils sont sympas.

M : Conneries. Il baise. Partout. C'est dégoûtant.

D : Miki fait des gorges profondes avec des bananes en public.

M : Vraiment ? C'est le mieux que tu puisses faire ?

D : J'étais sous pression. Écoute, j'ai eu une blessure à la tête.

M : J'étais dans le coma. Va te faire foutre.

Allez-vous envoyer à un fan des photos de nu du groupe ?

M : Mec, tu nous as regardés ? J'ai un genou en vrac, et D a l'air d'être un zombi se relevant de la morgue. Donc non. Je suis surpris que quiconque nous baise.

D : J'ai une cicatrice en travers de ma poitrine. C'est génial. Sionn l'adore.

M : D est un exhibitionniste. Lui et Mec se promènent sans vêtement tout le temps.

A-t-il été difficile pour Damie de rejouer de la guitare pour la première fois ?

D : Ouais. J'avais peur d'avoir inventé toute cette merde. Genre, ma tête était complètement bousillée, alors peut-être que penser que je pouvais jouer était dans ma tête. Jouer à Rock Band à l'hôpital m'a foutu en l'air, parce que rien ne correspondait à ce que faisaient mes doigts. À la première occasion, j'ai essayé une vraie guitare.

J'ai littéralement joui dans mon pantalon quand j'ai pu faire des gammes. J'aurais pu m'envoler à ce moment-là. C'était suffisant pour moi. Je savais que je n'étais pas fou.

Damien, qu'est-ce qui vous a poussé à choisir le Finnegan ??

D : Je n'ai pas vraiment choisi le Finnegan. Sincèrement, la vieille dame vous bottait le cul si vous vous présentiez pour chanter ou jouer. Elle aimait les jongleurs. Non. Franchement. Sionn aimait sa grand-mère et tout, mais elle était effrayante. Je pensais vraiment qu'elle était devenue gentille en envoyant Sionn me botter le cul. C'était nul de découvrir qu'elle était morte. J'étais en train de mendier là-bas.

Jouer devant un restaurant ou un bar peut parfois se retourner contre vous. Vous n'obtenez pas autant de pourboires l'après-midi, car les gens pensent que vous faites partie de l'ambiance. Les soirées sont bonnes. Les gens ivres donnent des pourboires comme des dingues.

Quelle partie de votre âme vous a attiré l'un vers l'autre ?

M : Merde, je ne sais pas comment répondre à ça. Je ne sais pas. Je suppose que je pensais que Damien était cinglé, mais merde, qu'est-ce que j'avais à perdre ?

D : Ouais, il pensait que j'étais fou. Peut-être même un pervers. De manière surprenante, il m'a quand même suivi jusqu'à l'endroit où je créchais.

M : Je t'aurais juste foutu un coup de pied au cul.

Damien me fait un signe de la tête : Vraiment, il aurait pu me botter le cul. Il le peut probablement encore.

M : Nous nous correspondons, vous comprenez ? Je ne peux pas l'expliquer. C'est juste comme ça.

D : Je déteste cette phrase.

M : Prends sur toi. C'est tout ce que j'ai. Le coma ? Tu te souviens ?

Quelle est la chose la plus étrange que Mec ait jamais volée ?

M : Une culotte. Je le jure bordel de merde, il doit y avoir un club de strip-tease par ici quelque part, parce que Mec revient sans cesse avec certaines de ces choses sans entrejambe. Je les ramasse avec une pince que je garde dans le garage.

D : Mec ! La pince crocodile ? Celle à côté du gril ?

M : Elle est sur le banc. Je les utilise pour les culottes et les saloperies dégueulasses que le chien ramène.

D : Merde. Je l'ai utilisée pour les hamburgers que nous avons faits l'autre jour. Je pensais qu'elle était propre.

M : Eh bien. Merde. Ne le dis pas aux gars. Ils vont flipper à mort.

Avez-vous déjà été tenté de coucher ensemble ? Damien a-t-il déjà été attiré par Miki ou vice versa ?

D : Génial, comme si la pince pour chien n'était pas dégueulasse ? Vous essayez de me faire vomir ?

M : Mec, tu sais que nous sommes frères, non ? Merde. Beurk. Putain. Beurk.

D : Jamais. Ça ne m'a même jamais traversé l'esprit.

Que pense Damie de Kane ?

D : Merde, il est cool. Vraiment. Je l'aime beaucoup. Il prend soin de Miki.

M : Je peux prendre soin de moi.

D : Il ignore Miki quand il dit ce genre de conneries. Kane est doué pour ça. Il a besoin de savoir quand écouter parfois, cependant. Kane y arrivera avec le temps. Il a juste besoin d'apprendre quand prendre du recul. On peut dire que c'est un flic.

Miki rit : Ouais, parfois. Mais putain, il me comprend.

Ils échangent un regard puis un sourire avant que Damien ne dise : Ouais, Kane comprend Miki. Et c'est tout ce qui m'importe.

Miki, avez-vous déjà chanté ou allez-vous chanter pour Kane ?

M : Je chante pour lui tout le temps.

D : Merde, il chante dans son sommeil. Constamment. Envie de changer de chaîne ? Frappe-le.

M : Ouais, je chante beaucoup.

Dernière question : reformerez-vous un jour un autre groupe ? Ou referez-vous de la musique professionnellement ?

D : Ouais. Nous le ferons. Nous en avons parlé tous les deux et avons pris la décision de créer un nouveau groupe. Il y a encore beaucoup de musique que nous voulons écrire, et je pense que les gars… Dave et Johnny… ils savaient que nous devions continuer.

M : Putain, ils me manquent. Vraiment. Je veux dire, c'est parfois difficile, tu sais ? Parce que je m'attends toujours à ce qu'ils soient là. Ils seront toujours là. Merde, toujours.

D : Peu importe ce que nous faisons, oui… Dave et Johnny sont avec nous. Cela prendra du temps. Nous n'allons pas nous précipiter.

M : Non, pas d'un coup. D et moi voulons des gars – des gens – qui travailleront avec nous. Des gens que nous apprécierons.

Alors, vous prévoyez de partir sur la route avec ce groupe ?

D : Ouais, ce sera des road trips et des bars s'il le faut. Nous voulons jouer de la musique. C'est juste quelque chose que nous faisons. Bordel, même si on ne joue que dans le garage…

M : Quelqu'un d'autre devra conduire la GTO. Pas moi.

D : Ouais, pas toi. Mais oui, Miki et moi allons continuer à jouer. L'endroit n'a pas d'importance. Juste ce que nous faisons.

APRÈS LES avoir remerciés pour leur temps et cherché ma chaussure gauche qui avait en quelque sorte trouvé son chemin sous le canapé, je laisse Damien et Miki à l'entrepôt. La musique commence avant même que je ferme la porte d'entrée, et leur rire me suit. Je pars pour ma prochaine interview, une avec Kane Morgan et Sionn Murphy. Maintenant que j'ai parlé aux rock stars, il est temps de parler aux hommes de leur vie – aux *autres* hommes de leur vie, car une chose est sûre, Damien Mitchell et Miki St John se sont définitivement retrouvés.

Et selon eux, ils espèrent que le monde est prêt pour eux.

J'ACCEPTE DE rencontrer l'inspecteur Kane Morgan et Sionn Murphy au pub de ce dernier, le Finnegan, un lieu irlandais accueillant et bien éclairé construit sur l'une des jetées de San Francisco. Monument historique de Pier, le pub est étonnamment moderne et confortable, avec un doux arrière-plan de musique irlandaise pendant que d'énormes quantités de plats faits-maison sont apportés sur des plateaux blancs et servis aux côtés de riches bières lagers et ales. Devant prendre le volant, j'opte plutôt pour une bouteille de cidre brut, mais je suis plus que disposé à me laisser convaincre par l'un des plats emblématiques du Finnegan, des nuggets de pommes de terre frites au jalapeno et à l'ail.

Nous sommes assis dehors dans le coin de la terrasse où Damien Mitchell a rencontré Sionn Murphy pour la première fois et où Sionn a enfreint la règle pour laquelle le Finnegan était réputé : aucun musicien ambulant ne joue devant le pub. Le cidre est fantastique, les trucs de pommes de terre sont merveilleux et les hommes assis en face de moi sont divins.

Ils sont tous les deux magnifiques. Un peu rudes par endroits, principalement dans le chaume paresseux de leurs mâchoires et les taches de vernis parsemant les doigts de Kane. Ce dernier est le plus grand des deux, le plus imposant, mais les épaules de Sionn sont tout aussi larges. Plus maigre que Morgan, Murphy semble plus détendu, s'affalant tranquillement dans les fauteuils confortables fournis par le Finnegan pour ses repas sur le patio, alors que l'attention de Kane dérive souvent pour regarder les gens passer. Je comprends ce que Miki voulait dire quand il disait que son amant ne pouvait *s'empêcher* d'être un flic.

C'est un peu comme déjeuner avec un prédateur.

Contrairement au terrier blond rongeant joyeusement un os dans son coin, caché sous la table.

Je déplace mon sac à dos pour le coincer entre ma chaise et le mur. Après un moment, je me ravise et le récupère pour le poser sur la chaise vide à côté de moi.

— Voilà une bonne idée, l'ami, grogne Sionn en buvant une gorgée de bière. Cette fichue bestiole est une menace.

— Je t'ai dit d'utiliser un panier.

Contrairement à Sionn, Kane a à peine une pointe d'accent irlandais, mais il est indéniablement présent, dispersant un soupçon d'émeraude à travers ses mots.

— Quel genre de chien fait un trou avec ses dents dans les sous-vêtements d'un homme ? se plaint Sionn à mon intention. Et juste les miens. Pas ceux de Damie ou de Miki. Seulement les miens. Un emmerdeur, voilà ce qu'il est.

Mec continue de mâcher la viande de son os, s'arrêtant juste assez longtemps pour gober le nugget de pomme de terre que Kane lui refile de son assiette.

— Des haricots de Lima, Kane. C'est ce qu'il va recevoir ce soir pour son dîner. Et toi, tu vas le sentir toute la nuit. De longs nuages verts éclatants remontant du bas du lit, promet Sionn.

— C'était son sous-vêtement préféré.

Kane baisse la voix, mais elle est toujours assez forte pour que les passants l'entendent. Ce n'est clairement pas une tentative de sa part d'être discret, et Sionn lève les yeux au ciel.

— Il avait une manche de girafe à l'avant pour son… truc. Pas étonnant que le chien ait pensé que c'était un jouet à mâcher.

Les représailles sont rapides et violentes avec un coup de poing à l'épaule de Kane de la part de Sionn.

— Merdeux. Tout comme ton chien.

— Ce n'est pas mon chien, réplique Kane.

Cette fois, Sionn renifle seulement et recommence à piocher des tranches de jalapeno dans ses pommes de terre.

— Et si nous commencions ? Je travaille en équipe avec Kel cet après-midi, et le chien puant a besoin d'un bain.

— Tu n'aurais pas dû le laisser chasser ces mouettes, affirme Sionn, en ignorant le regard mauvais de Kane et en me faisant un clin d'œil. La seule chose que le chien aime plus que détruire les affaires d'un homme, c'est se rouler dans de la merde d'oiseau.

— Je l'ai rincé, intervient Kane. Je veux juste le frotter avec du savon. Un peu comme j'aimerais frotter la bouche de Sionn avec la même chose actuellement.

— OK, allons-y dans ce cas, accordé-je, en m'assurant que mes baskets sont hors de portée du chien. Commençons par vous, Murphy. Comment prononcez-vous votre prénom ?

— Ah, SHOON.

Il l'énonce très clairement.

— C'est un peu comme commencer avec SHOE, mais en s'arrêtant avant d'arriver à la fin, puis glisser dans un Oooooo, puis un Uhn. SHU-OO-Uhn.

— Mais en les liant ensemble. À peine deux syllabes, intervient l'autre homme.

— Nous avons des noms très traditionnels. Kane ici? Son deuxième prénom est Eeee, déclare Sionn en riant.

— Il s'épelle A-O-D-H. C'est un nom de famille.

— EEeeeeee, se moque ouvertement Sionn. Cela ressemble à un sketch de *Sesame Street*, pas vrai? Un Muppet à la recherche de l'autre moitié de ses mots.

Kane renifle.

— Je pensais que tu n'avais pas regardé cette émission.

— Damien estimait que j'avais besoin d'une éducation. Apparemment, cela requiert de la regarder. Il est étrange, parfois.

— Parfois? répète Kane en éclatant de rire. D'accord, question suivante.

— Donnez-moi une brève description de ce à quoi ressemblent vos amants, prié-je en lisant ma liste. Comment les voyez-vous? Kane, vous d'abord. Miki. Et quelle partie de votre âme a été attirée par votre amant?

— Merde, comment est-ce que je vois Miki? s'interroge Kane, en émettant un sifflement sourd et prolongé.

— Nu, propose Sionn, en me donnant un coup de coude et un sourire ironique. Tout. Le. Temps.

— Ta gueule. Tu es celui que nous avons surpris en train de le faire sur le toit. Je laverai ces poufs quand je baignerai le chien.

Kane semble réfléchir à ce qu'il va répondre. L'expression sur son visage passe du contemplatif à une douce réminiscence, ses yeux bleus loups devenant enfumés.

— Je dirais que Miki, c'est comme boire la lumière des étoiles. Ouais, parfois, c'est comme essayer de contrôler une lance d'incendie, mais il est… spécial. Compliqué à certains égards, mais vraiment simple si vous le connaissez. Il vit tellement par instinct. Il se méfie des nouvelles personnes, et cela me fait mal au cœur. J'aurais aimé qu'il n'ait pas cette enfance, mais nous y travaillons. Ou il y travaille. Je le vois essayer de faire confiance. Apprendre à faire confiance aux autres.

Kane sourit avec nostalgie.

— Il me fait confiance. Il s'ouvre et partage. Je pense que c'est le plus grand et le meilleur cadeau que j'ai jamais reçu. Même quand il est énervé et me laisse l'approcher, je sais que c'est parce qu'il me fait confiance pour ne pas m'en aller. C'est énorme. Il est brillant, drôle et un peu sauvage. D'accord, très sauvage. Il y a beaucoup de la rue en lui.

— Il n'est pas doux, fait remarquer Sionn. Ne laissez jamais ce joli visage vous tromper.

— Oh, merde non, pas la moindre douceur dans son corps, confirme Kane en riant. Il rêvasse beaucoup. Il s'évade dans son monde et choisit des mots. On peut deviner quand il écrit des chansons. Il se déconnecte du bruit autour de lui, mais je pense que beaucoup de gens le voient comme ce garçon fragile et magnifique, et il est beaucoup plus fort que ce que la plupart des gens l'imaginent. Bon sang, je ne lui donne pas assez de crédit.

— Il peut te bousiller de neuf façons différentes si tu le menaces. Au diable les six normales. Il te mettra à terre et t'assommera.

Sionn se frotte la mâchoire pendant qu'il parle.

— Un petit enfoiré rapide. Il frappe fort. Et souvent.

— Je t'ai dit de ne pas le surprendre.

— Damie le fait. Il fait sursauter Miki tout le temps. Des bâtards sournois, tous les deux.

Il prend un autre poivron, puis le met dans sa bouche.

— J'ai appris ma leçon. Ne jamais refaire ça. Ce bâtard triche.

— Miki est un maître pour trouver tout ce qui l'entoure et vous assommer, admet Kane en haussant les épaules. Il ne *joue* pas correctement. J'essaie de lui apprendre que parfois, il est normal de simplement déconner.

— Ce type est dingue dans sa tête. Quelque chose est cassé dans ce cerveau. Je n'ai jamais connu quelqu'un capable de transformer une partie de cavaliers aquatique en un match mortel.

— Ouais, il a parfois un problème, reconnaît Kane. Nous y travaillons. Il *sait* comment jouer. Mais il doit se trouver avec certaines personnes. Moi et Damie jusqu'à présent. Je crois.

— Et la partie de l'âme ? l'invité-je.

— Je dois dire qu'au début, je voulais prendre soin de lui. C'est un de mes défauts. Je veux réparer le monde, tu vois ? dit-il avec une grimace. La chose la plus difficile à apprendre avec Miki, c'est quand le laisser vivre et quand intervenir. Mais je pense que ce qui m'a attiré, c'est sa férocité. Il est sauvage, à l'intérieur. Indompté, d'une certaine manière. Je pense que j'aime ça chez lui. Il vient à moi non pas parce qu'il en a besoin, mais parce qu'il le veut. Il me fait perdre le souffle, et euh, quand il me sourit, c'est comme si cela touchait des parties de mon âme que je n'aurais jamais pensé ne *pas pouvoir* être sombre. Il est doux avec moi. Et s'il vous aime, il n'y a pas de retour en arrière. C'est à plein régime. Vous ne douterez jamais à quel point il aime quand il finit par le faire.

— À votre tour, Sionn.

Je prononce son nom avec soin.

— Qu'en est-il de Damien ?

— Ah, Damie est différent de Miki. Plus civilisé, je pense. J'aurais pensé que des deux, Damie serait plus agressif, mais il ne l'est pas. Il complote davantage. Il serait le premier à faire une farce. Une longue arnaque. Un foutu charmant garçon. Il pourrait probablement faire sortir un prêtre de son plateau de quête s'il le voulait.

— Probablement au moins à moitié irlandais, glisse Kane.

— Au moins, admet Sionn en hochant la tête. Des deux, il est le plus doux, mais il guide Miki. Avec moi, il peut se détendre. Je pense que pendant longtemps – même avant l'accident – Damien a consacré une grande partie de son énergie pour pousser les choses là où il voulait qu'elles soient. Le groupe, sa musique... tout. Maintenant, il a retrouvé Miki, il est à la maison et il peut être avec moi sans s'inquiéter. Kane aide également. Il n'a pas à se soucier autant de son frère. Il peut juste être... Damie. Ça lui fait du bien.

— Et le reste ? L'âme ?

— Je dois dire que c'est quelqu'un qui se tiendra à mes côtés, épaule contre épaule, je le sais. Kane et Miki sont introvertis à bien des égards. Ils aimeraient rester à la maison et se câliner sur le canapé. Je pense que Damien et moi voulons faire des choses. Nous nous adaptons au rythme de chacun. Il allume des feux en moi. Me motive. Il est parfois un peu arrogant, mais c'est toujours lui qui veut voir ce qui se passe sur la prochaine colline. Il me fait croire que je peux tout faire, tout accomplir. Et puis il se retourne et me dit qu'il m'aime. Ça remue quelque chose au fond de moi.

— Tu l'aimes.

Kane souligne l'évidence. L'expression de Sionn ne peut être décrite que comme étant totalement épris.

— Ouais, je comprends. Miki me fait ça aussi. Quelque chose qu'ils nous font... cette chose intérieure. On se demande comment diable on a vécu avant qu'ils ne vous approchent.

— Ouais, exactement, acquiesce Sionn. Quoi d'autre ?

— Entendons-nous les cloches d'un mariage pour l'un ou l'autre d'entre vous ? questionné-je en consultant mes notes. Un lecteur demande si cela pourrait avoir lieu à l'église Saint-Patrick ?

— Un mariage ? dit Sionn dans un souffle bruyant. Trop... Seigneur, c'est un mot effrayant. Je peux vous dire tout de suite, Saint Paddy, c'est non. Catholique, tu vois. Ils ne sont pas encore prêts et disposés à marier deux hommes. C'est parfois difficile d'être catholique et gay...

— Toujours difficile, l'interrompt Kane. Vous devez vous rappeler que l'Église change si lentement, mais elle fait partie de ce que nous sommes. De qui sont nos familles. Je ne tournerai pas le dos à Dieu. Sionn ne le fera probablement pas non plus, mais nous ferons toujours pression sur l'Église pour changer et accepter tous ceux qui veulent être là.

— Je suis d'accord, dit Sionn en tapotant sa bouteille de bière contre celle de Kane dans un bref salut.

— Question suivante, qu'en est-il des enfants ?

Si le mariage rendait les deux hommes perplexes, j'aurais décrit leurs réactions à l'égard des enfants comme un croisement entre l'horreur et la peur.

— Non, répondit Sionn en premier.

C'est celui qui manifeste le plus d'horreur et de peur dans ses yeux.

— Tout simplement... non.

— Je pense qu'il est trop tôt pour parler d'enfants.

La réponse de Kane est plus douce dans le ton, mais il y a certainement un accroc dans sa voix.

— Je pense que Miki n'a même pas envisagé l'idée d'avoir des enfants. Il n'est pas à une période de sa vie où il peut y penser. Peut-être dans dix ou quinze ans. Honnêtement, même si j'aimerais avoir un enfant ou deux, ce n'est pas un problème pour moi. Je préfère avoir un Miki heureux qu'un Miki inquiet. Il serait stressé par les bagages qu'il apporterait à n'importe quel enfant.

— Damien aussi, déclare Sionn avec un haussement d'épaules. Bordel de merde, je ne peux pas prétendre que je serais bon pour un gamin. Kane le serait. Il serait un bon père.

— J'ai eu le meilleur pour grandir.

Il sourit largement.

— Salaud.

— Connard.

76

— Passons à l'avant-dernière question, puis je vous laisserai à vos occupations. Où aimeriez-vous aller, n'importe où dans le monde ?

Leurs réponses sont rapides et simultanées.

— En Irlande, dirent-ils en chœur avant d'éclater de rire.

— Je voudrais ramener Miki à la maison. Pour voir mes proches. Je pense qu'il aimerait, commence Kane.

— Damie adorerait la musique, remarque Sionn. Aucun pub ne serait à l'abri des deux. Ils participeraient à tout, mais ce serait amusant.

— Ouais, je dois répondre l'Irlande, reconnaît Kane en hochant la tête. Et la dernière ?

— Où vous voyez-vous l'année prochaine ? Avec vos amants respectifs ?

—Ah, j'espère un peu que Miki acceptera de voir quelqu'un à propos de son passé, murmure Kane. Je pense qu'il doit en parler un peu, mais cela ne dépend pas de moi. Ce sera son choix. Sa décision.

— Damie le souhaite aussi, acquiesce Sionn. Je pense que j'aimerais juste que Damien s'installe dans son logement. Nous partageons tous l'entrepôt de Miki pour le moment, et on parle de changer les choses. Une vie privée des deux côtés serait bien.

— Ce sera difficile, commente doucement Kane. Ils ont besoin d'être l'un avec l'autre pendant encore un moment. Je ne veux pas qu'ils aient l'impression que lorsqu'ils se réveillent, ils ne peuvent pas trouver l'autre immédiatement. Il leur faudra encore quelques mois avant qu'ils réalisent qu'ils se sont retrouvés. Je ne veux pas leur enlever ça. Pas maintenant. Peut-être même jamais. J'en aime un…

— Et tu ferais mieux d'aimer vraiment l'autre, s'esclaffa Sionn. Ils sont bons. Vraiment, des gars sympas. Même si nous n'étions pas impliqués avec eux, ils seraient amis.

— Je n'en sais rien, ricana Kane. Je suis flic. Ils n'aiment pas trop les flics.

— Des criminels dans l'âme.

—Au minimum des pirates.

Kane donne un petit coup au chien, ramassant avec dédain l'os trempé en demandant :

— Tu le veux ?

— Oh non, tu vas avoir un doggy bag pour l'emporter à la maison sinon il va détruire l'appartement pour le chercher.

Sionn me serre la main et se lève quand j'attrape mon sac.

— Merci d'être venu. C'était agréable de discuter avec vous, dit-il.

— C'était génial de vous avoir tous les deux assis avec moi, assuré-je.

Je fais un pas et ma basket se libère de mon pied. En regardant vers le bas, j'en découvre la raison et je soupire.

— Maintenant, l'un de vous peut-il trouver mes lacets ? Ou allons-nous devoir aller chez le vétérinaire et découvrir si Mec les a vraiment mangés cette fois ?

Tous les chevaliers ne portent pas d'épées

— Je n'arrive pas à croire que tu nous aies fait arrêter, se plaignit Sionn à Damien, depuis l'autre côté de la petite cellule qu'ils partageaient.

Son amant le fixa de son regard bleu acéré même si son œil droit était un peu gonflé par un coup de poing égaré.

— Pire encore, je n'arrive pas à croire que tu t'es battu. Dans le pub de mon oncle !

— S'il était vraiment ton oncle, il aurait dit aux flics de ne pas porter plainte.

Damie arpentait l'espace exigu avec ses longues jambes musclées, naviguant d'un mur de barreaux à l'autre.

— Il est quoi ? Le cousin au deuxième degré du mari de ta tante ? Au troisième degré ? Est-il seulement irlandais ? questionna Damie.

— Il est en grande partie irlandais, rétorqua Sionn, indigné d'avoir été mis au défi.

Puis se calmant, il réfléchit à son arbre généalogique et au fait que l'homme avec un grand nez que l'un de ses cousins prétendait être un parent, ne ressemblait finalement à personne qu'il connaissait.

— OK, il ne l'est peut-être pas, mais cela ne veut pas dire qu'il n'est pas de la famille. Par alliance, ça compte. Donal n'est pas de ma famille, mais je le compte comme tel.

— Ouais, c'est de lui dont nous avons besoin en ce moment. Donal.

Damie fit un autre aller-retour, s'arrêtant assez longtemps pour jeter un autre regard dans le couloir vers la porte principale. Tout comme les cinq fois précédentes, il ne semblait pas que quelqu'un venait les sauver.

— Et nous n'avons pas droit à un appel téléphonique gratuit, hein ?

— Pas le bon pays, *boyo*, lui rappela Sionn.

Le grognement de Damie le fit rire. Le guitariste détestait être enfermé. Après son long séjour dans un hôpital psychiatrique, Sionn ne pouvait pas lui en vouloir, malheureusement aucun d'eux ne pouvait faire quoi que ce soit pour les faire sortir.

— Viens t'asseoir avec moi et patiente, proposa-t-il. Tôt ou tard, quelqu'un descendra ici, que ce soit pour nous laisser sortir ou nous accuser de quelque chose. Je ne peux pas croire que tu aies bondi et frappé ce connard. À quoi pensais-tu ? Il faisait deux fois ta taille.

— Il a frappé la serveuse au visage.

S'effondrant à côté de Sionn, Damien étendit sa silhouette élancée autant qu'il le pouvait, plaçant ses épaules contre le mur de pierre et allongeant ses jambes jusqu'à ce que ses pieds touchent presque les barreaux.

— La taille n'a pas d'importance si quelqu'un de plus faible se fait frapper dessus, déclara-t-il.

— Tu aurais au moins pu attendre que je sorte des toilettes, grommela Sion avec un soupir.

Il agrippa le menton de Damie pour pouvoir examiner les ecchymoses qui commençaient à s'épanouir sur sa joue.

— Bien sûr, il fallait que tu t'en prennes à un gars qui avait cinq copains de son côté. Tu ne fais jamais les choses à moitié, n'est-ce pas, Mitchell ?

Il frotta doucement la tache rose avec son pouce, ne le lâchant que lorsque Damie détourna la tête. Sionn laissa courir une main sur le bras de son amant, attrapa sa main et saisit doucement son poignet. Pour une fois, Damien ne lutta pas, l'autorisant à la lever pour lui permettre de l'examiner. Ses articulations étaient à vif par endroits, des morceaux de peau arrachés de sa chair et une goutte de sang perlait le long d'une profonde entaille. Il embrassa la chair éraflée, soufflant doucement sur les bords exposés. Damie siffla, mais resta immobile, sa bouche pincée en une fine ligne de mécontentement.

— Cet enfoiré l'a frappée en plein sur la bouche, murmura finalement Damie. Ensuite ce fils de pute a ri.

— Pas le choix dans ce cas, approuva Sionn avec un bref signe de tête.

Impossible de se disputer avec Damien, même si Sionn n'était pas d'accord avec la raison de la situation. Sous l'apparence de rock star charismatique de Damie se cachait le cœur de lion d'un chevalier solitaire, prêt à affronter des géants et à renverser des montagnes. Miki et lui formaient une paire, des frères au caractère bien trempé, capables de se tenir côte à côte, prêts à affronter le monde si c'était nécessaire, et ils le faisaient souvent. Ça lui faisait un peu mal – si Sionn voulait être honnête – que Damie n'ait pas attendu son aide. Ils étaient des partenaires, la plupart du temps, et parfois il y avait des moments où il souhaitait que Damien prenne le temps de le rejoindre au lieu de se jeter la tête la première dans les ennuis.

Damien Mitchell était un homme aussi compliqué que son frère de cœur, Sinjun. À première vue, les deux hommes semblaient simples, avec des besoins et des désirs basiques, toutefois, des tempêtes couvaient sous la surface. Malgré tous ses sourires rapides, faciles, et ses yeux bleus rieurs, Damie était souvent introspectif. Plus d'une fois, Sionn avait été surpris par son esprit impitoyable et logique. Damien Mitchell était une force de la nature enveloppée dans une personnalité charmante au visage magnifiquement composé. Il avait pris quelques coups au fil des ans, son corps montrait son usure, en particulier la longue cicatrice qui serpentait le long de sa poitrine après qu'il eut été soigné à la suite de l'accident, mais il avait une colonne vertébrale en acier et une concentration sans failles qui ne faiblissait jamais. Il y avait des lois et des règles dans le monde de Damie, des lignes dans le sable, tacites, mais acceptées, à ne pas dépasser qu'il défendrait systématiquement.

Et si Sionn adorait sa rock star légèrement britannique aux longues jambes, il aimait farouchement le chevalier solitaire de l'âme de Damie.

— Cela dit, j'aurais dû t'attendre, admit Damie.

Ses mots choquèrent Sionn, arrachant même presque les pensées de l'esprit de Sionn.

— J'ai juste… vu rouge, tu comprends ? Je n'ai même pas pensé à mes mains. J'aurais pu me casser quelque chose.

— En dehors du nez de ce type ? Probablement, murmura-t-il, en tapotant la peau ouverte sur les jointures de Damie. Nous sommes censés être dans le même bateau, non ? Peut-être que parfois attendre est une bonne idée. Juste quelques secondes, mais je comprends ta raison. C'est dans ta nature. Tu es pire qu'un Morgan.

— Oh, maintenant tu deviens méchant, gloussa Damie. Bientôt, tu vas me dire que j'aurais dû être flic.

— Ne poussons pas la folie aussi loin.

Sionn réfléchit à la question, incapable d'imaginer Damien Mitchell faire autre chose que de se pavaner sur une scène sous des spots, ses doigts jouant sur les cordes de sa guitare pendant que son frère chantait de manière séductrice dans un micro à quelques mètres de lui. Cet homme était fait pour être celui qu'il était : un musicien qui adorait envoûter une foule et parfois, se précipiter bêtement là où les anges craignaient de marcher.

81

— Peut-être un brigadier scolaire, proposa Sionn. Un homme-sucette, comme ils t'appelleraient ici, vêtu d'un gilet orange vif et brûlé par le soleil les rares jours où le soleil décide de se montrer.

— Ouais, pas un pour les enfants.

Le sourire arrogant de Damie était de retour, séduisant et incurvé, aussi sournois qu'un renard contemplant un poulailler.

— J'ai déjà essayé d'élever Sinjun et *il est* à peine propre, rappela-t-il.

— Au moins, il mange assis maintenant. C'est bien. Parfois, il utilise même une fourchette, commenta Sionn avec un sourire taquin. Tu sais que nous pourrions rester ici toute la nuit. Peut-être même jusqu'à lundi si la Gardaí n'est pas trop pressée de nous laisser partir. Ils ne m'ont pas semblé très impressionnés par nous quand ils nous ont fait franchir ces portes.

— Je suis plus en colère de ne pas avoir pu finir ma Guinness, grommela-t-il à Sionn. Merde, Miki va perdre la tête si je disparais.

La brutale vérité de la situation frappa Sionn, le heurtant comme si un mur de briques s'écroulait sur lui. S'ils avaient de la chance et que quelqu'un à l'extérieur de la cellule se montrait sympa, l'un d'eux pourrait donner un coup de fil pour contacter une personne, mais il ne parierait pas là-dessus. Ils étaient tous les deux des étrangers, en dépit des liens familiaux quelconques que Sionn avait avec le propriétaire du pub qui avait renié tous les liens de sang dès que la Gardaí s'était présentée pour mettre fin au combat. Après avoir perdu Damien et présumé que son frère était mort, Miki s'était enfoncé dans un trou noir qu'aucun d'eux ne comprenait vraiment. Même s'il aimait Damien – et Sionn décrocherait les étoiles pour le guitariste maigre et musclé qui pourrait le faire rire et grogner au lit –, il n'avait jamais partagé une connexion comme celle des deux Sinners. Même Kane, un homme avec de nombreux frères qu'il aimait de toute son âme, avait admis que Damien et Miki étaient entrelacés ensemble, liés l'un à l'autre comme s'ils avaient été tissés l'un avec l'autre lorsqu'ils avaient été plantés dans le riche sol de douleurs et de détermination partagées.

Ne pas pouvoir trouver Damien mettrait la capacité de Kane à garder Miki calme à l'épreuve. Sionn espérait que son cousin était assez fort pour retenir la tempête que Miki déclencherait une fois qu'il aurait découvert que son frère avait disparu.

— Il ira bien, pas vrai ? marmonna Damie. Kane est avec lui. Et il sait que je suis avec toi.

— Ouais, il ira bien. Dans le pire des cas, il sera en colère et les flics apprendront quelques jurons cantonais.

Sionn essaya de voir à travers la petite fenêtre en verre dépoli au bout du couloir en continuant :

— Il fait encore noir dehors. Ou du moins là-bas. Bien sûr, cela pourrait donner au fond d'un placard à balais et nous ne le saurions pas.

— C'est juste que… nous ne sommes pas encore ensemble depuis si longtemps, grommela Damie. Il est un peu… fragile. Bon d'accord, pour être honnête, c'est probablement moi le plus fragile. Je déteste être enfermé. Surtout après…

Sionn connaissait les cauchemars de son amant. Rares, mais terrifiants, ils étaient de violentes excursions dans une obscurité inconnue que Damie ne pouvait pas combattre. Plongé dans l'amnésie et la certitude qu'il avait des êtres chers, en dehors de l'ombre qui le retenait, Damien rêvait d'essayer d'échapper aux longues salles sans fin ou d'errer d'une pièce banale à une autre, les visages obsédants de gens familiers tourbillonnant autour de lui, le bois flotté mental sur l'écume d'une mer devenue sale à cause du sang séché et des larmes. Réveiller Damie pendant ces moments d'agitation l'aidait le plus souvent, mais cela lui demandait un moment avant de reconnaître Sionn, son esprit cherchant à travers les empreintes laissées à sa surface l'homme qui tenait son cœur.

Parfois, les rêves étaient trop solitaires, trop pressants, et Damie descendait en titubant à la recherche de son frère, après s'être assuré que Sionn était réel. Miki ne se plaignait jamais d'être tiré d'un profond sommeil par les murmures frénétiques de Damie. Parfois, il lui suffisait de voir Miki. D'autres fois, il avait besoin de s'asseoir sur le canapé avec Sionn et Miki pour qu'ils le ramènent au présent avec des contacts et des conversations sans queue ni tête.

Les démons pourchassaient Damie Mitchell, plantant leurs griffes dans son dos tandis qu'il courait, les pensées emmêlées et la mémoire aveugle, cherchant désespérément les gens qu'il avait perdus dans son esprit. Ces terreurs nocturnes se manifestaient de moins en moins, mais elles s'attardaient parfois, rodant à la limite de son sommeil, comme si elle cherchait une faiblesse dans son aisance grandissante tout en reprenant sa vie en main.

— Les meilleures choses qui me sont arrivées dans ma vie ont été de le trouver et que tu me trouves, murmura Damie, retournant ses mains en fléchissant ses doigts. Il a fait de moi celui que je suis, et tu m'as ramené à qui j'étais. Je dérivais. Avant lui. Avant toi. Sans Sinjun, je n'aurais pas… pu m'engager sérieusement dans le groupe. Je veux dire, je le voulais, mais pas… pas avant d'être tombé sur ce gamin à moitié sauvage avec son joli visage et cette voix incroyable. Il avait besoin de nourriture et d'un endroit sûr. C'était comme si j'avais trouvé un magnifique chat sauvage que quelqu'un avait jeté, parce qu'il les mordait trop souvent.

— Eh bien, c'est tout Miki, grogna Sionn en souriant au signe de tête sérieux de Damie. Mais tu l'as apprivoisé. Plus ou moins.

— Tu n'arrêtes pas de le dire, dit-il avec un reniflement. Je n'allais pas le laisser tomber et cela signifiait que je ne pouvais pas échouer… moi. Puis toute cette merde nous est tombée dessus, et je me suis de nouveau perdu. Sérieusement perdu. Jusqu'à ce que je te trouve, et bon, maintenant je peux avoir des relations sexuelles hard-core de rock star avec un Irlandais sexy et jouer de la musique avec mon meilleur ami. Sauf que je suis coincé dans une prison irlandaise où personne ne nous parle ni ne nous laisse passer un coup de fil.

La voix de Kane brisa les plaintes de Damien :

— Vous n'avez pas besoin d'un appel téléphonique. Nous vous avons trouvé.

Le cousin de Sionn contourna le petit mur, puis s'arrêta devant les barreaux peints. Tous les deux furent debout avant que Kane n'ait une chance d'ajouter quoi que ce soit, Sionn battit Damie de deux pas rapides. Les cousins se serrèrent les mains, Kane les inspectant tous les deux attentivement, s'attardant un long moment sur le visage de Damie.

— Eh bien, ça va être un joli coquard, commenta Kane d'une voix traînante. Tes mains semblent également nécessiter des soins. À quoi pensais-tu ? T'attaquer à eux sans notre aide ?

— Ouais, vous n'arrêtez pas de le répéter, pourtant, aucun de vous n'était là, rétorqua Damie. Où est Sinjun ?

— En fait, c'est lui qui paie votre libération. Il rédige un chèque pour les dommages causés au pub.

Kane leva les mains lorsque Damie protesta au sujet des dommages.

— Écoute, le gars a dit que vous aviez cassé deux chaises et une table. Que ce soit vrai ou non, Miki a dépassé le point de s'en inquiéter. Il a déjà engueulé l'un des flics qui a dit que vous aviez peut-être causé des lésions cérébrales en cassant le nez du premier.

— J'aurais pensé que tu serais celui qui paierait pour nous, déclara Sionn. Vu que… eh bien, tu es plus diplomate. Miki est plus susceptible d'être jeté ici avec nous.

— Quelqu'un de la Gardaí va bientôt vous faire sortir, dit son cousin. Tiens, le voilà. Reculez pour qu'il puisse ouvrir la porte. Dès que ce sera fait, nous vous sortirons d'ici et vous emmènerons peut-être manger quelque chose. Ensuite, tu pourras tout raconter, à moi et à Mick, sur la façon dont tu as laissé Damie combattre une bande de connards sans lever le petit doigt pour l'aider.

SI QUELQU'UN avait demandé à Sionn ce qui aurait été fantastique après une longue nuit dans un bar, suivie d'un bref passage en prison, il aurait probablement répondu une pinte fraîche et peut-être un long moment avec Damie allongé sous lui, tous les deux transpirants et criants.

Au lieu de cela, il découvrit qu'il s'agissait en réalité d'une douche fraîche suivie d'un effondrement sur un lit moelleux recouvert d'une couette encore plus douce.

Il n'eut rien de tout cela. À la place, il se retrouva assis dans un autre pub, se demandant pourquoi ils regardaient le soleil se frayer un chemin hors d'un matin irlandais brumeux depuis les fenêtres à meneaux du bâtiment.

Pendant le trajet, un froid vif mordilla son nez et ses joues, les giflant de rose avec une touche de brise venant de l'eau à proximité. Il était tôt – un peu trop tôt pour la cuisine –, toutefois, Kane semblait toujours connaître quelqu'un qui connaissait quelqu'un, et le propriétaire costaud accueillit Kane dans une étreinte féroce, les invitant à trouver un endroit pour s'asseoir.

Fatigué et un peu malodorant après avoir été éclaboussé par la Guinness durant la bagarre de Damie, Sionn s'appuya sur la table en bois sombre, posant ses coudes sur l'épais plateau en bois. Frotter son visage avec un passage rapide de ses mains n'aboutit qu'à faire pleurer ses yeux, et il fut reconnaissant lorsque Kane apparut à ses côtés portant un plateau de lourdes tasses en grès remplies de café brûlant.

— Il y a de la crème et du sucre sur le plateau, mais je ne sais pas si cela suffira. Tu sais à quel point D aime faire du sien un maudit cornet de crème glacée certains matins.

Kane s'installa dans la chaise à côté de Sionn, s'offrant une bonne vue sur la grande salle principale du pub.

— J'ai passé une commande pour quatre irlandais complets à la cuisine. Et un bol supplémentaire de champignons pour Mick. Ça te va sans haricots, n'est-ce pas? demanda-t-il.

— Tout à fait. Des tomates en supplément ?

Le café était assez fort pour arracher les poils de ses narines, et malgré la nuit qu'il venait de passer, Sionn sentit son sang commencer à remuer.

— Seigneur, ça fait du bien.

— Beaucoup de tomates. Et D te donnera les siennes.

Kane fit un signe de tête vers l'endroit où les deux autres hommes se tenaient devant un juke-box vintage occupant la majeure partie d'un coin à l'autre bout du pub.

— Je leur ai dit qu'ils n'avaient pas le droit de jouer quoi que ce soit. C'est trop tôt le matin pour que nos oreilles commencent à saigner. Le volume est probablement destiné à être entendu au-dessus d'une foule.

— Merci d'être venu nous chercher. Heureusement que le flic à qui Damie a demandé de vous passer un appel nous a rendu service ou nous y serions probablement restés jusqu'à lundi. Celui qui nous a entraînés là-dedans était un connard.

Il secoua la tête alors que l'argument murmuré sur la chanson qui avait la meilleure ligne de basse dérivait depuis le coin.

— Je le jure devant Dieu, je craignais que l'un d'eux ne craque si vous n'aviez pas de nouvelles de nous.

— Ça va mieux maintenant. Pas comme il y a quelques mois. Ils peuvent rester hors de vue l'un de l'autre pendant plus d'une journée.

Kane murmura un rapide merci au serveur aux yeux fatigués qui passa pour déposer un panier de tranches de pain de pommes de terre sur leur table. Piochant une des tranches chaudes de son nid, il l'agita d'avant en arrière pour la refroidir.

— Miki n'était pas trop mal. Comment était D ?

— Bien. Stressé pendant un moment quand ils ont fermé la porte derrière nous, mais je ne sais pas à quel point c'était dû à l'inquiétude d'être à nouveau enfermé ou de ne pas pouvoir vous parler.

Sionn garda la voix basse, ne voulant pas que les autres l'entendent.

— Ce n'était pas une excellente façon de passer la nuit, mais honnêtement, ça allait. Ils travaillent sur des trucs. Damie parle toujours de créer un nouveau groupe et je sais que Miki traîne les pieds, parce qu'il ne veut pas s'attacher à quelqu'un d'autre.

— Il déteste perdre des gens. Ça le ronge à l'intérieur.

Kane mâchouilla un coin du pain, observant la rue dehors commencer à se réveiller. Le trafic reprenait, principalement des camions de livraison qui traversaient les routes de Galway aussi attentivement que possible après une froide nuit de pluie.

— Peut-être que nous aurons de la chance et qu'ils trouveront des personnes avec lesquelles les jumeaux pourront se connecter, proposa-t-il. De cette façon, tout le groupe sera étroitement lié à la famille.

— Quoi? Pas Conn et Q? ironisa Sionn en reniflant. D'accord, peut-être pas Quinn, parce qu'il ne sait jamais quand quelqu'un l'aime, mais Conn? Il mérite d'être aimé.

— Par un musicien? se moqua Kane en secouant la tête. N'y pense pas. Conn a besoin de quelqu'un de stable et prêt à se battre à l'arrière-garde. Il est marié à son étoile, au travail.

— Tu ne crois pas que Conn peut trouver l'amour comme D et moi?

Il jeta un coup d'œil à son cousin, amusé de trouver une expression surprise sur le visage de Kane.

— Quoi? insista Sionn. Ce truc entre lui et moi? Ce n'est pas près de s'arranger. Une chose est sûre, *boyo*, toi et moi allons avoir affaire à eux deux pour le reste de nos vies. Damien Mitchell est profondément attaché à moi et je ne le combats pas du tout. J'adore ce stupide trou du cul et je suis sûr qu'il ressent la même chose pour moi. Donc, tu pourrais aussi bien te mettre à l'aise pour partager une table avec moi à partir de maintenant, parce que ces deux-là? Ils vont nous faire faire des folies.

Prendre un verre de tequila

Sinjun était calme.

Ce n'était pas inhabituel pour Miki, mais il était étrangement calme quand Damie descendit, fraîchement baisé, récemment douché et prêt pour un café. Il y avait une réflexion à l'œuvre derrière les yeux noisette méfiants de son ami, évidente pour quiconque le connaissait assez bien pour voir la pellicule légèrement spatiale dans son regard. Mélangeant le café, la crème et le sucre dans deux tasses, Damie entra dans le salon et s'assit sur le côté du canapé, les jambes croisées, imitant la position perchée habituelle de Miki sur l'accoudoir rembourré.

Miki ne leva toujours pas les yeux. Il continua à griffonner des notes sur des partitions, fredonnant des parties tout en travaillant. Attendre Miki allait prendre trop de temps, alors Damien fourra une tasse de café sous son nez, attirant son attention.

— Pose ça un moment, Sinjun.

Damien tira sur le cahier, le libérant pour qu'il puisse le remplacer par la tasse.

— Je travaille, là, protesta Miki.

Mais c'était un murmure à peine audible, et il semblait heureux d'avoir du café. Prenant une petite gorgée délicate, il se pencha en arrière et soupira après avoir dégluti. Regardant par-dessus la tasse, Miki fixa Damien.

— Quoi ?

— Qu'as-tu pensé de la batteuse de Red Runners ? Elle est bonne.

Il ne voulait pas vraiment parler des batteurs, mais cela semblait être un bon point de départ.

— Tu veux voir si on peut la voler ?

— Un peu grincheuse, marmonna Miki dans sa barbe. Genre, vraiment colérique.

— Une seule place pour une personne grincheuse dans le groupe ? plaisanta Damien.

Il donna un petit coup dans le genou de Miki et reçut le regard méprisant auquel il s'attendait.

— Je ne suis *pas* grincheux.

— C'est ça, parce que tu es un rayon de soleil et d'arcs-en-ciel.

— Va te faire foutre.

— Ça prouve ce que je viens de dire, Sinjun.

Mec les rejoignit sur le canapé, Damien gratta le ventre du terrier.

Depuis que Miki avait accepté d'aller écouter des musiciens, ils avaient fait un tour dans des clubs et des bars, assistant à des concerts et jugeant ce qu'ils trouvaient. Certains étaient corrects. Quelques-uns étaient bons. La majorité s'échinait à reprendre des morceaux et lorgnaient des culs à renverser une fois le concert terminé.

— Tu as raison. Elle était énervée. C'était peut-être une mauvaise nuit, fit remarquer Damie.

— Elle a passé cinq minutes à m'expliquer que Kane et moi n'étions pas vraiment dans une relation, parce que les gars ne peuvent pas aimer correctement sans une fille dans l'équation, grogna-t-il en retour. Un «ménage», bien sûr. Mais juste deux gars? Non. C'est quoi ce genre de connerie?

— Ouais, j'ai cru que tu allais la frapper.

C'était vrai. Pendant une fraction de seconde, Damie avait pensé qu'ils finiraient tous les deux en prison. Miki aimait peu et farouchement. Il le savait par expérience.

— Et elle n'aimait pas les chiens, ajouta Damie. Dommage que le bassiste soit merdique. Il était mignon. Stupide, mais mignon. Comme un chiot golden retriever.

— Sionn va te tordre le cou s'il te surprend en train de mater.

L'avertissement était passionné, un glissement de colère sous la raucité de whisky ambré de Miki.

— Je dis ça comme ça.

— Pas pour moi, crétin, se défendit Damie. Pour le public. C'est bien d'avoir un joli lot sur scène. C'est la principale raison pour laquelle je t'ai traîné là-bas.

Il frappa la cuisse de Miki et le son résonna dans le salon. Mec leva l'oreille et retroussa les lèvres, émettant un grondement d'avertissement.

— Hé, j'étais là le premier, chien. J'ai le droit de le frapper.

— Nous sommes donc de retour à la case départ pour notre batteur, marmonna Miki en grattant les oreilles de Mec.

— Ouais, admit Damien.

Le moment était venu d'évoquer la faveur que la tante de Sionn lui avait demandée.

— Puisque nous sommes de retour à la case départ, il y a quelqu'un que Brigid veut que nous rencontrions.

Une touche d'Irlandais
Le feu et la douleur t'ont amené à moi
Je n'avais que de la douleur en moi
Tu as essuyé mes larmes, t'es accroché à mon cœur
Et m'a montré comment vivre à nouveau.
— *Amour et Vie*

FOREST AVAIT grandi à l'intérieur du Sound. Il l'avait en quelque sorte bercé ; les box de cloisons sèches avaient été ses berceaux duveteux, tandis que les tables de mixage agrémentaient son sommeil de berceuses souvent discordantes pendant que les musiciens se démenaient pour trouver leur place dans un orchestre universel. Il avait remplacé chaque carreau taché d'eau dans les plafonds, regardé de côté le kraken de câblage dans la pièce trois qu'un électricien avait juré être légal, et transpiré au moins vingt-cinq litres par an derrière des batteries vieillissantes pour quelques dollars quand un groupe avait besoin d'un percussionniste.

Et pas une seule fois au cours des années où il avait saigné, transpiré et pleuré dans le bâtiment en brique où il avait grandi, Forest n'avait pensé pouvoir jouer au cœur d'un groupe de rock pas encore célèbre.

Son père adoptif, Frank, lui avait toujours dit que les groupes montaient et descendaient plus vite que la respiration d'un coureur. C'était rare d'être au début d'un prochain grand groupe. Encore plus rare d'avoir participé à sa création. Mais debout dans la pièce 1 du Sound, Forest avait su au plus profond de lui que sa vie allait s'éloigner complètement du chemin où il s'était retrouvé le jour où Frank l'avait sorti de la benne à ordures et l'avait placé derrière une batterie.

Et tout cela à cause des deux hommes qui avaient cassé leur équipement à quelques mètres de là.

Damie discutait avec Miki, mais Damie parlait toujours. Il bougeait constamment, son esprit était une flopée de pensées écumant la vie, écartant des idées pour mieux y revenir. Lorsque Forest avait rencontré le guitariste charismatique et talentueux pour la première fois, il s'était demandé comment Damien avait pu mener Sinner's Gin aux sommets qu'ils avaient atteints. Forest avait vite appris que derrière le bavardage, les taquineries et les tests constants se cachaient une concentration et une volonté intenses, prêtes à pousser ou à cajoler le monde pour faire ce que Damien Mitchell voulait.

Forest avait été emporté dans la rivière Damien, emporté par son courant alors qu'il se battait pour trouver un équilibre dans les rapides. Il avait trouvé son chemin assez tôt, lui accordant un respect qu'il n'était pas encore sûr d'avoir gagné, mais Damien en était certain.

Damien était *toujours* certain.

Sinjun – Miki St John – était une tout autre histoire. Féroce et antisocial, Miki était le cricket de Damien, la voix pas si petite de la raison pragmatique et grossière qui tissait des mots en tapisseries ou les aiguisait pour les rendre si tranchants que la plupart des gens ne se rendaient pas compte d'avoir été tranchés avant d'être vidés de leur sang. Si Damien était la personnalité, Sinjun était l'âme. Un ange sombre qui se profilait, tenu à l'écart par sa nature et dur comme un chat de gouttière lorsqu'on l'approchait de trop près. Forest n'avait pas été sûr d'aimer Miki. Le chanteur se tenait à l'écart, l'antithèse de la liane sensuelle qui rampait à travers la scène et persuadait les gens de crier ou de pleurer son nom, mais face à la nature volontaire de Damie, étrangement Miki était un roc, forgé par les abus, mais restant ferme et fort.

Il semblait également être le seul de la Création capable de mettre une laisse aux notions les plus sauvages de Damie.

Une douleur tenaillait les épaules de Forest, aussi familière pour lui que sa propre peau, mais elle résonnait plus profondément qu'avant. Des crampes musculaires dues à des heures de mise en place de rythmes, d'innombrables répétitions et changements jusqu'à ce qu'une chanson soit parfaite dans la tête de quelqu'un, il avait toujours quitté le studio plutôt heureux que l'épreuve soit terminée et de pouvoir se plonger dans un bain chaud.

Cette fois – ces dernières semaines –, il passait à regret sa main sur les peaux chaudes et souhaitait qu'elles puissent continuer.

Jouer avec Damie et Miki était comme se baigner dans le feu et gagner des ailes de phénix en retour. Forest aurait voulu que ça ne s'arrête jamais. Alors même que des cloques se formaient sur ses doigts et que ses callosités saignaient le long de ses paumes, il plongea dans la musique, la buvant et s'en remplissant jusqu'aux moindres recoins sombres de son âme, dans des endroits qu'il ne pensait pas pouvoir être atteint par la lumière.

Maintenant, le groupe – son groupe – le touchait jusque-là.

Tout comme son amant, Connor.

92

Connor Morgan.

Si le groupe était époustouflant, être avec Conn était... *impossible* à croire.

Mais il se tenait là, assis dans le Sound pendant que Damien Mitchell se disputait sur la façon d'enrouler les câbles. Forest réfléchissait à fêter l'anniversaire de ses trois mois avec l'homme qu'il aimait de tout son cœur.

— Vous êtes ensemble depuis un moment, dit Forest.

Il tourna lentement le siège sur lequel il était assis, le déplaçant d'avant en arrière.

— Je veux dire avec vos... petits amis.

— Sinjun a passé un an, je crois, répondit Damie en se redressant, levant la tête au-dessus d'une console. Merde, je ne sais pas exactement depuis combien de temps Sionn et moi sommes ensemble, mais nous avons fait un truc pour nos six mois. Pourquoi?

— Conn m'a rappelé que nous sommes ensemble depuis trois mois aujourd'hui. Je pense plus ou moins que je dois faire quelque chose, mais je n'en ai aucune idée.

Il haussa les épaules.

— Je n'ai jamais vraiment fréquenté quelqu'un auparavant, et maintenant... *ça.*

— Ouais, cette *partie* est la plus difficile, admit Damien avec un hochement de tête. Cette famille est à fond pour les anniversaires et autres. Sionn a fait tout un plat pour les six mois. On est allé à Napa Valley et on a juste paressé. Sin, qu'est-ce que Kane et toi avez fait... merde, êtes-vous ensemble depuis un an? Plus?

— Plus.

Contournant une vieille chaise de table à manger que Frank avait rapportée des années auparavant, Miki chevaucha son siège, posant ses bras sur son dossier bas.

— Qu'est-ce que vous avez fait, vous deux? questionna Forest.

La chaise grinça à nouveau lorsqu'il se tourna vers Miki.

— J'ai besoin d'aide là. Sérieusement.

Le haussement d'épaules de Miki était une élégante démonstration d'apathie désinvolte.

— On a mis tout le monde dehors. Nous sommes restés à la maison et avons pratiquement passé le week-end à manger ce que nous voulions et à baiser.

— Tu me fais peur avec ton manque de romantisme, dit Damien d'une voix traînante.

— C'est ce que nous voulions faire. Steak et sexe.

La bouche de Miki se transforma en un sourire tandis qu'il questionnait :

— Qu'est-ce qu'il y a de mal avec ça ?

— Parce que Forest et Conn sont le genre de gars à avoir un minivan et deux gamins virgule cinq.

Damie dut voir l'expression de terreur se former sur le visage de Forest, parce qu'il lui tapota l'épaule en ajoutant :

— Il n'y a pas de quoi avoir honte. Regardons les choses en face, tu es plutôt du genre pratiquement marié. Probablement depuis la première fois qu'il t'a vu. C'est un peu dégueulasse, mais on fait tous avec.

— Tu nous fais passer pour une sorte de roman d'amour.

Sa protestation était faible, mais Forest faisait de son mieux.

— On se dispute. Parfois.

— À quand remonte la dernière fois que vous vous êtes crié dessus ? insista le guitariste. Et pas dans le sens « baise-moi plus fort » ?

Miki renifla et Forest fouilla dans sa mémoire, à la recherche d'un désaccord. Gonflant ses joues, il déclara :

— Je n'ai pas aimé la couleur dont il a peint l'arrière-boutique. J'étais énervé par les entrepreneurs qui traînaient les pieds au Sound et je m'en suis plus ou moins pris à Conn.

— Ouais, et comment ça s'est fini ? s'enquit Miki, penchant la tête, ses yeux noisette scintillant sous les lumières vives du studio. Par baiser, non ?

Comme sa mémoire lui renvoyait la douleur dans son dos après la séance de plusieurs heures que lui et Connor avaient eue sur le sol de la cuisine, Forest garda la bouche fermée.

— Écoute, il n'y a rien de mal avec vous deux, affirma Damien. Bon sang, tu es le plus stable d'entre nous. Réjouis-t'en. Nous fonctionnons tous à des niveaux différents. Le tien est juste plus…

— Normal, coupa Miki. Vraiment normal, bordel.

— Rien de mal avec la normalité, certifia Damien, en donnant un coup de coude manquant renverser son frère. Sois gentil.

— Je suis gentil. Je lui dis d'aller dîner et de baiser Conn à lui en faire perdre la tête.

Miki donna un coup de pied au tibia de Damien, le manquant lorsque le grand guitariste dansa moqueusement hors de portée.

— Je ne dis pas que dîner et baiser n'est pas la chose à faire, déclara Damien à Forest. Je dis juste que tu pourrais t'habiller un peu. Mettre des bougies. Une nappe sur la table. Des jolis couverts. Fais le maximum. Merde, va pour…

— Ne fais pas ça, Forest, contredit Miki.

Damie haussa un sourcil noir.

— Tu as une meilleure idée, Sin ? questionna-t-il.

— Ouais, fait simple, mec. Ne te rends pas dingue.

Le chanteur secoua la tête au grognement de Damien en expliquant :

— Sionn et toi, vous aimez vous promener sur la côte et faire des stupides conneries durant le week-end. Forest et Conn, ils restent à la maison et tapissent le salon. Écoute, Forest, toi et moi, nous sommes des déchets. Bien sûr, quelqu'un t'a récupéré, t'a nettoyé et t'a donné une vie, eh bien, j'ai Damie, donc tu gagnes en quelque sorte.

— Joli bus pour me jeter en dessous, connard, grogna Damien.

— Ouais, peu importe, D. Le fait est, Forest, on continue à se sentir déplacés. Maintenant, nous avons cette famille de cinglés, et il y a des gars qui veulent de nous. On se sent donc un peu obligés de nous intégrer à cette folie.

Miki se mordit la lèvre supérieure et leva les yeux vers Forest à travers ses cils pour poursuivre :

— Donc, je veux dire, nous n'avons pas *besoin* de nous intégrer. Conn et Kane nous aiment pour ceux que nous sommes. Fais ce que tu aimes faire. Laisse-toi aller. Fais-moi confiance. J'ai appris *ça* de Donal.

— DE COMBIEN de foutues guirlandes as-tu besoin ici ? grommela Kane depuis son perchoir sur un banc de pique-nique.

Le siège à lattes en bois trembla alors qu'il s'étirait pour accrocher un fil de minuscules lumières blanches sur une poutre de la pergola.

— Cette merde sert à créer une ambiance, pas à éclairer ton jardin pour qu'une navette spatiale puisse s'amarrer, ajouta-t-il.

Connor observa son frère à travers les vignes de glycine qui serpentaient à travers la pergola du patio. Ses épaules le faisaient un peu souffrir après avoir enfilé ce qui semblait être des milliers de lumières sur la travée de trois mètres cinquante. Une fois de plus, il se demanda à quoi il pensait en construisant ce foutu truc. Il ne leur restait plus qu'un tiers de la pergola, mais la glycine semblait déterminée à les combattre.

— Il faut que tout soit éclairé ou ça aura l'air stupide, dit-il.

Connor s'acharna encore sur un autre fil à travers un espace entre les vignes épaisses, égratignant ses jointures.

— Je veux que ça ait l'air… romantique.

— Et les lumières vont donner une belle apparence à cette jungle ?

Kane plissa les yeux à l'attention de son frère.

— Tu aurais mieux fait de faire appel à un paysagiste pour qu'il vienne tout mettre en lumière.

— Nous aimons quand c'est un peu sauvage, déclara Conn en remarquant le sourire narquois de son frère. Ne joue pas au connard. Je veux parler du jardin et des arbres. Un peu envahi par la végétation, c'est bien. Et continue à installer les lumières. Il sera bientôt de retour à la maison et je dois m'assurer que le repas est prêt.

— Il est avec Damie et mon Mick. Tu auras de la chance si tu le revois avant le week-end prochain.

Kane descendit du banc, puis attrapa une autre guirlande de lumières.

— Non, il sait que c'est un moment spécial pour nous. Trois mois, mec. Qui y aurait cru ?

Certainement pas Conn. Pas si tôt dans sa vie. Et certainement pas le blond dont il attendait le retour à la maison. Si quelqu'un lui avait dit un an plus tôt qu'il rencontrerait le batteur très masculin d'un groupe de rock, Connor aurait dit au gars de s'asseoir et de mettre sa tête entre ses jambes jusqu'à ce que le sang lui revienne dans le cerveau.

À présent, c'était un peu lui le type qui se retrouvait en position assise.

Il avait toujours ressenti une pression sur lui. Tordant sa peau autour de lui si étroitement, que Connor n'était jamais sûr de pouvoir respirer correctement un jour. Puis Forest était arrivé. Un Forest calme, facile à vivre et au visage doux, un cadeau doré énigmatique déposé sur ses genoux par le destin et un pur coup de chance.

Le fait que Forest soit un homme avait rendu les choses… problématiques. Principalement le temps pour Connor d'accepter la présence de Forest dans sa vie, mais une fois qu'il l'avait fait, il avait su au plus profond de lui que cela lui convenait. Aucune question à se poser. Il était à fond dedans.

On l'avait un peu fait chier dans le vestiaire. Sa taille n'avait pas d'importance pour le lâche enfoiré qui fourrait des culottes à travers les lattes de son casier quand il était de garde, mais à part ça et quelques marmonnements, il n'avait pas eu à se soucier de sa relation avec Forest.

C'était dans les moments calmes entre eux que Connor réalisait combien Forest était probablement aussi dépassé que lui.

Il avait remarqué la date et avait pensé à faire quelque chose de gentil. Quelque chose d'assez discret pour que Forest ne le prenne pas pour un fou. Pourtant, Connor se demanda si c'était suffisant. Ses parents – Seigneur, ses maudits parents bien-aimés – faisaient les choses en grand. Des dîners aux gestes en passant par la romance, ses parents avaient organisé des célébrations durant les week-ends et parfois même plus.

Le plat à emporter italien que Connor avait récupéré sur le chemin du retour et fourré dans le four pour le réchauffer était loin d'une promenade en gondole en soirée à travers Venise après un repas de cinq plats.

— Mon Dieu, ça craint, grogna Connor, en étudiant le patio tout en tirant un fil vers le dernier panneau. J'aurais dû voir… plus grand. Faire quelque chose de plus grand.

— Ne me regarde pas comme ça. Miki est à peu près aussi sentimental qu'une pierre, déclara Kane en époussetant ses mains. Nous devrions tester ces maudites choses. Les as-tu branchés avant de commencer à les installer ?

— Ouais, pour qui me prends-tu ? Brae ? Bien sûr que je les ai testés.

Conn fronça les sourcils, essayant de se rappeler s'il avait branché les fils avant de les porter à l'extérieur.

— Ou du moins, j'en suis à peu près sûr.

— Eh bien, faisons un essai. Parce que je pense que nous avons terminé.

Son jeune frère se fraya un chemin autour de la table de pique-nique et du grill.

Après avoir attrapé l'extrémité d'une rallonge et le fil principal des guirlandes lumineuses, Kane les brancha et attendit. La pergola resta dans le noir, de longs brins de glycine violette dérivaient dans la légère brise qui traversait l'arrière-cour de l'époque victorienne.

— Eh bien, merde, cracha Conn.

— Attends, je vois où est le problème.

Kane leva une main en signalant :

— La rallonge n'est pas correctement insérée.

Un coup sec sur la prise et le patio s'illumina, une mer de minuscules étoiles fixes au milieu des feuilles sombres et des fleurs d'un violet pâle.

La lueur était douce, baignant le carrelage sous les pieds de Connor. Les conifères qui bordaient la clôture étaient d'énormes sentinelles verdoyantes, tenant la ville à l'écart de l'espace intime de la longue cour. À la tombée de la nuit, la plupart des fleurs se fermaient, mais le parfum des roses et de la glycine se répandait dans l'air.

— J'ai juste besoin de mettre cette nappe pour le pique-nique…

Connor se tut quand Kane s'éclaircit la gorge. Il se retourna et trouva Forest debout entre les portes-fenêtres ouvertes, un sac en plastique plein, provenant du magasin de tacos où ils mangeaient souvent, se balançant dans sa main.

— Oh, bordel de merde. Je n'étais pas encore prêt pour toi.

— Bon, c'est mon signal pour partir. Bonne chance frangin, dit Kane en donnant un coup sur l'épaule de Connor. Je suppose que ça veut dire que Mick est à la maison.

— Ouais, je l'ai déposé au loft, répondit Forest en levant la tête. Damie et Sionn se rendaient à un spectacle à Oakland.

— Excellent. Non pas que je ne les aime pas, mais vous comprenez…

Kane donna un coup de coude à Forest en passant.

— Allez, les enfants, amusez-vous. Ne restez pas debout trop tard.

La table dénuée d'assiettes et les plats à emporter italiens toujours dans la cuisine, Connor se tenait au milieu du patio et souriait à son amant. Forest se retourna, observant le spectacle, encadré par les portes françaises que Conn avait installées pour remplacer celles criblées de balles quelques mois plus tôt. Ils avaient survécu au carnage, un signe certain qu'ils résisteraient à tout ce que la vie leur réservait.

Conn n'était tout simplement pas sûr de pouvoir survivre à l'amour qu'il ressentait pour l'homme qui se tenait devant lui.

— Salut, dit Forest.

Il sortit sur le patio, les pieds nus sur le carrelage rugueux. Tenant le sac, il secoua les poignées en plastique.

— J'ai apporté le dîner.

— Ouais ?

Il rencontra Forest à mi-chemin, tirant sur la ceinture de son amant jusqu'à ce que celui-ci soit blotti contre lui.

— J'ai de l'italien dans la cuisine. Qu'as-tu apporté à la fête ?

— Du mexicain.

Forest effleura ses lèvres contre celles de Connor dans un contact taquin, puis se recula légèrement.

— Parce que tu sais, les nachos.

— Merde, pourquoi n'y ai-je pas pensé ?

Conn ne put empêcher son sourire de lui fendre le visage en répétant :

— Des *nachos*.

— J'aime les lumières, déclara Forest en posant le sac sur la table, s'étirant un peu dans l'étreinte de Connor. Elles sont… sympas.

— J'espérais doux, mais je prendrai le sympa.

Connor passa ses bras autour de la taille de Forest.

— C'est doux. Et gentil. C'est les deux. Comme toi.

Forest captura le visage de Connor entre ses mains, inclinant la tête pour un baiser en murmurant :

— Dieu que je t'aime.

Si Connor n'avait pas déjà été affamé de l'homme qu'il tenait dans ses bras, le baiser de Forest aurait aiguisé son appétit.

Il y avait des rais de soleil et d'étoiles sur la langue de Forest, qui se transformèrent en une chaleur soyeuse lorsque ses dents mordillèrent la lèvre supérieure de Connor. Il soupira et plongea.

L'air se refroidit autour d'eux, leurs corps réchauffant le mince espace entre eux. S'il ne pouvait obtenir qu'une seule chose dans sa vie, Connor aurait choisi le baiser de Forest. Son amant donnait, un tendre et délicieux prolongement avec des contacts délicats et de légères morsures.

C'était douloureux de devoir s'écarter, mais chaque douleur dans son corps se calmait quand Connor vit les lumières se refléter dans les yeux lumineux de Forest.

— Je t'aime aussi, *a ghra*, murmura Connor. Puissions-nous avoir encore de nombreux mois ensemble. Des années même. Je n'en aurai jamais assez de toi.

Forest rit, un son rauque de plaisir.

— Ouais, je ne vais nulle part. J'ai cependant une question plus importante : qu'allons-nous avoir pour le dîner ? Italien ou mexicain ?

Connor mordilla le nez de Forest, le faisant rire.

— J'ai une idée. Que dirais-tu d'un certain Irlandais en premier ?

DINDE SAUVAGE

— Ceux d'en bas ? Ils sont complètement dingues, déclara Damien avec un frisson.

Il se laissa tomber à côté de Miki, poussant son meilleur ami pour obtenir de la place sur le nid de poufs que Miki avait rassemblés contre une lucarne.

— La plupart sont comme des foutus chapeliers fous, insista-t-il.

Il avait déniché le chanteur en trouvant sa cachette, pas si secrète, sur l'étroite terrasse de toit des Morgan. Un large surplomb en conservait une grande partie au sec malgré le déluge, pas si tranquille, de la pluie de San Francisco. Quand Miki sortit la bouteille de whisky écossais qu'il avait montée avec lui, Damien faillit embrasser son frère pour l'en remercier.

Les couvertures épaisses que Miki avait transportées avec lui ne lui déplaisaient pas non plus.

— Fais-moi passer ça, Sinjun.

Damie fit un signe vers la bouteille dès qu'il se fut mis à l'aise sous les couettes. Il avala une longue gorgée, sifflant sous le feu du whisky.

— Mon Dieu, c'est comme avoir une dispute avec toi. Satisfaisant, mais un sacré coup de pied dans les couilles.

— Je t'aime aussi, connard, grogna Miki. Pourquoi es-tu monté ici ?

— Pourquoi l'as-tu fait *toi* ? riposta Damie.

Il s'agissait d'un délicat bras de fer… un jeu du chat et de la souris dont eux seuls connaissaient les règles. Miki harcelait, soit dans un trou, soit d'une attaque grognante ; puis Damien apaisait ou luttait. Avec Kane dans les parages, les attaques se réduisaient au strict minimum. Quelqu'un devait pousser furieusement Miki avant qu'il ne le déchire, mais le fait de se terrer dans un trou restait inchangé.

Tout comme l'amour de Miki pour le whisky.

— Ton père sait que tu as volé ça ? questionna Damie en lui rendant la bouteille.

— Selon toi, qui me l'a donnée ? répondit Miki en reniflant. Le. Meilleur. Père. Du. Monde.

Un coup sec sur la vitre derrière eux les surprit tous les deux. Damie regarda à travers la vitre opaque en commentant :

— Quand on parle de Donal, il apparaît.

La lucarne grinça vers l'intérieur, et Donal les gronda à travers l'écran :

— Que faites-vous tous les deux ici ? Les seins des sorcières sont très chauds comparés à la météo actuelle. Rentrez.

— C'est la folie en bas. Vous êtes des cinglés, affirma Damien avec un sourire. En plus, il a du whisky.

— Il y en a aussi en bas. Sortez vos culs du froid avant les quinze prochaines minutes ou je vous envoie Brigid.

Le souffle embué de Donal tourbillonna dans l'air.

— Un jour, cette astuce ne fonctionnera plus, Morgan, ricana Damie, alors que Miki faisait la grimace.

— C'est toi qui le dis. Bon sang, c'est parti pour *continuer* à marcher pour moi, le contredit le chanteur en hochant la tête. Quinze minutes. Pigé.

— À tout de suite. Vous pourrez aider à faire les patates douces. Ne vous cachez pas tant que la cuisine n'est pas terminée.

La fenêtre se referma doucement, stoppant l'arrivée d'air chaud provenant de la maison.

— Tu n'aimes pas Brigid à ce point, vraiment ? hasarda Damie.

— Nan, elle se contente… de me serrer dans ses bras tout le temps. Je vais bien jusqu'à ce qu'elle commence ce satané truc de tour du monde de l'amour, et ensuite c'est comme essayer de combattre une pieuvre. Pire encore si elle a pris un ou deux verres de ce que ceux en bas appellent du cidre.

Miki reboucha la bouteille après avoir pris une nouvelle gorgée, en demandant :

— À quel point est-ce dingue en bas ?

— Ils chantent. Ils rient. C'est comme si on était à Whoville et que quelqu'un avait tiré sur le Grinch depuis une voiture et qu'ils savent qu'il ne sera pas là.

S'appuyant contre son ami, Damie soupira de plaisir à la chaleur du corps de son frère.

— C'est un peu sympathiquement bizarre. Ils parlent de maisons en pain d'épice et de Noël, tous autant qu'ils sont. Même Sionn. Forest est en train de tout manger.

— Ouais, il aime tous ces trucs de famille.

L'expression de dépit sur le visage de Miki fit rire Damie.

— Quoi? grommela Miki. Je me sens un peu coupable. J'ai l'impression que nous l'avons jeté aux lions avant de nous enfuir.

— Ne t'inquiète pas trop pour lui. Il aime ça. Forest est fait pour la famille. Toi et moi…

— Nous sommes une famille, affirma Miki. Nous avons fêté Thanksgivings. On en a fait des bons.

— Des macaronis au fromage dans des boîtes bleues sont bien meilleurs qu'un morceau d'oiseau sec, je suis d'accord avec ça, convint Damie. Sionn m'a dit que Brigid n'avait jamais fait une dinde crayeuse de sa vie, donc il y a au moins de l'espoir pour le dîner.

Il prit quelques secondes pour étudier le visage de son meilleur ami avant de reprendre :

— Tu vas bien? Si tu veux retourner à la maison…

Le mot *maison* leur semblait si étrange… ça l'était encore. Les entrepôts étaient étrangement des sanctuaires, des endroits sûrs et heureux qu'aucun d'eux n'imaginait avoir un jour. Maintenant, ils avaient tout… presque tout, songea Damie en adressant une petite prière à Johnny et Dave au ciel dans l'espoir qu'ils savaient que leurs amis se souvenaient encore d'eux. Il se sentait coupable d'avoir survécu, mais dès l'instant où Miki l'avait repéré de l'autre côté de la cuisine des Morgan, la *maison* était soudain devenue une réalité pour eux deux, et Damien ne la lâcherait jamais.

— Nan, la maison est en bas aussi, reconnut Miki avec un soupir. C'est bien, non? Ici? Maintenant?

— Ouais, Sinjun. Vraiment bien, acquiesça Damien.

— Et en plus, je dois aller botter le cul de notre batteur.

Il se leva, ramassant les couvertures à leurs pieds.

— Pourquoi? s'étonna Damien.

Il récupéra la bouteille de whisky avant qu'elle ne heurte le plancher de bois dur et froid.

— Parce qu'il a dit que j'étais tellement bousillé que je le faisais paraître normal, grogna Miki. Je trouve que cela nécessite de lui botter le cul.

— Désolé de le dire, Sinjun, répondit tristement Damie, il n'est vraiment pas si loin de la vérité.

LE NIVEAU sonore était presque semblable à celui d'une scène, hormis l'absence du bourdonnement des amplificateurs et du roulement d'un battement de tambour en arrière-plan. Pourtant, Miki fut percuté par un mur de bruit une fois qu'il atteignit finalement le rez-de-chaussée. La bouteille de whisky disparut avec Damien, soit il l'avait volée pour la ramener à la maison, soit pour la boire secrètement avec Sionn dans un endroit où ils pourraient se câliner et s'embrasser. Ces deux-là échangeaient une tonne de câlins et de baisers, généralement dans les endroits les plus étranges. Il n'avait même jamais pensé à embrasser Kane sur la banquette arrière de la Corvette décapotable de Donal dans le garage, mais apparemment, son meilleur ami et cousin de Kane n'avaient pas de tels scrupules.

Bien qu'ils se soient dépêchés de se séparer quand Miki avait lancé qu'il dirait à Donal qu'il les avait surpris s'ils ne sortaient pas de la voiture. La claque retentissante de Sionn dans son dos en l'accusant de devenir finalement un petit frère avait presque poussé Miki à vendre quand même la mèche à Donal, mais le clin d'œil joueur de Damie l'avait retenu.

— Tu t'amuses ? ronronna Kane dans l'oreille de Miki.

Il se rapprocha de lui, enroulant ses bras autour de la poitrine de Miki.

— Da raconte qu'il vous avait surpris tous les deux sur la terrasse comme des adolescents en train de siroter de la gnôle volée.

— Il me l'a donnée, protesta Miki, en s'abandonnant dans l'étreinte de Kane. Pas de vol à ce sujet, mais je pense que Damie l'a prise depuis. C'est la mienne. Pas la sienne. Je veux la récupérer.

— Je t'en trouverai une autre, promit Kane. Le repas est bientôt prêt. Maman a mis dix kilos dans le four. Je crois que c'est la première fois depuis longtemps que tout le monde est présent à la maison. Je pense que nous sommes à court de chaises pour la table. On a parlé de mettre les trois derniers au comptoir, mais Ryan a dit qu'elle était trop vieille pour se retrouver assise à la table des enfants, donc on a décidé d'ajouter la table à cartes au bout et des meubles de jardin pour eux.

— Ne devrions-nous pas rester assis ici ?

Il pencha la tête en arrière, rencontrant le regard de son amant pour poursuivre :

— Moi, Damie et Forest ? Je veux dire, nous ne sommes pas…

— Si tu dis que vous n'êtes pas de la famille, je trouverai un bon usage pour la ceinture qui tient mon jean, Monsieur St John.

Son flic frotta son nez dans le cou de Miki, lui envoyant des frissons dans le ventre.

— Et non, tu ne peux pas rester ici. C'est une sorte de système féodal, vraiment. Vous êtes nos meilleures moitiés, nos amants. Donc, vous vous insérez plus ou moins dans notre ordre de naissance. Sionn a mon âge, et bien, Conn est le plus âgé, donc vous avez plus ou moins droit tous les trois aux premières places. C'est ainsi que les choses se passent. Du moins, dans notre famille. Chez les Finnegan autant que chez les Morgan. C'est une sorte de chaîne alimentaire. Les plus jeunes connaissent leur place.

— Cela ne veut pas dire que nous en sommes très heureux, marmonna Kiki en se glissant devant eux avec un bol de noix décortiquées. Allez, le film est sur le point de commencer. Da a apporté des poufs pour le sol. Contrairement à la table à manger, là-bas c'est premier arrivé, premier servi.

— Un film ? Seigneur, lequel ? *La mélodie du bonheur* ?

Miki savait avoir une expression horrifiée en le disant, mais il ne pouvait pas s'en empêcher.

— Bon sang, vous êtes effrayants, marmonna-t-il.

— Non, la tradition de la famille Morgan veut que ce soit « *Le shérif est en prison* », répondit Kane avec un petit rire. Parce que nous n'avons pas besoin de ripoux. Maintenant, viens, je veux avoir une des causeuses. Je suis trop vieux pour m'asseoir sur ce maudit sol.

LEUR MAISON était si pleine avec… tout le monde, pensa Brigid en repliant ses jambes sous elle. Le bras de Donal était posé sur le dossier du canapé, ses doigts jouant distraitement avec ses cheveux alors que la famille s'installait autour d'eux. À quelques mètres de là, Damien revendiqua l'un des longs canapés, refusant de bouger ses longues jambes alors qu'il gardait des places pour Kane et Miki. Sionn refusait de s'impliquer, mais Brigid remarqua le pied de son neveu, placé dans le dos de Brae, puis la poussée discrète pour déloger le jeune Morgan du canapé très disputé.

Kane entra dans la mêlée, traînant Miki derrière lui. Cela lui réchauffa le cœur de voir les doigts de Miki enroulés autour de la main de Kane. Elle murmura un rauque « *Je t'aime* » à son mari tandis qu'il déplaçait ses jambes pour laisser sa progéniture le dépasser.

— *Oi*, avant de t'éloigner, donne un baiser à ta mère. Tu ne m'en as pas donné un à ton arrivée, K.

Brigid présenta sa joue à Kane qui l'embrassa sur le front à la place.

— Ah, tu as une visée merdique, dit-elle. J'espère que tu tires mieux que tu embrasses.

— Mon Dieu, j'espère que non, parce qu'il me tue à chaque fois qu'il me donne un baiser.

Miki s'arrêta net, fixant Brigid. Une seconde passa, puis deux, et alors qu'elle était sur le point de lui demander ce qui n'allait pas, Miki se pencha et effleura sa joue droite de ses lèvres.

Puis il repartit derrière Kane comme si de rien n'était.

Elle était abasourdie. Il n'y avait pas d'autre mot pour le décrire. Même Donal eut l'air choqué pendant un instant avant de le cacher sous le masque calme et joyeux du Da Morgan. Elle avait pleuré pour Miki, pleuré pour tous les garçons perdus dont ses fils et son neveu semblaient être tombés amoureux, mais celui qui lui avait le plus brisé le cœur était le Sinjun de Kane. Trop épineux pour être manipulé et trop indépendant pour être dorloté, elle lui avait fait une place dans son cœur, seulement pour découvrir qu'il ne voulait pas y être. Ou du moins, pas au début.

Maintenant, elle n'en était plus si sûre.

— Il t'aime *vraiment*, *a ghra*, lui murmura Donal à l'oreille. Il lui faut juste un certain temps pour s'y faire. À petits pas. Par de lentes étapes. Parce que je t'aime, mais tu n'es pas tellement du genre progressivement et lentement.

— Je sais. Forest m'aime, admit Brigid.

Elle renifla, mais sourit largement quand Damien lui fit un clin d'œil.

— Celui-là aussi, mais c'est Miki qui me préoccupe le plus. Ce garçon a besoin… d'amour. D'une famille. De nous.

— Il nous a, lui rappela gentiment Donal. Il est un peu comme Quinn. Il va à son propre tempo. À son rythme. Mais notre Miki est ici. Il ne va pas nous quitter. Il ne quittera pas Kane. Je te le promets, tout comme le jour où j'ai promis de t'aimer et de te chérir.

— Jusqu'à ce que la mort nous sépare. Même en dépit de la folie que nous appelons notre maison, reconnut Brigid en riant. Bien que je jure que si nous ne lançons pas ce film bientôt, tu auras beaucoup moins d'enfants, car ils sont sur le point de s'entre-tuer pour se divertir. Démarre le film, Morgan.

— Je lance le film, Finnegan, répondit Donal.

Puis il se pencha pour embrasser Brigid jusqu'à lui faire perdre la tête.

— Et pour ton information, ma femme, la mort ne nous séparera pas. Ton succotash le pourrait, mais la mort ? Je crois qu'elle va devoir nous laisser tels que nous sommes… tout comme tes garçons aiment jusqu'au plus profond de leur cœur, c'est comme ça que je t'aime. Durant toute la vie et au-delà, Brigid Finnegan Morgan. Durant toute la vie et au-delà.

VERRE D'APPLEJACK ET BIÈRE

C'ÉTAIT LEUR énième répétition et Forest n'arrivait toujours pas à croire qu'il était assis à jouer de la batterie pour Sinner's Gin.

Non, pas Sinner. Plus maintenant.

Damien avait été clair sur ce sujet. Le groupe serait différent, un mélange de nouveaux membres et des deux hommes qui avait mis Sinner dans les bacs, mais différent. Ce n'était pas ainsi que les choses fonctionnaient. Lorsqu'un groupe ressuscitait de ses cendres, il conservait généralement une part de lui-même.

Ce ne serait pas Sinner.

C'était quelque chose de nouveau.

Et Forest faisait autant partie de sa création que Damien et Miki.

Tous les deux s'échangeaient la basse, se refilant l'un l'autre l'instrument, chaque fois qu'ils en avaient marre du monstre à quatre cordes qui grouillait dans leur musique. Les lignes de base restaient simples et nettes, paralysant la musique que Miki avait écrite pour leur nouveau groupe, mais alors que Damien pouvait jouer les accords, ses doigts cherchaient instinctivement à atteindre des cordes qui n'étaient pas là.

Un nouvel accroc, et la mélodie retomba en un arrêt brutal.

— Bordel de merde, cracha Damie en arrachant la basse de son cou. Sinjun, tu me tues avec cette maudite pause.

Au début, leur chanteur ne répondit pas. Il était trop occupé à sucer le dos de sa main et à fixer son meilleur ami. Lorsqu'il parla enfin, Forest put sentir l'intonation glaciale de Miki à travers la pièce alors qu'il levait sa main ensanglantée pour la montrer à Damien.

— Vraiment ? Cette ligne de basse était en train de te tuer, bordel ?

Son ton était bas, un fil ronronnant de menace comparé à l'éclat lumineux plein d'énergie de Damien.

— C'est toi qui saignes là, ou c'est juste moi ?

— Fais chier, mec, pourquoi ne m'as-tu pas dit que la corde s'était cassée ? s'exclama Damie.

Laissant tomber la basse, Damie attrapa le bras de Miki. Il s'ensuivit une petite bataille, mais Damien était plus fort, ou du moins plus agressif, il tira sur le poignet de Miki pour examiner la zone d'impact.

— Hé, Ackerman, peux-tu aller me chercher la trousse de premiers secours ?

— C'est juste une entaille. Ça va guérir, grogna Miki.

Il se tortilla, un mouvement d'os minces et de tendons, mais son genou se déroba sous lui, manquant de le faire basculer.

— Merde, jura-t-il.

— Ouais, accorde-toi une pause, conseilla Forest.

Il sortit de derrière sa batterie installée dans le garage.

— Je reviens tout de suite.

Le studio était agréable, un peu étroit par rapport au Sound, mais suffisant pour s'entraîner. La baie d'amarrage, reconvertie de l'ancien entrepôt rénové, était un espace qui était en quelque sorte devenu une résidence secondaire pour Forest. Miki lui avait donné une clé, une foutue clé de cet endroit, et Forest n'avait pas su s'il devait pleurer, s'effondrer ou prendre Miki dans ses bras.

Le câlin était exclu. Peut-être. Il ressentait une étrange affection pour leur chanteur. Il y avait quelque chose de sauvage concernant Miki St John qui sortait Forest de sa zone de sécurité silencieuse, il était prêt à le suivre partout où on voudrait le conduire.

Pour la première fois de sa vie, Forest se sentait à sa place. Connor, il aimait – profondément et pleinement –, mais le groupe… le comblait. Au fond de lui. Dans des espaces qu'il ignorait avoir été vides.

Il revint avec la trousse de premiers soins et Forest jeta la prudence aux orties. Après avoir remis la boîte en métal blanc à Damien, qu'il avait décrochée du mur du fond, Forest attira Miki dans ses bras pour un gros câlin, serrant l'homme maigre jusqu'à ce qu'il grince des dents.

— C'est bon, mec. C'est juste une corde de guitare cassée, dit Miki en tapotant le dos de Forest. Ce n'est pas comme si j'allais mourir ou un truc du genre.

— Non, tu n'es pas mortellement touché, murmura Forest dans les cheveux parfumés à la vanille de Miki. Mais tu m'aides vraiment à vivre.

LE SOUND était plein.

Surpeuplé, d'après les normes de Forest, et il ne semblait pas qu'il allait se vider de sitôt.

— Je ne savais pas qu'il y avait autant de bassistes en Californie, grogna Jenkins derrière le comptoir de réception. Et vous allez tous les écouter ? Bordel, à quoi vous pensiez ?

Résultat d'un mariage interracial des années soixante-dix, Jenkins avait grandi vite et difficilement à Oakland, il s'était mis au saxophone à un âge précoce pour gagner de l'argent entre deux trafics de drogue. Il était devenu suffisamment bon en tant que saxophoniste pour abandonner les ventes de drogue, mais pas au point de décrocher un contrat solide. Il était un pilier du Sound depuis aussi longtemps que Forest y vivait, un homme à la peau sombre et aux taches de rousseur, avec une tignasse de boucles rouges, venant traîner pour faire des sessions ou se postant à l'avant quand il avait besoin d'argent.

Jenkins avait toujours besoin d'argent, et depuis que Forest avait pris la relève, il s'occupait désormais régulièrement de la réception entre les concerts.

Un appel pour des auditions avait été lancé. En quelque sorte. C'était plus une rumeur à propos de Sinner's Gin qui enfilait à nouveau ses ailes de cire pour se diriger vers le soleil, et l'info s'était répandue. Des liens de démonstration avaient été téléchargés et envoyés, rassemblés ici et là par Edie, Damien et Forest ; puis des rendez-vous avaient été pris pour entendre tous ceux qu'ils aimaient. Rien n'avait été envoyé à Miki. Forest avait été choqué de découvrir que celui-ci était si déconnecté des réseaux qu'il n'avait même pas d'adresse e-mail et avait fermement refusé d'en obtenir une.

— Bordel, tous ceux que je connais, je les vois tous les jours, avait-il fait remarquer, levant à peine les yeux de sa guitare. Et j'ai un téléphone portable. J'en aurai une quand j'en aurai besoin. Si j'en ai besoin.

Et là-dessus, Miki avait mis fin à la conversation.

— Il y a quelque chose qui ne va pas avec ce garçon. Ce St John. Il n'est pas bien dans sa tête, déclara Jenkins en brisant une graine de tournesol entre ses dents. L'autre est comme un vendeur de voitures d'occasion. Il me donne envie de vérifier mes doigts pour voir si mes bagues sont toujours là chaque fois qu'il me serre la main. Tu es sûr de vouloir t'associer avec ces deux-là ?

— Oui, tellement que je peux le sentir, avoua Forest. Et ils ne sont pas horribles. C'est simplement… leur manière de garder les gens à l'écart. Damien charme tout le monde pour leur donner à voir ce qu'il veut, et Miki… eh bien, il a élevé des murs.

109

— Des murs ? répéta Jenkins, en recrachant la graine mouillée et se tapotant la poitrine. Ce garçon a élaboré un véritable labyrinthe.

Avec quelques groupes de musiciens attendant leur tour dehors pour entrer dans le studio, Forest pouvait à peine voir le trottoir. Il avait écouté plus d'interprétations de « *Smoke on the Water* » qu'il ne voulait en compter, et ils n'avaient toujours pas trouvé quelqu'un qui s'accordait totalement à eux. Damien se dirigeait vers l'Amp récemment rénové pour récupérer des cafés glacés, Miki s'était faufilé dehors, espérant obtenir quelques bouffées d'une kretek avant de commencer la session suivante.

— En parlant de goût, ton mec vient juste de se pointer sur le trottoir, indiqua Jenkins en désignant de la tête les larges fenêtres du studio. Tu devrais lui dire de ne pas se faufiler ici. Il effraie les clients.

Connor contournait l'avant de son Hummer quand Forest se retourna. Jenkins avait raison, vêtu de l'équipement de combat noir rigide qu'il portait lors des raids et dominant de presque une tête les musiciens, Connor Morgan était définitivement terrifiant pour une foule qui avait probablement plus que quelques drogues illicites sur eux. Une paire de Oakleys effet miroir cachait les yeux bleu océan de Conn, il traversa le trottoir, se glissant facilement jusqu'à la porte.

Plus d'un de leurs bassistes potentiels considérèrent l'arrivée de Connor comme un signe et déguerpirent discrètement.

— Salut, mon cœur.

La voix de Connor envoya un frisson le long de la colonne vertébrale de Forest, soyeuse, sombre et pleine de promesses à venir pour le moment où il serait dans la maison victorienne dans laquelle ils vivaient. Après avoir glissé ses lunettes de soleil dans le col de sa chemise, Conn attrapa Forest dans une féroce et brève accolade accompagnée d'un baiser sur sa bouche avant de le relâcher.

— Je suppose que vous n'avez pas encore trouvé votre homme.

— Non, pas vraiment.

Il était difficile de décrire ce que chacun recherchait. Damien voulait quelqu'un avec des compétences techniques et une présence sur scène, mais il manquait quelque chose d'insaisissable dans les quelques musiciens qu'ils avaient réellement aimés.

— Personne n'a impressionné Miki. C'est un peu comme du speed dating avec des jumeaux siamois. Damie les attire, mais c'est Miki qui doit dire oui.

— Je n'aurais jamais pensé ça. J'ai toujours cru que Damien menait les opérations.

Conn pencha la tête. Il y avait du mouvement à l'extérieur, une agitation de bras, et il s'immobilisa. Il resta à l'affût d'un problème, mais ce n'était rien, seulement un tourbillon visuel de quelqu'un racontant une histoire.

— Eh bien, accroche-toi. Je reviendrai te chercher quand vous aurez terminé.

— Merci, soupira Forest en entendant la porte arrière s'ouvrir. Et si tu croises des bassistes qui pourraient supporter ces gars-là toute une journée, envoie-les-moi.

— QU'EST-CE QUI n'allait pas avec ce dernier ? questionna Damien.

Il faisait les cent pas dans le Studio Trois, grognant devant son meilleur ami à travers la cloison en verre séparant la salle de mixage de l'espace de répétition. Miki lui rendit son regard, les poings levés, et grogna en retour, exprimant sans un mot jusqu'où Damien pouvait pousser sa tête dans son cul pour se baiser avec sa propre langue.

Ou du moins, c'est ce à quoi Miki espérait ressembler. C'était indéniablement ce qu'il avait envie de dire.

Comme d'habitude, Forest s'assit derrière sa batterie, faisant tourner une baguette autour de ses doigts, attendant que la tempête passe pour qu'il puisse continuer sa vie, sans être impacté par la folie de la relation de Miki avec Damien.

Rien ne semblait ébranler leur batteur. Pas même Damien lors de ses éclats les plus exaspérants.

— C'était un connard. Il dégageait une odeur de trou du cul, intervint Forest dans la dispute alors que Miki pénétrait dans la pièce. Comme s'il disait tout ce qu'on voulait entendre. Il se conditionnait lui-même pour s'adapter.

— Plus faux qu'un troisième sein, compléta Miki.

Il se laissa tomber dans un fauteuil à oreilles que quelqu'un avait traîné à l'intérieur, retenant son souffle quand celui-ci laissa échapper un nuage d'odeur de lavande dans l'air. Mec lui manquait. Il voulait Kane.

Et surtout, il avait terriblement faim.

Son estomac semblait d'accord, car il grognait presque aussi méchamment que Damie lorsqu'il n'obtenait pas gain de cause. Un peu comme maintenant.

— Sinjun, nous devons trouver quelqu'un, insista Damie, en traînant un petit tabouret pour s'installer entre Miki et la batterie de Forest. Ackerman, tu n'aides pas là.

— Tu veux vraiment quelqu'un que même *Forest* n'aime pas ?

La question frappa là où Miki l'avait prévu, car il vit Damie grimacer et entendit Forest lâcher un petit « *t'es gonflé* » en réponse.

— Mec, sans vouloir te vexer, tu es un peu comme le fils de Frank sur ce coup-là. Pomme. Arbre. Chute. Pas de roulement.

— Il est vrai que tu ressembles beaucoup à Frank, confirma Damien en hochant la tête.

— Ce n'était pas mon vrai père, fit remarquer Forest, arrachant une peau avec la pointe d'une baguette. Bon sang, je n'ai même pas emménagé chez lui avant l'adolescence.

— L'éducation, pas la nature, s'amusa Damien avec un petit rire. Tellement Frank.

— Vraiment ? Est-ce pour ça que Miki est comme il est ? Parce que tu l'as élevé ? riposta Forest.

C'était un bon coup. Miki devait lui accorder ça.

Jusqu'à ce que Damien réponde :

— On ne nourrit pas Miki. Ce serait un peu comme valser avec un ratel. Je lui ai juste jeté de la nourriture jusqu'à ce qu'il soit sans danger de l'approcher et je lui ai collé un micro dans la main.

— Sympa. Ça va être difficile d'embrasser Sionn quand je t'aurais donné un coup dans les dents.

Il plaisantait. Damie savait qu'il le taquinait, mais Forest se tut et se figea. Lançant un médiator à leur batteur, Miki dit :

— C'est une blague, Forest. Une blague.

— Je dois remballer bientôt. Il y a ce truc ce soir.

Forest remarqua les regards vides de ses amis et précisa :

— L'ouverture de l'Amp ? Le *truc* ?

— Merde, c'est vrai. Sionn veut que nous rencontrions Rafe Andrade, s'exclama Damien.

Il se leva rapidement et rattrapa le tabouret avant qu'il ne tombe.

— Ils sont bons amis, mais... je ne sais pas. J'ai l'impression que c'est un coup monté.

— Qui ?

Miki n'arrivait pas à replacer le nom, mais il lui semblait familier.

— Le gars du groupe de Jack Collins… quel était leur nom ? demanda D en tapotant sa tempe. Saloperie de trou dans la tête. C'est comme si un putain de gouffre emportait tout. Je ne me souviens plus du nom, mais le type s'est vautré et s'est cramé après notre accident. Il a foutu le groupe en l'air et s'est fait virer pour ça.

— Rafe s'est écrasé avant votre accident, rectifia Forest, en déplaçant l'un des petits amplis qu'il venait de débrancher. Il venait parfois ici pour jouer. Il est vraiment bon.

— Peut-être que nous devrions le rencontrer, suggéra Miki. Ça ne peut pas être pire que ceux que nous avons entendu jouer.

— Oh putain non, Sinjun, grommela Damien en réponse, une expression amère sur son visage expressif. La dernière chose dont nous avons besoin, c'est d'un raté comme Andrade. N'a-t-on pas assez souffert ? Nous trouverons quelqu'un. Nous devons juste continuer à chercher.

Un jour au parc

Sinjun aimait se promener.

C'était un passe-temps étrange pour quelqu'un avec un genou abîmé, mais son frère était clairement la définition d'étrange. Damien n'avait jamais su si le besoin de déambuler de Sinjun provenait d'un désir ardent de s'assurer qu'il était libre de toutes chaînes ou s'il s'agissait d'une façon de rassembler ses pensées. Le pourquoi n'avait pas autant d'importance que le quand, car parfois, quand il avait le plus besoin de Sinjun, son frère était introuvable.

Cette fois, cependant, Damien rattrapa Sinjun à la porte.

En dépit de toutes les années passées aux côtés de Miki St John, Damien était toujours amusé par la réaction sauvage de son frère quand on lui disait d'attendre. Ses émotions se reflétaient sur son visage, des signes subtils d'agacement obstiné puis de résignation dans ses yeux et sa bouche, mais seulement si on le connaissait assez bien pour le déchiffrer. Ses yeux noisette étaient toujours méfiants, captant chaque mouvement autour de lui, et il se tenait un peu trop crispé pour être qualifié de détendu.

Damien détestait ça par-dessus tout. Il détestait la façon dont Sinjun vivait sa vie en retenant son souffle, en attendant que la prochaine chaussure – ou le poing – tombe. Donal avait insisté sur le fait que le jour viendrait où Sinjun ne scruterait plus une foule à la recherche de problèmes ou ne tressaillirait pas au moindre bruit un peu fort, mais Damien ne comptait pas parier dessus. Peut-être que les errances de Sinjun étaient sa façon subtile de dire au monde d'aller se faire foutre, de se pointer et de tester sa résolution face aux peurs qui se cachaient en lui.

Ou peut-être que son petit frère était tout simplement aussi féroce, prêt à se lancer dans n'importe quelle bataille qui se présenterait simplement pour montrer au monde qu'il n'avait pas peur.

— Laisse-moi prendre ma veste et je sortirai avec toi, proposa Damien. Puisque le chien semble épuisé.

Mec était aussi indépendant que le son – Damien ne dirait pas propriétaire, mais plutôt son compagnon – Sinjun. La plupart du temps, le chien était plus que disposé à s'asseoir patiemment pendant que Sinjun attachait sa laisse, ce sur quoi Kane insistait religieusement. Ni le chien ni l'homme ne se souciaient de la laisse, mais ils étaient disposés à faire des compromis, ne serait-ce que pour le rendre heureux. Ou du moins, c'est ce que tout le monde croyait. Pour tout ce que Damie en savait, Sinjun pouvait enlever la laisse du chien dès qu'il avait traversé la rue. Il n'en aurait pas voulu à son frère, mais il avait également conscience que pour Sinjun, une promesse était une promesse, donc Mec pouvait aussi rester en laisse tout le temps qu'ils marchaient. Pour le moment, le bruit de sa laisse qui tintait n'incita pas le chien à quitter sa place sur le canapé, cela ne remua même pas son oreille de sa position retournée, indiquant littéralement qu'il n'avait aucune intention de rejoindre Sinjun cet après-midi-là.

— À moins que tu ne veuilles pas de compagnie ?

Damien s'arrêta à mi-chemin de mettre sa chaussure, levant les yeux vers son frère tandis qu'il se tenait en équilibre sur un pied.

Encore une fois, Sinjun était facile à déchiffrer, ou du moins, pour Damien. C'était un mélange d'une fraction de seconde entre le désir et les attentes. Une évaluation rapide se déroulait derrière ces yeux pensifs, un bref battement de cils, puis Sinjun murmura :

— Non, tu peux venir. Je vais juste me promener pour me vider la tête.

— Oh, ce sont les meilleurs types de promenades, répondit-il, s'assurant qu'il avait son portefeuille dans sa poche arrière. Et si on passait du côté de chez Chang pour prendre des char siu bao ? J'en ai eu envie ces derniers jours et je n'en ai pas mangé.

S'il y avait un moyen d'atteindre le cœur de Miki St John, c'était par son estomac. Les boulettes de pain cuites à la vapeur, fourrées d'une garniture de porc salée-sucrée rouge vif, étaient le plat préféré de Sinjun. S'il avait une chose qu'il pouvait manger vingt-quatre heures sur vingt-quatre, c'était un dim sum, le char siu bao semblait développer un niveau de bonheur chez lui, égalé uniquement par l'un des baisers de Kane.

La bouche de Sinjun se plissa d'un côté.

— Je suis totalement partant pour ça. Cela dit, il est un peu tard. Il n'en aura peut-être plus.

— J'ai la Foi, déclara Damien avec un petit rire. Je lui ai également téléphoné dès que je t'ai entendu prendre tes clés et appeler le chien pour une promenade. Chang en garde six pour nous. Laisse-moi juste enfiler ma deuxième chaussure et je serai prêt à partir.

ILS FINIRENT par manger leur bao dans le parc Woh Hei Yuen sur John Street, à quelques mètres de l'endroit où Sinjun avait été retrouvé par les flics, errant sans but plus de deux décennies plus tôt.

C'était un petit espace vert en haut d'une pente avec une aire de jeux pour enfants, parsemé de bancs publics et d'un belvédère en forme de pagode installé sur une colline en face de l'entrée en arc de cercle. La glycine fleurissait un peu hors saison et le parc était plutôt vide, avec seulement une paire de petits garçons et leurs mères jouant sur le petit voilier asiatique construit près des cages à poules.

La montée de la colline avait été rude. Plus d'une fois, Damien avait presque arrêté Sinjun pour lui demander s'il allait bien, mais son frère avait maintenu un rythme régulier, remontant la pente après avoir pris leur nourriture chez Chang. Le food truck était installé à l'extérieur du parc, vendant des tacos de poitrine de porc braisée, ils en avaient récupéré quelques-uns avec des bouteilles de thé glacé sans sucre. Les bancs de pique-nique sous la glycine étaient déserts, alors ils s'assirent sur une table avec leurs pieds suspendus au-dessus du bord et déballèrent leur nourriture.

— Tu te souviens de tout ça ? demanda doucement Damien, décollant le papier du fond du bao. Nous n'en avons jamais vraiment parlé.

— Une grande partie n'existait pas. Je veux dire, les bâtiments si, mais tout était différent.

Sinjun se retourna, regardant autour de lui.

— Putain, le nom de la rue n'est même pas St John. Le travailleur social a lu le rapport, il a dit St John d'après l'endroit où j'avais été trouvé. C'est comme ça qu'ils m'ont donné mon nom. Ce parc n'était pas là. C'est beaucoup plus propre maintenant. Je suis venu ici plusieurs fois quand je réussissais à m'éloigner de Vega. Je ne sais pas pourquoi je venais ici. J'ignorais ce que je m'attendais à trouver.

Sinjun se tut, mordant dans son bao, en croquant la moitié. Mâchant lentement, il lança un coup d'œil sur Damien.

— Mais ce jour-là ? Je ne me souviens de rien.

— Y penses-tu ? questionna Damie.

Il ouvrit un des thés et le posa à côté de Sinjun avant d'ouvrir le sien en ajoutant :

— Je pense tout le temps à la merde avec mes parents. Surtout quand nous sommes avec Donal et Brigid. Je me demande parfois ce que ça aurait été d'avoir des parents comme eux, tu sais ?

— Je pense que la vie est ce qu'elle est censée être, répondit Sinjun.

Il haussa les épaules, récupérant la viande de garniture avec ses doigts, puis la fourrant dans sa bouche.

— Nous serions des personnes différentes, poursuivit-il. Peut-être même pas des personnes que nous aimerions connaître. Peut-être que nous ne nous aimerions pas. Je ne sais pas. Je suppose que je ne m'inquiète pas de trucs que je ne peux pas changer, car même avec les conneries que Vega et Shing m'ont fait subir, je ne t'aurais pas rencontré sans eux. Et tu n'aurais pas cherché à te libérer de tes parents si les choses avaient été différentes.

Il fit un geste avec la moitié du pain restant, attirant l'attention d'un gros pigeon. Sinjun cassa un morceau et le jeta vers l'oiseau qui bondit dessus, avant de s'envoler.

— Ce qui me serait arrivé une fois loin de Vega n'aurait probablement pas été beaucoup mieux que si j'étais resté avec lui.

— Ce n'est pas vrai...

— C'est la vérité, l'interrompit Sinjun. Je n'étais pas scolarisé et je passais mon temps à travailler pour me nourrir. Je n'avais pas d'avenir, hormis penser au lendemain. Tu m'as trouvé après un concert merdique alors que tu étais en colère et que tu cherchais quelqu'un ou quelque chose de différent de ce que tu avais, tu m'as emmené avec toi quand tu as commencé à grimper vers les étoiles. Je n'aurais pas rencontré Johnny et Dave. Et même si j'aime la musique, je n'aurais pas pu apprendre la guitare ou écrire des chansons sans te rencontrer.

Sinjun avala le reste de son pain, puis reprit :

— Une fois, tu m'as demandé pourquoi je ne t'avais pas offert une pierre tombale comme je l'ai fait et je n'arrête pas de te dire que c'est parce que je savais que tu étais toujours en vie, mais c'est surtout parce que je ne pouvais pas t'imaginer mort. J'avais l'impression que si tu avais disparu, je devrais retourner à cette issue de secours et attendre ton retour. Parce que ma vie ne pourrait pas recommencer sans toi. Parce que la première fois, elle n'a pas commencé sans toi.

— Je suis content que Kane soit venu pour t'aider à rassembler les morceaux, répondit Damien, entourant son frère d'un bras pour un rapide câlin. Et Mec. Je pense qu'il a fait beaucoup pour te garder les pieds sur terre jusqu'à ce que ton flic se présente.

— C'est vrai, approuva Sinjun en riant. J'adore Kane de tout mon cœur. Je n'avais jamais pensé une seconde que je tomberais amoureux de lui, surtout quand il m'a engueulé à propos du chien, mais il s'est faufilé. Il a grimpé par-dessus le mur et s'est installé. Et puis il a amené tous les Morgan avec lui.

— Ensuite l'un d'eux m'a amené, plaisanta Damien. Je me souviendrai de ce moment dans la cuisine pour le reste de ma vie. Je n'avais jamais imaginé que mon cœur pouvait s'arrêter et battre en même temps jusqu'au moment où je t'ai vu. Et ce foutu Sionn, Seigneur, je l'aime, mais si seulement il avait décidé de rencontrer le petit ami de son maudit cousin plus tôt, je t'aurais retrouvé plus vite.

— C'est ainsi que les choses devaient être, D.

Sinjun donna un petit coup dans l'épaule de Damien avec la sienne, riant de l'expression mécontente sur le visage de Damien.

— Y a-t-il des choses que je changerais ? reprit-il. Ouais, mais je sais aussi que cela changerait ce qui est réel pour moi aujourd'hui. Je ne regarde pas en arrière de cette façon. Je ne peux *pas*. Je ne peux que regarder devant moi et espérer que toi, Kane et le reste de toute cette folie dans laquelle lui et Sionn nous ont entraînés, serez là pour la balade. Et ça me va. Je ne veux pas vivre ma vie autrement. D'autant plus que j'ai trouvé un véritable bonheur avec vous tous là-dedans.

Ne jamais s'éclater avec un Nerf

La SESSION au Sound avait duré longtemps. Sionn et Damien les avaient déposés avant de prendre la fuite dans la Challenger, partant pour une croisière sur la côte en fin d'après-midi. Miki ne s'attendait pas à les revoir. Ou du moins, pas pour le reste du week-end. Leurs après-midi en voiture les entraînaient généralement à trouver une chambre d'hôtel quelque part en chemin et à passer quelques jours seuls. Effectivement, dès que Miki avait glissé sa clé dans la serrure, il reçut un texto de Damien l'informant qu'ils seraient de retour lundi.

Kane avait institué une règle stricte : fermer les portes du garage, aussi Miki ne savait pas que Kane était à la maison avant de voir les clés de voiture de son flic posées dans le bol de ramen en porcelaine sur la table de devant. Les ongles des pattes de Mec cliquetèrent dans une course rapide depuis la cuisine et le terrier se précipita vers lui, se faufilant autour de la table de la salle à manger installée entre la péninsule et l'espace de vie. Le chien dérapa pour s'arrêter avant de percuter Miki. Il s'accroupit, reconnaissant de la considération de Mec. Grattant les oreilles du terrier, Miki se débarrassa de ses Converses, puis les poussa sur le côté de la table, où finalement, Kane les désignerait en lui demandant s'il avait l'intention de les laisser là.

— Je les laisse là tout le temps, affirma-t-il au chien. Ainsi, je sais où les retrouver.

Vivre avec d'autres personnes était parfois difficile, surtout lorsque ces derniers avaient été élevés de manière beaucoup plus civilisée que lui. Il y avait toutes sortes de règles domestiques que tout le monde semblait connaître sauf lui, et même s'il en avait choisi quelques-unes pour vivre avec Damien au fil des ans, cela n'avait apparemment pas été suffisant. La lessive était assez facile à gérer, mais Miki avait plus ou moins deux paniers, un pour les vêtements sales et un pour les propres. Le placard était un endroit pour accrocher des vestes en cuir et des sangles de guitare, la commode que l'architecte d'intérieur avait installée dans la suite principale n'était jamais descendue dans la pièce qu'il avait revendiquée comme sa chambre à la suite de l'accident.

Kane avait tout changé. Lui et ses frères avaient passé un samedi matin à réorganiser les meubles, pour rester stupéfaits lorsque Miki avait demandé si quelqu'un lui avait demandé de le faire. Les frères s'étaient éclipsés pour leur permettre d'avoir une glorieuse dispute à pleins poumons sur les frontières, l'espace et le changement.

Le sexe qui avait suivi avait été génial, Kane avait fait un autre pas de plus vers la compréhension du besoin de Miki de contrôler son propre environnement. Même s'il devait admettre que la chambre avait l'air beaucoup mieux et qu'elle avait maintenant suffisamment de rangements et d'étagères pour contenir toutes leurs affaires.

Il avait encore du mal à se souvenir de plier ses vêtements et à les ranger, mais Kane s'en accommodait, tant que cela fonctionnait pour Miki, il n'allait pas insister pour avoir une commode traditionnelle. Ce n'était pas comme si Miki faisait quoi que ce soit de manière traditionnelle de toute façon.

— Où est ton autre gars ? demanda Miki à Mec. Est-il parti avec l'un de ses frères ou…

Il y avait ce qui ressemblait à une grosse mitrailleuse en plastique bleu et orange posée sur le canapé avec une note collée dessus. Deux cônes en mousse semblables à celui à l'avant du pistolet se trouvaient à côté, ainsi qu'une paire de lunettes de protection transparentes comme celles qu'il avait vu Kane en utiliser dans son atelier de menuiserie. Fronçant les sourcils, Miki prit la note et la lut, puis baissa les yeux sur son chien.

— Si je comprends bien, il veut que je joue à un jeu de fléchettes Nerf ? Pour le traquer dans la maison et lui tirer dessus avec ces trucs ?

Miki ramassa le jouet en plastique, surpris par son poids. Cela semblait assez simple à utiliser, et la note lui disait de laisser les recharges ici, comme munitions de secours pour quand ils seraient à court de leurs premières.

— OK, alors non seulement je dois lui tirer dessus avec ça, mais si je n'ai plus de fléchettes, je suis censé revenir ici et recharger ? Ce gars utilise des armes à feu pour gagner sa vie, expliqua-t-il au chien. Ouais, pour être honnête, nous jouons à Rock Band chez ses parents, mais ce n'est pas comme si c'était de vraies guitares. On se contente d'appuyer sur des boutons. Ce connard veut que je l'appelle quand je serai prêt. C'est dingue.

Kane décrocha à la première sonnerie.

— Tu es prêt à faire ça, Sinjun ? aboya-t-il à travers le téléphone, et Miki éclata de rire. Tu trouves ça drôle ? Tu vas te faire dégommer.

— Probablement, admit Miki. Parce que je ne sais pas ce que je suis en train de faire.

— C'est assez facile, gronda Kane à travers la ligne. Ce que tu as là, c'est un Nerf N-Strike Elite HyperFire Blaster. La cartouche se retire et l'autre se remet en place. C'est comme un appareil photo. Tu pointes et tu tires.

— OK. Tu es fou, mais d'accord.

Il était sur le point de raccrocher, puis il ajouta :

— Mec ne va pas manger ces trucs, pas vrai ?

— Non, répondit-il doucement. Il y en existe un autre qui tire de petites balles, mais je me suis dit qu'il imaginerait probablement que c'étaient les siennes. Les fléchettes sont assez grosses et il ne semblait pas s'y intéresser, même quand j'en ai tiré une à travers la pièce. Alors, je peux te l'assurer. Seulement, ne trébuche pas sur le chien lorsque tu courras pour sauver ta vie.

Sur ce, Kane raccrocha.

— Je ne vois pas pourquoi nous faisons ça, mais je suppose que c'est un truc bizarre de banlieue, déclara Miki au chien. OK, chiot. Allons nous faire botter le cul.

IL TROUVA Kane dans le garage, accroupi derrière le Hummer. Une volée de fléchettes fusa entre eux, quelques-unes trouvèrent leur cible. Mec se joignit à la mêlée avec des aboiements, puis dansa joyeusement hors du chemin alors que Kane passait devant lui. Miki le poursuivit du mieux qu'il put, marquant un coup en plein entre les omoplates de Kane, puis dérapa jusqu'à s'arrêter lorsque Kane monta les escaliers menant au deuxième étage.

Kane s'immobilisa sur le palier, baissant les yeux sur un Miki dégoûté. Son visage se crispa en une grimace, il décida :

— Les escaliers devraient être interdits. Ton genou. Il est impossible que tu les prennes à toute allure.

— Pas si je veux être capable de marcher dans quelques heures, rétorqua-t-il.

Il leva le nez pour rencontrer le regard d'excuse de Kane.

— Et je serais une cible facile pendant que j'essaierais de les monter. Je veux dire, la kinésithérapie a été super, mais…

— OK, alors je prendrai une pénalité et je te donnerai une longueur d'avance de deux minutes pour te terrer quelque part. Ça te va ?

— Je vais prendre les deux minutes d'avance, et tu ramasses les fléchettes que nous avons tirées pour recharger ma cartouche. Après ça, c'est là que mes deux minutes commenceront, négocia Miki. Et si tu veux recharger après cela sans utiliser l'autre cartouche, ce sera le moment.

— Tu es sûr de n'avoir jamais joué à ça auparavant ? questionna sarcastiquement Kane en descendant les escaliers. Parce que cela ressemble à quelqu'un qui sait ce qu'il demande.

— J'ai joué plus qu'assez de parties de caps et de poker sur la route. Marchander les termes, c'est comme respirer.

Il tendit son arme à Kane.

— Plus tôt tu commences à recharger, plus tôt mes deux minutes commencent.

UNE HEURE et demie plus tard, ils étaient tous deux allongés sur le canapé, épuisés et haletants. Mec mâchait un os de bœuf qui lui avait été donné en guise de friandise, le rongeant après avoir bu environ un litre d'eau pour avoir couru avec Miki. Quelques bouteilles de thé glacé sans sucre étaient posées sur la table basse, mais Miki était trop fatigué pour attraper la sienne. À la place, il se dirigea vers le coin en L du canapé et posa sa tête sur l'épaule de Kane.

Ils étaient tous les deux humides de transpiration et Miki ne pouvait goûter que du sel sur ses lèvres quand il les léchait pour atténuer leur sécheresse. Ses jambes lui faisaient un peu mal, ses cuisses brûlaient comme s'il venait de faire un concert de trois heures, cependant son genou semblait tenir le coup, malgré la légère pulsation. Il était épuisé, mais au fond de son âme, il se sentait heureux au-delà de tout ce qu'il aurait pu imaginer. C'était comme s'il avait avalé une étoile ou conservé tous les baisers de Kane dans sa poitrine. Content, Miki soupira et laissa échapper un petit rire.

— Où trouvais-tu toutes les fléchettes ? grogna Kane. Tu ne semblais jamais manquer de munitions.

— Je transportai la cartouche vide avec moi et je la rechargeai chaque fois que j'en trouvais une sur le sol. Ensuite, je les échangeais.

Miki rit au sifflement dégoûté de Kane.

— Qu'est-ce que tu faisais ? Tu laissais la cartouche sur le canapé et tu retournais la chercher ?

— Oui, exactement. Les cartouches sont censées rester sur le canapé. Ou du moins à proximité.

— Ce n'est pas quelque chose que tu as défini dans les règles. Et tu me connais, si tu n'énonces pas les règles, je suis d'humeur à faire ce que je veux.

— Ouais, je devrais avoir compris ça à ton sujet depuis le temps, murmura Kane.

Il se pencha pour embrasser le sommet du crâne de Miki.

— Tu vas bien ? Est-ce que ta jambe te fait souffrir ?

— Non, ça va, répondit-il en reniflant son bras. J'ai besoin de me doucher, mais je vais bien. Je veux juste rester allongé un peu ici.

— Ça me va aussi.

Il pencha la tête, fixant le visage de Kane.

— Qu'est-ce qui t'a donné l'idée de faire ça ? Ce n'était vraiment pas sur mon radar.

— Eh bien, c'est le plus drôle, *a ghra*, répondit Kane, Kel et moi allions interroger quelqu'un sur une affaire et nous sommes tombés sur des gamins jouant avec des pistolets Nerf dans la rue. Lui et moi avons commencé à parler des conneries que nous faisions quand nous étions enfants. Ensuite, j'ai réalisé que tu n'avais probablement jamais *joué*. Pas comme nous le faisions. Alors, je voulais juste t'offrir ça. Je voulais que tu t'amuses. Juste un amusement pur et simple. Je ne t'ai jamais entendu rire comme tu l'as fait aujourd'hui, et t'écouter, c'était comme si je me baignais dans une mer d'étoiles. Ça ne m'a même pas dérangé de recevoir des coups dans le cul.

Il rit au grognement railleur de Miki.

— C'est vrai. Tu m'as complètement botté le cul, bébé. Mais cela ne me dérangerait pas de perdre un million de batailles de Nerf si cela signifie que je peux t'entendre rire comme tu l'as fait aujourd'hui.

— C'était le plus beau.

Le bras de Kane descendit, se drapant autour de son amant. Malgré leur transpiration, Miki se sentit heureux. Envahi d'une joie étrange, effervescente, mais épuisé.

— C'était l'un des meilleurs cadeaux que tu m'aies jamais faits. Merci. C'était sympa. Je vais probablement avoir mal dans quelques heures, mais j'ai vraiment passé un bon moment.

— Aujourd'hui, c'est l'anniversaire du jour où Mec a volé un sandwich dans ma boutique. Il venait chez moi tous les jours et me faisait chier, jusqu'à ce que, des semaines plus tard, il aille trop loin et que je le suive chez lui, murmura Kane. Je me suis dit que c'était une sorte d'anniversaire pour nous. Un peu le début entre toi et moi. Je voulais donc t'offrir quelque chose de spécial, juste parce que j'espérais que cela te ferait rire. Et Seigneur, comme j'aime t'entendre rire.

— J'adore aussi t'entendre rire.

Miki se blottit contre lui, adorant la sensation de force du corps dur de Kane.

— En fait, je vous aime tous.

— Je suis content de t'entendre le dire, *a ghra*, parce que je vais devoir te demander de te lever pour que nous puissions aller prendre une douche, dit Kane, serrant son bras autour de la poitrine de Miki dans une rapide, intense étreinte. Parce que les pistolets Nerf n'étaient pas le seul cadeau que je t'offre aujourd'hui. Il se pourrait que j'aie acheté un bâtiment avec une certaine issue de secours, et j'ai pensé que tu voudrais peut-être aller le voir ce soir avant que nous allions dîner quelque part.

S'écartant de son étreinte, Miki s'assit pour pouvoir pivoter sur le côté, face à Kane. Prenant en coupe le visage de son flic, il admira ses yeux bleus orageux en avouant :

— Tu me coupes le souffle. Je ne peux pas croire que tu as acheté un bâtiment pour moi, mais mec, tout ce que je veux faire, c'est rester sous l'eau avec toi, puis passer le reste de ma nuit à te faire crier mon nom. K, je t'aime. Je veux dire, mec, je suis stupidement amoureux de toi, mais on peut aller voir le bâtiment demain. Pour le moment, ma vie t'est entièrement consacrée.

SUR LE BALCON AVEC HARLEY

— CROIS-TU QUE la raison pour laquelle la plupart des chats n'aiment pas l'eau, c'est parce qu'ils se lèchent eux-mêmes, et quand ils sortent de l'eau ils doivent lécher tout ça, ils ont de la fourrure sur leur langue?

Quinn fit doucement balancer le hamac avec une poussée de ses orteils.

— C'est un peu comme manger les dernières céréales en ouvrant la boîte et le sac en plastique pour pouvoir y verser le lait et ne pas avoir à faire de vaisselle.

Harley ne lui répondit pas.

San Francisco s'étendait autour de lui, une vue panoramique époustouflante s'étalant derrière les garde-corps transparents de deux mètres cinquante de haut du balcon du penthouse. Au départ, il avait eu peur d'emporter Harley avec lui, jusqu'à ce que Rafe lui fasse remarquer que non seulement le chat ne sautait *pas* plus haut que le lit ou le canapé, mais qu'en plus les étages inférieurs avaient un débordement plus grand que le penthouse, donc il y avait une marge considérable en cas de problème.

Quinn avait écouté la logique de Rafe, absorbant tout ce que le bassiste lui expliquait, puis il avait hoché la tête quand Rafe avait étudié son visage et appelé un entrepreneur pour installer des panneaux transparents inclinés de vingt-cinq centimètres au-dessus des parois déjà existantes.

Un énorme hamac autoportant avait trouvé sa place sur le balcon, positionné avec soin sous le surplomb protecteur, Quinn avait pris l'habitude de passer les après-midi là, à corriger des copies ou à lire un livre, tandis que Harley – qui n'avait jamais montré le moindre intérêt à inspecter le bord du balcon – paressait à ses côtés, roulée en boule dans un creux près de sa hanche.

La menace de la pluie planait à l'horizon dans une tapisserie de nuages gris foncé rampant vers la ville. L'odeur de l'eau s'accrochait à la brise. Il commençait à faire un peu frais, mais Quinn était trop paresseux pour allumer les radiateurs du balcon ou pour aller chercher une couverture à l'intérieur.

— Tu es bien installé, n'est-ce pas? demanda-t-il à sa chatte.

Il ajusta le pull de l'animal pour qu'il recouvre son ventre rond. Harley s'étira, étendant ses pattes sur une longueur presque impossible ; puis elle s'enroula sur elle-même, se retournant sur le dos dans une demande silencieuse pour qu'on lui gratte le ventre.

Le pull était la première tentative sérieuse de tricot de sa plus jeune sœur. Ou du moins, il pensait que c'était du tricot. Cela aurait pu être du crochet, mais Quinn n'était pas sûr de la différence et s'il commençait à enquêter sur la question, il finirait quelque part en Mongolie à étudier le tissage de fils de yak. Ryan avait choisi un fil doux et velouté, mais les couleurs étaient presque aveuglantes. Il l'avait accepté avec un large sourire et l'avait serrée très fort dans ses bras, sincèrement reconnaissant pour sa gentillesse et secrètement heureux que son chat ne puisse voir qu'un spectre limité.

Harley miaula d'un air mécontent, aussi Quinn cessa de tripoter son pull et passa ses ongles sur son ventre presque nu.

— Où est ma fille ? appela Rafe depuis l'appartement.

Quinn se retourna, au grand dégoût de Harley. Il leva le nez pour que Rafe l'embrasse. Le contact de leurs lèvres fut bref, mais suffisant pour lui fournir un avant-goût de la bouche de son amant.

— Est-ce que ta liseuse est chargée de piles de documents déprimants sur des événements historiques que personne ne lit vraiment, ou est-ce que tu mènes la belle vie en lisant quelque chose pour t'amuser ?

Rafe avait un goût de café amer, de sucre et de menthe forte. Il y avait une odeur de fumée de cigarette sur ses vêtements, la piqûre âcre s'accrochant au fond de la gorge de Quinn quand il inspira. Il se tint immobile pendant que Rafe se glissait dans le large hamac en toile, arrangeant soigneusement Harley entre eux une fois que Rafe se pencha en arrière. Le chat refusa traîtreusement de rester entre eux, choisissant plutôt de ramper sur la poitrine de Rafe où elle pourrait enfoncer sa tête sous son menton.

Quinn attendit que Rafe partage sa journée.

Les yeux de son amant étaient à demi fermés, un peu tendres et plus qu'un peu brisés. Il y avait un peu de terre sous ses ongles, et Harley s'offusqua de son odeur trop naturelle, mordillant les doigts de Rafe quand il essaya de lui gratter la tête. Rafe semblait porter un poids, un poids très familier. Il avait traîné un démon presque toute la journée, ou du moins, c'est ainsi que le voyait Quinn. La sensation qu'il dégageait était stable, légèrement usée et épuisée par le travail. Sous la fumée de cigarette, il y avait un soupçon de transpiration et l'odeur fanée du soleil.

Il était patient. Soit Rafe aurait besoin de parler, soit il resterait là à côté de lui jusqu'à ce qu'il s'en aille de lui-même. Quoi qu'il en soit, Quinn pouvait attendre.

L'exorcisme de Rafe commença cinq minutes plus tard.

— J'ai vu un de mes potes aujourd'hui. Je l'ai croisé au Sound. Je ne sais pas si tu te souviens de lui. Brad Sutter. Il jouait de la guitare rythmique pour… merde, tout un tas de groupes.

Rafe joua avec le col du pull de Harley, triturant un fil du bout des doigts.

— Il fait des petits boulots en studio maintenant, dit-il.

Quinn continuait à attendre. Il avait appris depuis longtemps que les conversations étaient en réalité un flux d'envoi et de réception. Dans la plupart des cas, la personne qui envoyait avait besoin de longues périodes de silence pour rassembler ses pensées. Rafe était l'une de ces personnes. Il pouvait divaguer, babiller et rire en parlant de tout et de rien sous le soleil, mais quand il était temps pour lui de partager, il avait besoin de pauses, car ses pensées et ses émotions étaient aussi difficiles à rassembler que des chats ivres.

Il n'avait pas besoin que Rafe lui parle de sa relation avec Brad Sutter. Il ne reconnaissait pas ce nom, mais beaucoup de ses amis présumés datant de cette époque étaient des personnes qu'il ne pouvait plus fréquenter. À bien des égards, Quinn avait de la peine pour son amant. Devoir effacer les autres de votre vie était toujours difficile, surtout lorsque vos souvenirs d'eux étaient flous et engourdis, vous vous demandiez donc si vous étiez plus proche que dans vos souvenirs.

Ou du moins, c'est ce que pensait Quinn.

— Brad était vraiment bon avant, reprit Rafe, son regard se dirigeant vers l'horizon et la tempête imminente. Je l'ai entendu jouer aujourd'hui, et je ne pouvais m'empêcher de penser que je pouvais tâtonner les accords et perdre ma place dans la musique. Il s'est présenté au concert défoncé, et les enfants qui l'avaient embauché… ils méritaient bien mieux que ce qu'il avait apporté. Quand il m'a vu entrer dans le Sound, la première chose qu'il a dite c'est : « Oh, regarder ce Monsieur Rock Star ! Il s'encanaille avec les petites gens ».

Rafe mordit sa lèvre inférieure, ses narines dilatées.

— Je n'ai *jamais* été comme ça. Je n'ai jamais enfoncé le nez de quelqu'un dans la merde. Bordel, j'ai grimpé aussi haut que possible et je suis tombé encore plus fort. Je sais à quel point c'est merdique. Je ne ferais pas ça à quelqu'un.

— Non, tu ne le ferais pas, glissa Quinn.

Le silence avait besoin d'un petit caillou pour créer une ondulation au milieu des émotions dans lesquelles Rafe naviguait. Cela l'ancrerait, au moins assez pour qu'il sente qu'il y avait un sol solide sous ses pieds.

— Alors, que s'est-il passé ? demanda-t-il.

— J'ai fait comme s'il me taquinait, mais tu sais comment les gens sont quand ils essaient de plaisanter, mais qu'ils pensent vraiment les conneries qu'ils disent ?

Il jeta un coup d'œil à Quinn, souriant en parlant avant d'ajouter :

— Désolé, je sais que tu as un problème avec ça. Je pense que c'est ce que j'aime chez toi, parce que je sais que tu ne joues pas à ce genre de jeux. Le faux bavardage merdique me fait chier, mais c'est un jeu auquel nous devons jouer la plupart du temps. Je veux dire, je me tenais là, devant ces gamins qui me connaissaient et étaient excités de me voir, mais en même temps, je devais avaler toute cette merde que Brad me fourrait dans la bouche.

Un autre moment de silence et Quinn plaça sa main sur celle de Rafe, le rejoignant dans l'adulation de Harley.

— Au moment où il était temps pour moi de partir, je lui ai fait une accolade et…

Rafe prit une longue inspiration, la retenant dans sa poitrine.

— Il y a une odeur sur la peau des gens quand ils prennent de la coke. Je ne sais pas si tu dois être un utilisateur inconditionnel, mais ça dégage ce… ça ressemblerait un peu à manger le cœur blanc d'un pamplemousse si le goût était une odeur. Tu vois ce que je veux dire ?

— Tu parles à la personne qui a passé cinq minutes à décrire le goût du violet pour toi.

— Ouais, tu comprends, murmura Rafe.

Il se pencha, posant sa tête sur l'épaule de Quinn.

— Je pouvais goûter la défonce dans l'air autour de lui et j'avais envie de l'écorcher et ramper dans son corps, parce que je voulais un hit, bordel. Pas pour longtemps, mais c'est un peu comme ce moment où c'est tout ce à quoi je peux penser.

— Donc, c'est un peu comme une sensation de membre fantôme émotionnellement évocatrice ? réfléchit Quinn.

Il s'appuya contre la chaleur du corps de Rafe contre le sien, la chaleur grimpant entre eux de plus d'une manière.

— Il y a un mot dont je n'arrive pas à me souvenir, donc ça va me déranger jusqu'à ce que j'y parvienne, mais c'est une émotion irrationnelle et accablante de mourir passivement quand une personne se trouve dans une certaine situation. Quelque chose comme un train qui arrive et où il serait facile de tomber devant lui. La personne ne veut pas vraiment se suicider ni même mourir, mais le cerveau saisit cette pensée sombre et la poursuit là où elle se loge.

— Ouais, *exactement* comme ça, admit Rafe en gloussant. Alors, à la place, je suis allé à une réunion, puis je me suis rendu chez tes parents et j'ai désherbé le potager à l'arrière. Ce qui me rappelle, je dois quelques plants de tomates à ton père, parce qu'ils ressemblent un peu à des mauvaises herbes pendant un moment, puis ils ressemblaient à du hash, alors j'ai pensé que quelqu'un les avait peut-être plantés pour faire une blague, parce que pourquoi ne pas planter des plantes de hash dans le jardin d'un capitaine de police ? Alors, je les ai retirés.

— On pourrait simplement blâmer le chien. Il va périodiquement dans le jardin et arrache sans discernement.

Quinn prit une note mentalement de soit concocter une histoire, soit acheter des plantes.

— Et ensuite tu es rentré à la maison ?

— Juste après avoir tout rangé dans la poubelle verte et payé quarante dollars à ta sœur Ryan pour dire qu'elle n'avait rien vu si tes parents le demandaient. Tu sais, Riley et Kiki étaient beaucoup moins chers à corrompre que tes plus jeunes frères et sœurs. C'est comme si à chaque fournée, ils devenaient plus gourmands et plus rusés.

Il secoua la tête.

— Donc, j'ai dépassé ce stupide besoin de me détruire le cerveau et je suis rentré à la maison pour être avec toi. Parce que je t'aime. Et être ici avec toi est une sacrée bonne incitation à rester clean. Je ne veux plus jamais rentrer chez toi en sentant comme Brad, en agissant comme lui. Je t'aime trop pour ça.

— Je suis content d'être ici.

Quinn vola un autre baiser et murmura :

— Que penses-tu de rentrer le chat à l'intérieur, de le nourrir, et peut-être trouver un endroit plat et doux pour éliminer le reste de ton énergie ?

— Essaies-tu de me séduire, docteur Morgan ?

Le sourire de Rafe était malicieux et sexy.

— Parce que je ne suis pas ce genre de gars.

— Attrape le chat, Rafe, grogna Quinn en rassemblant ses affaires. Et tu es ce genre de gars depuis aussi longtemps que je te connais.

DES CHATS ET DES REINES

San Francisco – Kane Morgan et Miki St John

IL Y a eu très peu de moments dans sa vie où Miki était à ses côtés tandis qu'il passait devant le panneau Fisherman's Wharf. Ce chemin était généralement réservé à Rafe, Sionn et Connor, en particulier lorsqu'ils couraient ou se rendaient dans la vieille cabane à crabe pour le déjeuner. Il semblait étrange que sa trop belle rock star d'amant marche à ses côtés en plein jour et ne se dirigeait pas vers le Finnegan's.

Ce qui était encore plus étrange, c'étaient les regards que Miki attirait alors qu'il marchait devant des petites foules de gens. Il savait que son amant était célèbre. Il ne pouvait pas allumer une radio sans entendre sa voix tourner dans une liste de chansons. Il y avait eu plus d'une fois où ils étaient sortis et où quelqu'un s'était approché avec prudence, désireux d'attirer l'attention de Miki, mais réticent à l'arrêter.

C'était dans ces moments-là que Kane se souvenait qu'il partageait Miki avec le reste du monde. Ce n'était pas une mauvaise chose, surtout quand il regardait son amant incisif devenir gêné et timide. Il pouvait parler de la musique pendant des heures – et il l'avait fait, leur faisant rater leurs réservations pour un dîner une fois –, mais tout comme Kane portait une étoile, Miki avait une vocation, et les fans enthousiastes en faisaient simplement partie.

Même si Miki détestait l'attention, il s'arrêtait toujours et écoutait, souriant, alors que Kane savait qu'il voulait mourir un peu à l'intérieur quand tous les yeux étaient sur lui et qu'il pouvait voir leurs visages. Il avait fallu beaucoup de temps à Kane pour comprendre la différence. De près et personnellement, c'était difficile, alors que sur scène, Miki ne voyait rien, il entendait seulement leurs voix, un chœur répétant les paroles du groupe, remplissant le silence que Miki gardait souvent en lui. Jouer était un moyen pour lui de se baigner dans la musique et de toucher les étoiles.

— On s'arrête toujours. On doit s'arrêter, avait expliqué Miki.

Il avait reniflé de dégoût quand Connor avait innocemment suggéré au groupe de s'excuser lors de rencontres avec des fans.

— Ils sont la raison pour laquelle nous sommes si haut. Quelqu'un fait probablement un boulot merdique pour pouvoir nous voir monter sur scène. Ils ont peut-être mangé des ramens pendant un mois pour acheter nos billets, ou même un album. Ouais, ils ne nous possèdent pas, mais ils ont investi en nous. Et tout ce que j'ai à y investir, c'est du temps, alors je m'arrêterai toujours.

Alors que Kane était d'accord avec cette logique, aujourd'hui il espérait que personne ne toucherait sa rock star. Cette journée était longue, un cadeau qu'il s'était promis à lui-même des années auparavant. Aujourd'hui était le jour où il allait enfin devenir un flic Morgan.

— Il pleut des cordes et ce maudit garage est si loin.

Miki frissonna un peu, baissant la tête quand le feu passa au vert et ils durent traverser la rue sous la pluie froide.

— Bien sûr, je suppose que je devrais être content qu'on ait couvert le parking, enchaîna-t-il. Tu te souviens quand il fallait faire le tour ? Nous avions ce vieux van déglingué aussi gros qu'une Cadillac, alors quand nous avions des concerts ici à huit heures, nous venions nous garer dans l'après-midi et alimentions le compteur juste pour avoir une place.

— Tu sais, c'est l'un de mes plus grands regrets... de ne pas t'avoir vu jouer autrefois... à l'époque.

Kane jeta un coup d'œil au visage pâle de Miki, craignant d'imposer un rythme trop intense pour son genou abîmé.

— Tu devais offrir des shows vraiment géniaux.

Miki plissa le nez, comme si on venait de lui servir une grande portion de ragoût de melon amer.

— Pas à l'époque. Je veux dire, il y a beaucoup d'endroits ici qui ont de la bonne musique, mais ceux qui nous embauchaient cherchaient juste un bruit de fond pendant que tout le monde buvait. Nous jouions surtout des reprises et certaines nuits, nous avions bu plus que ce que nous étions payés, mais c'était amusant. La plupart du temps. Parfois pas autant, mais c'est ce qui se passe lorsque tu es dans un groupe. C'est le même endroit où nous sommes allés pour Ichi, non ? Ils ont un chien nommé... Earl.

— Bien sûr, tu te souviens du chien, commenta Kane avec un petit rire. Ouais, c'est cet endroit.

— Je me souviens des gars. On a fait la fête avec eux à plusieurs reprises. Damie veut que l'un d'eux, Gus, fasse la pochette de notre prochain album.

Un autre feu avec encore trois autres à traverser et la bruine froide se transforma en averse.

— Putain, nous allons être gelés d'ici qu'on y arrive, grommela-t-il.

— Eh bien, je sais qu'ils ont du café, alors on t'en fera servir un, dit Kane en tendant la main à Miki.

L'affection affichée n'était pas quelque chose qu'ils faisaient souvent, et pendant un moment il ne fut pas certain que son amant l'autoriserait, mais Miki n'hésita pas, nouant leurs doigts ensemble.

— J'apprécie vraiment que tu viennes ici avec moi. Cela signifie beaucoup.

— Sans déconner, pourquoi je ne le ferais pas ? C'est vraiment important pour toi, se moqua Miki. Comme ton… notre papa le dit, cette rue est à double sens et parfois nous devons tous les deux conduire, mais nous devrions toujours être prêts à être le passager du rêve de l'autre.

— Mon père a dit ça ?

Kane ralentit sa foulée alors que le trottoir devenait irrégulier.

— Moi, la plupart des conseils que je reçois de lui consistent à un rappel de respirer et de ne pas essayer de t'enfermer.

— OK, alors oui, il en dit plus à Damie sur moi, mais le sentiment est le même. D devient un peu hyper concentré sur les trucs qu'il veut faire et oublie le reste d'entre nous, mais je peux généralement le retenir.

Miki haussa les épaules et se rapprocha de Kane, une grâce féline élégante dans sa démarche.

— C'est ici, non ?

— Oui. Là.

Kane s'arrêta devant la porte de la boutique de tatouage pour s'imprégner du moment avant qu'il ne passe.

— Bon sang, ça fait des années que j'attends de faire ça.

— Bon, alors que dirais-tu d'entrer pour fuir le froid extérieur ? demanda Miki, frissonnant à nouveau en dépit de sa lourde veste en cuir. J'ai vraiment besoin d'un café et tu as vraiment besoin d'encre.

Ce fut un choc de voir son père et son frère aîné dans la boutique. Kane se retrouva sans voix… incapable de réfléchir au-delà des brillantes étincelles de joie émotionnelle qui le traversaient. L'étreinte de Connor était convenablement virile et fraternelle, un moment de meurtrissures et de craquements de côtes ; puis vint l'étreinte plus douce de son père.

Être tenu par Donal avec la main de Miki pressée entre ses omoplates mit Kane au bord des larmes. Il aurait dû être plus coriace, mais les Irlandais en lui étaient puissants et sa famille *pleurait…* de chagrin et de joie. Ce n'était pas un simple câlin. Tout dans la manière dont Donal enroulait ses bras autour de lui touchait l'âme de Kane. C'était l'odeur familière du savon Irish Spring et la griffure des jointures de son père sur sa joue, là où Donal essuya une larme. Le soupçon de caramel au beurre dans son haleine était douloureusement doux, une habitude de bonbon dont il n'avait jamais l'intention de se défaire et qui garantissait toujours qu'il avait une poignée de friandises dans ses poches pour ses enfants. Et c'était l'écho fumé de la tourbe et du vert frais dans la voix grondante de son père qui ramenait toujours le cœur de Kane à la maison.

— Je suis content que vous soyez tous les deux ici, marmonna Kane en luttant contre ses émotions. C'est drôle, je viens de dire la même chose à Mick. Je pensais que vous deviez travailler.

— Ta meilleure moitié a fourni un argument solide pour que nous soyons ici même après que tu nous as dit de ne pas venir.

Le rire de Donal était aussi riche que le whisky qu'il aimait.

— C'était donc soit respecter tes souhaits, soit l'écouter. Tu vois ce que nous avons choisi, acheva-t-il.

Kane pencha la tête.

— Qu'a-t-il dit ?

— Il nous a dit de nous pointer immédiatement, intervint Connor. Il semblait plutôt sérieux, alors j'ai annulé ma séance d'entraînement. Et en fait, il avait raison. C'est quelque chose que nous devrions faire ensemble. Comme la première fois.

— Vous avez fini tous les trois ? Parce que vous vous tenez au milieu de la porte et que j'ai besoin de café, grogna Miki, essayant de les dépasser. Vous êtes comme des montagnes.

Bear les accueillit une fois qu'ils franchirent la porte et entrèrent dans la boutique. Si Barrett Jackson avait eu l'air un peu plus irlandais, il aurait pu passer pour l'un des frères de Kane, surtout une fois que ce dernier eut entendu un soupir d'exaspération lorsqu'Ivo, l'un des plus jeunes frères de Bear, sortit de l'arrière-salle suivi d'un cabot hirsute très mouillé dont le bout des oreilles était teint en bleu.

Évidemment, Miki se dirigea vers le chien, et d'après les sons de celui-ci, il se lia rapidement d'amitié avec Ivo et Earl.

— Tu es prêt à faire ça maintenant ? demanda Bear.

Le pochoir dans sa main était familier, Kane sourit à l'expression stupide sur le visage de Connor.

— Ça fait quelques années. Tu es sûr de ne pas avoir changé d'avis ? insista-t-il.

— Non, je n'ai pas changé d'avis, je me le suis promis, répondit Kane en enlevant sa chemise.

Il ignora le sifflement de loup moqueur qu'il entendit de l'autre côté de la boutique, principalement parce qu'il n'était pas sûr s'il venait de Miki ou d'Ivo.

— Faisons-le. Il est temps pour moi de devenir un *vrai Morgan*.

— Tu as toujours été un Morgan, assura Miki en s'approchant de lui.

Le chien mouillé miteux trottait derrière lui. Les doigts de son amant étaient teintés de bleu et la tasse de café qu'il tenait dans sa main laissait échapper une vapeur qui promettait que le breuvage à l'intérieur était assez fort pour décaper de la peinture… exactement comme Miki l'aimait.

— Le meilleur Morgan qui soit. J'inclus Donal là-dedans.

Le baiser qu'il reçut de Miki était aussi chaud que le café, Kane dut pencher la tête en arrière quand il s'acheva, souhaitant que son corps se calme et luttant contre l'instinct de traîner Miki au fond de la boutique pour trouver n'importe quelle surface assez plate pour pouvoir lui faire l'amour.

— Tu es la meilleure chose qui me soit arrivée, *a ghra*, murmura Kane à l'oreille de Miki. La meilleure chose, et je suis tellement content que ton chien soit un voleur.

Un flic et un batteur

— Tu es prêt à faire ça ? demanda Rafe.

Il regarda par-dessus le balcon pour regarder la foule rassemblée dans le hall en dessous.

— C'est plein à craquer là-dessous.

Forest n'osa pas regarder en bas. Le niveau sonore était suffisant pour le déconcentrer et le ton des Irlandais mêlé au bavardage ne faisait que renforcer l'importance de ce qui allait se passer. Il y avait trop de choses dont il devait s'inquiéter. Avait-il fait le bon choix en optant pour un smoking à col mao, surtout lorsque les invités semblaient tous porter des cravates ? Avait-il commis une erreur en mettant ses garçons d'honneur dans des gilets argentés alors qu'il en portait un bleu ? Avait-il oublié de mettre quelqu'un sur la liste des invités ? Et alors que ses doigts cherchaient à faire tourner l'anneau en or qu'il portait depuis quelques mois, la panique enflait dans sa poitrine.

— Merde. La bague, lâcha-t-il en inspirant une grande bouffée d'air. Qui a ma bague ?

— J'ai celle de Conn. Kane a la tienne, répondit gentiment Miki.

Il puisa dans le bol de M&M's qu'on leur avait laissé dans la salle d'attente.

— Reprends-toi, c'est pas comme si tu n'avais jamais fait ça avant, mec, ajouta-t-il.

— Et c'est une petite foule, intervint Damie, rejoignant Rafe au balcon. Merde, plus petit que celle où nous avons joué dans le New Jersey. Tu peux le gérer.

— Respire dans un sac ou un truc du genre, lança Rafe par-dessus son épaule. De cette façon, si tu dois vomir, il est déjà là, devant ta bouche.

— Vous êtes là avec moi. Vous êtes censés *aider*.

L'histoire du sac n'était pas une mauvaise idée, mais Forest ne savait pas où il pouvait en trouver un. À la place, il commença à se laisser tomber sur le canapé comportant une centaine de coussins, puis se rattrapa in extremis avant de s'asseoir.

— Merde, j'ai failli froisser le costume.

— Ils ne vont pas t'expulser de ton propre mariage si tu as un costume froissé, assura Miki.

Il mit un bonbon dans sa bouche, puis grogna sur Damie qui lui donna un coup de coude pour qu'il ouvre sa main et partage.

— Il y en a tout un putain de bol là-bas. Pourquoi veux-tu les miens ?

— Parce qu'ils sont meilleurs comme ça, répondit son frère en récupérant les jaunes.

En mâchant, le guitariste se redressa alors que la musique des haut-parleurs changeait.

— Merde, c'est notre signal. On doit y aller, les gars.

— Tu vas gérer, dit Rafe, faisant écho aux paroles de Damie tout en tapotant Forest dans le dos. Nous serons là pour garder ta place devant l'autel. Rappelle-toi de ne pas verrouiller tes genoux et si quelqu'un te propose un biscuit blanc pâle, ne le colle pas à ton palais ou tu devras le décoller avec ta langue tout au long de la cérémonie.

— Attends, non. Il y a des gaufrettes ?

La panique de Forest grimpa de nouveau, et il eut du mal à se souvenir de cette partie de la répétition.

— Nous n'avons rien fait de tel. Pas vrai ? Ne dis pas ce genre de conneries à moins que quelqu'un ait changé quelque chose. Et s'ils sortent les gaufrettes ?

— C'est un connard, déclara Miki.

Il enfourna le dernier de ses M&M's dans sa bouche, mâcha furieusement, puis déglutit avant d'ajouter :

— Nous serons en bas. J'ai la bague. Ce sera rapide. Juste… ne vomis pas.

— Tu n'aides *pas*, grogna Forest.

Il souffrait du fait que Damie ajustait les boutons de son smoking pour montrer davantage son gilet de brocart bleu profond.

— Je vais vraiment vomir.

— Eh bien, si tu le fais, il y a des bonbons à la menthe sur la table quelque part. Avales-en une poignée après avoir dégueulé ou ce premier baiser va vraiment craindre pour Connor, assura Miki.

Il se tenait en haut de l'escalier arrière menant à la salle de bal principale.

— Dépêche-toi, D. Le prêtre nous voulait en bas avant qu'ils ouvrent les portes pour laisser entrer les gens. Brigid va nous écorcher si nous foutons tout en l'air.

— Tu peux le faire, murmura Damie, attirant Forest dans une rapide étreinte. D'ailleurs, ton gars est là pour te tenir compagnie. Pourquoi ne pas vous détendre tous les deux ici pendant que tout le monde s'installe. Vous redescendrez quand vous serez prêt.

— Descendez quand la satanée musique commence comme ils le veulent ou Brigid va vous tirer les oreilles, rétorqua Miki, faisant un signe de tête à Connor qui montait les escaliers. Ouais, nous y allons. D, *on y va.*

Si le cœur de Forest avait déjà des ratés auparavant, il passa en surmenage à la vue de son mari s'avançant sur le tapis vêtu de son uniforme de cérémonie bleu foncé. Il y avait des éclairs d'or, des médailles et une casquette que Connor avait glissée sous son bras, mais sous le costume de la navy et l'étoile en relief se trouvait l'homme dont il était tombé amoureux.

— Coucou bébé. Tu as belle allure.

Conn jeta tranquillement sa casquette sur le canapé, puis attira Forest dans une étreinte amoureuse. Penchant la tête, il vola un doux baiser à la bouche ouverte de Forest, l'approfondissant alors que la musique enflait en dessous et que les sons des gens qui entraient dans la salle de bal les atteignaient.

— Seigneur, tu as bon goût aussi, soupira-t-il.

Forest se blottit contre sa poitrine, accrochant ses mains derrière le dos de son mari. Expirant, il s'obligea à évacuer toute tension de son corps. D'après les bavardages et les cliquetis des verres, on aurait dit que leurs invités étaient lents à passer les portes, mais à cet instant, Forest se moquait qu'il leur faille une éternité pour trouver un endroit où s'asseoir. Il était enveloppé dans les bras de sa personne préférée, niché contre son cœur pendant que le monde attendait qu'ils prononcent leurs vœux.

De nouveau.

— Tu sais, nous pouvons nous faufiler pendant qu'ils sont tous occupés et nous enfuir, suggéra Connor, blottissant son visage dans le creux du cou de Forest.

— C'est ce qui nous a causé des ennuis la dernière fois, rappela-t-il en riant dans sa barbe. Maintenant, nous nous tenons devant un million et demi de personnes…

— Trois cents.

— Trois millions… et mon estomac fait des nœuds.

Le rire de Connor gronda dans sa poitrine. Son roulement profond allégea la pression qui progressait dans les tempes de Forest. Il expira à nouveau, grognant de devoir se défaire de sa colère.

— Miki a raison. Nous aurions simplement dû dire non.

— Miki n'a peur de rien, il peut faire face à un T-Rex, *a ghra*, lui rappela Conn. Toi et moi sommes de simples mortels, et c'est de ma mère dont nous parlons. Je suis assez viril pour admettre que je ne lui dirai jamais non.

— Ouais, admit doucement Forest. Moi non plus. Elle veut juste être présente pour nous voir heureux. Je le comprends. C'est… on peut s'en sortir, puis aller se gaver de gâteau. Les gars avaient raison. Ce n'est pas comme si nous ne l'avions jamais fait avant.

— La dernière fois, Elvis nous a mariés. Cette fois, nous avons un prêtre catholique dévoyé, un groupe de rock et mon clan irlandais derrière nous. Je pense qu'on s'en sort mieux cette fois-ci. Au moins, nous avons du whisky et de la musique de meilleure qualité.

La musique changea une fois de plus, se transformant en une chanson d'amour irlandaise classique, avertissant le couple qu'ils avaient cinq minutes pour atteindre les doubles portes désormais fermées.

— Ah, ils jouent presque notre chanson, mon amour, dit Conn.

— Presque.

Il resserra ses bras autour de la taille de son mari, le retenant encore un moment.

— Je t'aime. Je ne peux pas imaginer aimer quelqu'un d'autre que toi, déclara Forest.

— Puis-je te dire la vérité ? susurra Connor.

Il s'écarta légèrement pour croiser son regard. Son rythme était épais, stimulé par les émotions qui les traversaient tous les deux.

— Chaque jour, je me réveille et je pense que je ne peux tout simplement pas t'aimer plus qu'aujourd'hui, et chaque nuit, quand je me couche, je découvre que je me trompais. Toi, *a ghra*, tu es mon Univers. Tu as en toi chaque parcelle d'étoiles, de soleils et de vie, et jusqu'à ce que je te trouve, je trébuchais dans le noir. Alors, souviens-t'en quand nous descendons. Aujourd'hui, c'est juste le jour où nous leur disons que nous nous sommes trouvés et que nous résisterons à tout ça.

— Ouais, accorda Forest avec un sourire. Ne l'oublie pas lorsque nous aurons des enfants et qu'ils mangeront du fromage nacho dans ces foutues boîtes de conserve que tu continues à acheter.

— J'aime le gluant orange sur mes chips, le taquina Conn. J'ai hâte d'avoir des enfants avec toi, Forest Morgan-Ackerman, et j'ai hâte de passer le reste de ma vie à danser dans la cuisine avec toi aussi.

Danser après le gâteau

Il était presque minuit lorsque le dernier des enfants Morgan partit. Ceux qui étaient encore à la maison étaient soit au lit, soit à l'étage dans le grenier à jouer à des jeux vidéo, sauvant le monde d'une apocalypse remplie de zombies. Donal attendit d'entendre la dernière voiture quitter son allée avant d'éteindre la lumière du porche et de verrouiller la porte d'entrée. En traversant le salon, il éteignit les dernières lumières et ramassa les restes de vaisselle laissée après la fête d'anniversaire de Connor. L'air conservait encore une légère odeur de gâteau au chocolat et de sucre avec une bonne dose de whisky, probablement à cause des éclaboussures qu'Ian avait répandues sur le tapis alors qu'il portait un toast à son frère aîné.

La douce lueur de la cuisine était suffisante pour que Donal puisse se frayer un chemin à travers la maison. Au cours de toutes les années où ils y avaient vécu, le mobilier semblait avoir la bougeotte, poussé dans différentes configurations par son épouse agitée. Le bruissement du lave-vaisselle le salua alors qu'il franchissait la porte, il leva la pile d'assiettes et de verres qu'il avait apportée avec lui pour que Brigid les remarque.

En dépit de la horde de Morgan et leurs compagnons qui avaient débarqué comme des sauterelles en apportant avec eux un grand chaos, la cuisine était presque impeccable. Une autre tournée de poubelle devrait probablement sortir au matin, et il y avait une petite pile d'assiettes sur le comptoir à côté du garde-manger, mais tout compte fait, l'endroit était plutôt propre. Brigid essuyait une planche à découper avec un torchon, ses hanches se balançant doucement alors qu'elle les faisait onduler en rythme sur une chanson diffusée sur la chaîne stéréo.

— Ceux-ci iront dans la prochaine tournée, finalement, déduisit-il en gaélique, en se dirigeant vers l'évier.

Ils basculaient souvent dans leur langue maternelle, son rythme musical roulant aussi réconfortant que la vieille maison dans laquelle ils s'étaient installés.

— Et ne pense pas que tu peux ouvrir celui-ci pour leur trouver une place, parce que je n'ai pas l'intention de passer l'heure suivante à nettoyer la mousse de savon sur le sol.

— Je ne l'ai fait qu'une seule fois, répondit sa femme, repoussant ses cheveux roux bouclés hors de son visage et levant son menton vers lui.

— Une fois? répéta-t-il.

— Trois fois, tout au plus. Au-delà, je le nie.

Elle renifla impérieusement, lui prenant la vaisselle.

— Sors la boîte de l'arrière du réfrigérateur pendant que je les mets à tremper.

Donal se tenait là, appuyé contre l'îlot au milieu de la cuisine. Il regardait la femme qu'il avait épousée tant d'années avant remplir l'évier d'eau et de savon. Ils s'étaient rencontrés à l'adolescence, son flirt le rendant muet et son audace, timide. Il venait d'une longue lignée d'hommes et de femmes stoïques et vaillants avec des personnalités sévères et des manières rudes, aussi Brigid Finnegan était la chose la plus proche de jouer avec le feu qu'il pouvait imaginer.

Il l'avait ignorée, l'évitant poliment quand elle l'avait approché à l'école. Il avait fait tout ce qu'il pouvait pour ignorer le tison déterminé à le faire craquer, jusqu'au jour où il s'était retourné pour regarder le lutin aux cheveux cuivrés qui suivait ses pas et lui avait demandé si elle était folle.

À l'époque, il pensait qu'elle était une fille gâtée, élevée dans la richesse avec peu de considération pour quelqu'un d'autre qu'elle-même. Brigid Finnegan n'était la petite fille gâtée de personne. Sa famille travaillait pour gagner sa vie; même avec l'argent qu'ils avaient amassé, tous les Finnegan qu'il connaissait donnaient tout pour faire avancer leur clan. Mais surtout, ils se battaient aussi durement qu'ils jouaient, prêts à intervenir et à défendre les oubliés et les faibles.

Elle lui avait dit qu'un jour sa bague serait à son doigt et que son cœur serait entre ses mains. Et ce jour-là, il saurait à quoi ressemblait d'être aimé inconditionnellement, qu'elle combattrait quiconque se dresserait sur leur route. Elle avait été belle et effrayante, une petite poupée à la beauté et au caractère irlandais.

C'était à ce moment-là que Donal Morgan s'était rendu compte qu'il était tombé amoureux – complètement et définitivement – de la guerrière féroce qui l'avait mis au défi de penser, de rêver et surtout de s'en soucier.

Ses hanches étaient un peu plus larges, ayant donné naissance à son clan d'enfants, quelques mèches de ses cheveux bouclés étaient plus dorées que flamboyantes, cependant ses yeux étaient toujours aussi verts que l'île

142

d'où ils venaient et son visage était toujours aussi beau que n'importe quel coucher de soleil créé par Dieu.

— Es-tu debout là en train de reluquer mon cul, Donal Morgan?

Elle lui lança un regard impertinent par-dessus son épaule.

— Ou est-ce que tu sors ce gâteau du réfrigérateur?

Il alla chercher le gâteau.

Il était petit – un cupcake, en fait –, néanmoins, il était suffisant pour qu'ils le partagent tous les deux. Au moment où Donal trouva finalement une bougie d'anniversaire éteinte dans leur bac de fête, elle essuyait ses mains après avoir lavé la vaisselle qu'il avait apportée. S'il se fiait à l'aspect d'arc-en-ciel tourbillonnant et scintillant, il s'agissait d'un reste d'une des soirées de Ryan, et la nature fantaisiste de cette bougie amena un sourire aux lèvres de Brigid.

Donal la planta dans le glaçage du gâteau, puis alluma soigneusement sa mèche courbée. La flamme s'éleva immédiatement, projetant une bouffée de fumée gris bleuâtre, puis se stabilisa dans une langue de feu régulière. Il fit de la place près du comptoir pour que sa femme se glisse dans l'espace à côté de lui, la prit dans ses bras et plaça son petit corps contre sa hanche.

La petite flamme de la bougie brûlait fortement, illuminant les traits de Brigid, faisant briller ses yeux émeraude. Elle prit une inspiration, la bloqua dans sa gorge, soulevant légèrement sa poitrine. La lueur de larmes apparut sur ses cils, mais elle était déterminée à ne pas les laisser tomber.

Elle refusait de pleurer pour leur perte. C'était la seule constante de leur rituel annuel. Une promesse qu'ils avaient tous les deux faite le jour où ils avaient accueilli un fils et en avaient enterré un autre.

— Joyeux anniversaire, mon Jamison chéri, murmura Brigid en se penchant sur la bougie.

Donal rassembla sa voluptueuse chevelure en arrière, empêchant ses boucles de tomber sur la flamme.

— Nous t'aimons, notre beau garçon.

Ils soufflèrent la flamme ensemble, comme ils le faisaient chaque année après avoir célébré l'anniversaire de Connor. C'était un petit rituel auquel ils se livraient seuls, quelque chose d'intime entre deux parents pleurant leur fils mort-né tout en partageant la joie de la vie de son jumeau. La perte de Jamison avait dévasté le cœur tendre de Brigid. Elle s'était reproché tout ce qu'elle avait pu faire de travers, malgré l'assurance des médecins affirmant que leur petit garçon n'avait jamais été vraiment là.

Ils l'avaient enterré en Irlande, le laissant dans l'étreinte et le confort de tout le clan qui l'avait précédé. Connor avait grandi en sachant qu'il avait eu un jumeau, mais ils avaient pris grand soin de séparer sa vie de la naissance de Jamison, sachant que le joug de la culpabilité pouvait être transmis sans que personne ne le remarque.

— Crois-tu que son âme nous est revenue dans l'un des autres ? demanda doucement Brigid, alors que Donal la retournait.

Il leva ses mains vers elle et elle enlaça ses doigts aux siens, fredonnant la classique chanson d'amour rock diffusée par les haut-parleurs stéréo.

— Je m'interroge parfois à ce sujet. S'il est revenu sur ses pas.

— Je ne sais pas, avoua Donal.

Il enroula son bras autour de sa taille tout en commençant à la faire danser à travers la cuisine. Leurs pas étaient lents et réguliers, une sorte de valse détendue et, comme d'habitude, Brigid avait besoin de diriger.

— Peut-être pas Kane, dit-il. Peut-être l'un des plus coquins. Quelqu'un qui aurait équilibré Connor. Ce n'est pas comme si nos trois premiers n'avaient pas connu leur part de problèmes, mais j'ai toujours imaginé que Jamison aurait été plus pirate que flic.

— C'est parce que tu as toujours voulu être un pirate, le taquina-t-elle. Peut-être notre Braeden. Il a toujours été le contraire.

— Je pense qu'Ian est peut-être en train d'abandonner l'Académie, même s'il ne sait pas comment me le dire.

Donal leva sa main, la glissant sous son menton alors qu'il la tenait fermement.

— Je pense que je vais devoir lui donner un petit coup de pouce, admit-il. Tous les Morgan n'ont pas besoin de porter un badge. Je préfère qu'il soit heureux plutôt que de porter une étoile.

— Je suis d'accord avec le coup de pouce.

Elle hocha la tête et soupira, posant sa joue contre sa poitrine. Leurs pas ralentirent jusqu'à ce que leur danse devienne un doux balancement.

— J'ai bien agi envers moi-même en te choisissant, Donal Morgan. J'ai bien fait pour ma famille de t'avoir choisi comme père de mes enfants. Mon cœur est heureux de ta compagnie et tu fais chanter mon âme.

— Je suis heureux que tu m'aies pourchassé, certifia Donal en gloussant, embrassant sa femme sur le dessus de sa tête. Nous avons créé une bonne famille. Élevé de bons hommes et bonnes femmes. Mais le meilleur de tout, je t'ai eu à mes côtés, l'amour de ma vie. La lumière de mon cœur. Le feu de mon sang. Je t'aime, Brigid Finnegan Morgan. Jusqu'à ma mort et un peu au-delà.

— Et dire que ma mère était inquiète que tu ne sois pas romantique.

Son rire était une caresse argentée autour de sa joie, elle se blottit encore plus près.

— Nous en sommes là, juste dans la cinquantaine, et je me demande lequel des enfants je peux frapper pour obtenir un petit-enfant.

L'arrière de sa tête résonnait avec le symbole cuivré des problèmes à venir que Donal avait l'habitude d'entendre après des décennies à être le patriarche Morgan. Secouant la tête, il avertit :

— Ce n'est pas quelque chose sur lequel tu devrais insister. Ce n'est pas comme si tu allais me prêter attention, parce que tu ne le fais jamais.

— Je t'écoute, protesta Brigid, avant de marmonner. La plupart du temps. Parfois. D'accord, presque jamais, mais il vaut mieux tout risquer et gagner que de ne rien risquer et de ne rien gagner en retour.

— Tu as dit ça à propos de Miki, lui rappela-t-il en se glissant sous son menton. Mais j'admets que le garçon a un peu changé d'avis.

— Je suis contente que tu le penses, répondit Brigid.

Elle leva la tête et lui adressa le sourire effronté qui lui serrait toujours l'estomac pour ajouter :

— Parce que je pense à demander ce que lui et Kane pensent de l'adoption.

UNE BALADE LE LONG DE LA CÔTE

— Si TU continues à manger ce crabe de cette façon, je vais être arrêté pour t'avoir fait des choses innommables dans ce restaurant, marmonna Damien à table en face de Sionn. Et je jure devant Dieu, tu essuies tes doigts une fois de plus et il y aura une reconstitution de « Cell Block Tango » avec toi et ma queue.

— J'aimerais te voir essayer, rétorqua Sionn en lui faisant un clin d'œil.

Damien était outrancier et adorait pousser les boutons, donc c'était toujours amusant de le taquiner en retour, juste pour voir son expression.

— Parce que si je dois choisir entre toi et deux kilos de crabe dormeur à l'ail cuits à la vapeur, tu attendras et le crabe ne le fera pas. Même si vous êtes tous les deux assez savoureux avec du beurre fondu.

Damien s'adossa à son siège, sans voix.

Le serveur qui s'approchait pour remplir leur vin gloussa brièvement, puis reprit son expression neutre.

— Puis-je vous offrir autre chose, messieurs ? Ou souhaitez-vous un peu d'intimité ?

— Tout va bien pour nous. Merci, répondit Sionn. Même si nous prendrons probablement un dessert plus tard.

Le restaurant de l'hôtel était une expérience culinaire cinq étoiles, situé sur les falaises d'un littoral à couper le souffle du sud de la Californie. Ils étaient arrivés cet après-midi-là, un voyage impulsif sur la côte à bord de la Challenger de Damien qui s'était transformé en une retraite de week-end. Un arrêt rapide dans un centre commercial pour des vêtements de rechange et un sac de voyage s'était transformé en une brève séance d'autographes avec Damien et un groupe de musiciens, puis une séance photo avec un paquet de jeunes filles et leurs pères qui s'étaient arrêtés pour voir un film.

Sionn s'était amusé à jouer le garde de sécurité de la rock star, se mordant l'intérieur de la joue lorsqu'une des filles avait haleté quand Damien lui avait pincé les fesses.

— C'est sympa ici, dit Damien en regardant l'océan.

Les lumières douces du restaurant éclairaient son beau visage. La mer était un peu agitée, un tissage argenté de bleu, doré par la pleine lune, sa couleur rappelant à Sionn les yeux de Damien. Son amant se tourna vers lui, son sourire espiègle devenant doux et sensuel.

— J'adore Miki…

— Mais? incita Sionn, en soulevant son verre à vin pour siroter le blanc fumé fruité.

— J'aime pouvoir passer du temps rien qu'avec toi. C'est agréable.

Damien attrapa une patte de crabe, la fendit soigneusement et évita le regard de Sionn. Les émotions étaient souvent difficiles pour Damien. Ou du moins, les montrer. Aussi impétueux et scandaleux qu'il puisse être, son cœur était tendre et facilement brisé, une chose qu'il montrait rarement au reste du monde. En réalité, c'était peut-être une partie de lui qu'il ne partageait qu'avec Sionn et Miki.

— Moi et Miki, c'est facile. Le groupe est un peu plus compliqué, mais toute la famille? C'est comme être dans une tempête d'Irlandais, je suis ivre de whisky et le bateau prend l'eau.

— J'aimerais dire qu'ils ne sont pas si mal, mais je connais ma famille, admit Sionn en saluant Damien avec son verre. Ils sont si mauvais. Surtout les plus jeunes. C'est comme s'ils avaient quelque chose à prouver, alors ils sont plus bruyants, plus directs.

— Toi et moi avons de la chance. Nous sommes tous seuls…

Damie s'interrompit, son esprit l'emmenant probablement dans des endroits où il ne voulait pas aller. Secouant la tête, il sortit une longue bande de crabe avec une fourchette, puis la trempa dans du beurre riche en citron, son sourire arrogant faisant son retour.

— En toute honnêteté, Sionn, voudrais-tu être le plus jeune frère de Kane et Connor?

— Je suis leur cousin, tu te souviens? Ma grand-mère me comparait constamment à eux et pire encore, elle me balançait les réussites de Quinn à la figure chaque fois que j'obtenais un B à l'école.

Sionn gloussa dans sa barbe, se rappelant le dégoût habituel de sa grand-mère pour ses notes et la légère rivalité qu'elle avait dans sa tête entre lui et les garçons Morgan.

— Bien que Brigid soit une Finnegan, de son point de vue à elle, ils étaient un clan rival à battre à chaque occasion. Elle aimait se battre. Je pense que chaque femme Finnegan naît avec ça. La soif d'une épée à la main et une bataille à engager.

— Brigid le fait indéniablement, reconnut Damien.

La table était suffisamment petite pour qu'il puisse tendre le bras et prendre la main de Sionn, nouant leurs doigts tandis que le vent transportait l'odeur du sel et l'air de la nuit vers eux.

— Ne te méprends pas, mais je suis content qu'elle ne soit pas ta mère. Il y a beaucoup d'attentes dans sa tête bien remplie. C'est comme si à elle seule, elle essayait de construire une dynastie et que nous étions des pions sur son échiquier. Je pense que si tu étais son fils, elle prendrait la mesure de nos doigts pour des anneaux d'or et choisirait des maisons.

Sionn secoua la tête, resserrant son étreinte sur la main de Damien.

— Elle n'est pas si mauvaise. Ils voulaient que j'aille vivre avec eux quand je suis arrivé, mais ma grand-mère ne voulait pas me laisser partir. Et je l'aimais pour vouloir autant de moi, cependant elle était vieille et avait ses habitudes. S'occuper de moi n'était pas quelque chose qu'elle avait prévu de faire. Brigid était là pour ramasser les morceaux et adoucir les angles, d'une guerrière à une autre. À l'époque, j'étais en colère. Je me sentais malmené et indésirable. Sans parler de toutes les conneries qui me passaient dans la tête à cause de ce que l'église me disait. Que j'agissais mal. Que tomber amoureux d'un autre homme était un péché.

Il leva la main de Damien, embrassant les doigts de son amant.

— Brigid et Donal m'ont tracé la voie pour trouver un moyen de sortir de ma rage et de ma douleur. Parce que j'aime ma grand-mère, mais tout ce qu'elle a fait, c'était de les alimenter. J'ai donc un faible dans mon cœur pour tante Brigid.

— Ta grand-mère adorait nous chasser du quai. Parfois, je me demandais ce qu'elle détestait le plus, les mouettes ou les musiciens.

Damien reprit sa main pour batailler avec un autre morceau de crabe.

— À ses yeux, vous étiez tous les deux pareils. Au même niveau que des rats d'égout, déclara Sionn en passant le bol de quartiers de citron à Damien. Tu étais toujours sur le chemin, tu chiais sur tout, et tu faisais beaucoup de bruit. Elle ne voyait pas beaucoup de différence.

— Est-ce que tu aurais moins d'estime pour moi si je te disais que chaque fois que nous jouions à côté du Finnegan's, j'étais secrètement excité de faire un pied de nez à ta grand-mère ?

— Honnêtement, D, répondit Sionn, à bien des égards, tu es exactement comme elle.

— Je pense que tu n'obtiendras rien cette nuit, grommela Damien, avant de plisser le nez. Attends, non. Oublie ce que j'ai dit. Pas de sexe pour toi signifie également pas de sexe pour moi, donc puisque tu sais à quel point je suis égoïste…

— Je sais comment tu aimes faire semblant de l'être, mais tu es vraiment un menteur merdique, Damien Mitchell.

Sionn déplia les serviettes chaudes et humides que le serveur leur avait laissées.

— Que dirais-tu de finir ton crabe pour que nous puissions aller nous promener sur la plage ? Et quand nous rentrerons, nous pourrons prendre un dessert dans notre chambre, puis peut-être, comme de bons hobbits, avoir un deuxième dessert entre nous.

— Je ne suis pas un hobbit. D'une part, je ne suis pas petit, marmonna Damien autour de ses doigts, les nettoyant du crabe et du beurre. Et entre nous, je voudrais te rappeler que mon pied n'était pas celui que le hamster de Ryan a pris pour une poupée sexuelle.

ILS AVAIENT enlevé leurs chaussures et enfoui leurs orteils dans le sable, assis sur la pente douce de la plage. La cage d'escalier en bas de la falaise était suffisamment éclairée pour y voir, mais pas assez brillante pour empiéter sur l'obscurité laiteuse d'une soirée romantique. L'océan leur tenait compagnie, murmurant des terres lointaines et des bains de minuit, toutefois, aucun d'eux ne se sentait enclin à plonger la moindre partie de son corps dans l'eau froide.

Sionn se tenait aussi près que possible de son amant, enroulant son bras autour de sa taille. Il fallut une minute à Damien avant qu'il ne se détende suffisamment pour s'abandonner à son étreinte. Le petit soupir des lèvres entrouvertes du musicien était aussi doux que le morceau de chocolat qu'on leur avait offert à la fin de leur repas.

— Crois-tu que les gens se demandent comment nous nous entendons tous les deux ? murmura Damien. J'étais au studio l'autre jour et j'ai vu un gars que je connaissais avant, avant que Sinner ne devienne connu, et il m'a demandé si je voulais sortir avec lui. Je lui ai dit que j'étais avec toi et il s'est plus ou moins moqué de moi. Je ne sais pas vraiment ce que ça dit de moi ou peut-être de nous deux.

— Je pense que cela en dit plus sur lui que sur toi, fit remarquer Sionn. À bien des égards, tu es tout aussi réservé que Miki. Tu affiches juste un autre type de visage. Tu es plus sociable, mais c'est une sorte de façade, ce truc de rock star sur lequel tu joues. Ton partenaire de crime ne sait tout simplement pas comment faire avec les gens aussi bien que toi.

— Miki est à peu près aussi sociable qu'un carcajou enragé avec des oursins dans le cul, commenta Damien en reniflant. Je voulais juste que tu saches que… toi et moi ? Je ne veux jamais vivre sans toi. Bon sang, je t'aime tellement que parfois, ça fait mal de te regarder. Et je sais que je ne le dis pas beaucoup. Putain, peut-être que je ne le dis pas du tout, mais tu comptes autant pour moi que Miki. Peut-être… d'accord, à certains égards encore plus. Parce que je n'ai pas à te partager avec qui que ce soit, et j'ai l'impression que tu comprends tout ce que je suis.

— Ouais, je te comprends.

Sionn glissa ses doigts dans les cheveux de Damien, tirant sa tête en arrière avec une traction. Capturant sa bouche dans un baiser féroce, Sionn but les lèvres de son amant jusqu'à le laisser essoufflé.

— Je t'aime, D. J'aime le toi calme que personne ne connaît. Et j'aime le guerrier féroce et ergoteur qui se dressera devant une horde impétueuse pour protéger son frère brisé. Mais surtout, j'aime l'homme qui partage mon lit, mon cœur et parfois me laisse même manger mon bacon. Donc, pour que nous soyons clairs, je serai toujours dans ta vie, tout comme tu seras toujours dans mon âme.

Riz frit et sagesse

— Donc, tu restes juste là. À attendre?

Miki résista à l'envie de remuer le riz dans la poêle.

— Comment tu sais quand c'est prêt?

— Tu as travaillé dans des restaurants chinois, fils. N'as-tu pas fait attention quand ils préparaient du riz frit?

Donal s'activait avec son couteau sur une tranche de carotte, la transformant en lamelles.

— Papa, la seule vue que j'ai eue de la cuisine était celle de l'évier et de la table placée à l'arrière où tu t'asseyes pour faire du wonton.

Miki désigna la casserole avec sa spatule en bois.

— Ce truc est en train de cuire. Penses-tu honnêtement qu'ils me laisseraient approcher la nourriture de qui que ce soit? J'aime les sandwichs grillés au fromage brûlé.

— Honnêtement, qui ne les aime pas?

Donal émit un «tss, tss» en lui faisant signe de s'éloigner de la poêle avec le couteau.

— Laisse ça et viens m'aider. Rends-moi service et découpe ce poulet et tous les restes de bacon. À peu près de la taille d'une pièce pour le poulet et un peu plus petit pour le bacon.

C'était l'une des choses qu'il aimait chez Donal, une des nombreuses choses. Son père adoptif savait qu'il avait besoin de points de référence, surtout face à des choses qu'il n'avait jamais faites auparavant. Aussi stupide que cela puisse paraître, la cuisine était une sorte de station d'observation pour lui, et y entrer avec l'intention de créer un vrai repas était aussi effrayant que le trajet de dix mètres qu'ils avaient fait au Japon.

— Si je me coupe les doigts, tu vas devoir expliquer au groupe pourquoi je ne peux plus jouer de la guitare, avertit Miki en prenant le couteau. Et peut-être aussi à Edie. Et aux gars des maisons de disques.

— Eh bien, ne te coupe pas les doigts, car même si je pourrais les gérer, j'ai plus peur de ce que ma femme me ferait, répondit Donal en riant.

Son rire était plein de chaleur, un son grave mêlant humour et réconfort. Miki aimait que Kane ait le même rire que son père, un faible roulement de tonnerre épicé avec un peu de joie et parfois de taquinerie.

Les taquineries étaient la chose la plus difficile à laquelle s'habituer.

Damien semblait y arriver, mais durant toutes ses années sur la route avec les gars de Sinners, Miki n'avait jamais vraiment pris le coup de se moquer des autres et de lui-même. Cela sortait méchant, même si d'autres personnes semblaient l'apprécier, et il y avait eu plusieurs fois où Miki était assis au milieu du salon des Morgan et que l'ambiance changeait autour de lui, revenant à la normale quand Donal s'éclaircissait la gorge et que tout le monde trouvait autre chose à faire.

Les taquineries de Donal étaient naturelles, elles n'avaient jamais pour objectif de faire en sorte que Miki se sente minable. Peut-être qu'il n'aimait vraiment pas quand on l'asticotait. Il y avait eu trop d'années où il avait été poussé dans un espace minuscule et on lui avait dit d'être invisible, ou pire, on lui avait dit qu'il n'avait aucune importance.

— Est-ce que ça doit être des sortes de carrés ? Ou est-ce que ça a de l'importance ?

Miki tripota un morceau de poulet, se demandant s'il devait aussi enlever la peau.

— Et est-ce que je dois juste le couper ? Genre avec la peau ?

— Tu te prends trop la tête là, fils.

Donal se pencha pour jeter un œil au riz avant d'ajouter :

— Avec ou sans la peau, ça ira. Fais comme tu préfères.

— Je ne veux juste pas que ce soit *mauvais*, marmonna Miki en se renfrognant face au monticule de poulet cuit devant lui. La nourriture est quelque chose d'important. On me fait toujours des reproches sur ma façon de manger. Je n'ai pas envie de tout foutre en l'air.

— Ça n'arrivera pas. C'est ce qu'il y a de bien avec le riz frit, fit remarquer Donal en cassant un œuf dans un bol en verre. Il n'est pas nécessaire qu'il soit parfait, car il est composé de tout ce que tu as dans le réfrigérateur. C'est un peu comme une omelette.

— Ouais, je ne sais pas comment faire ça non plus, admit-il en secouant la tête. Kane en fait parfois. Genre, il prend quelques œufs et sort des trucs du frigo ; puis tout à coup, nous avons ce repas à cinq plats avec des biscuits chauds et ces parfaits œufs en demi-lune dans les assiettes de tout le monde.

— Eh bien, c'est juste lui qui se la pète dans ce cas.

Quelques œufs de plus rejoignirent le premier dans le bol ; puis Donal ajouta une cuillerée d'eau d'une tasse à proximité.

— Donne-moi cette fourchette là-bas, veux-tu ? Il est temps d'ajouter les œufs.

— Merde, je n'ai pas fini de couper la viande.

Après avoir donné une fourchette à Donal, il commença à séparer le poulet des os avec diligence.

— Prends ton temps. Tu vois ? Les œufs vont simplement sur le riz en train de cuire, puis tu laisses reposer pendant un moment.

Donal s'assura d'avoir l'attention de Miki sur la poêle tandis qu'il versait lentement les œufs battus dans la poêle.

— Finis simplement ce que tu as et nous le jetterons après les légumes. Ensuite, nous grillerons les petites côtes. Celles-ci cuiront vite et le riz se conservera dans le four sous le réchaud.

Il finit le poulet puis le bacon, les jetant tous dans un bol avant de le remettre à Donal. Il y avait un espace sur le comptoir sur lequel on lui avait dit qu'il pouvait s'asseoir, une décision controversée, contestée par les frères et sœurs Morgan, car eux n'avaient pas été autorisés à le faire en grandissant. Que d'abord Donal, puis Brigid aient annulé cette règle avait provoqué une petite tempête de grognements, mais Miki était assuré que le reste de la famille devrait simplement s'y adapter.

Bien qu'il ait remarqué que Ryan avait été promptement sommée de descendre du comptoir quand elle avait essayé de s'y asseoir.

Miki poussa presque un soupir de soulagement quand Donal retourna le riz avec la spatule. Il regarda attentivement quand Donal lui montra le crépitement, puis se pencha en arrière sur ses mains.

— Puis-je te demander quelque chose ?

— Tu peux tout me demander. Tu le sais, Mick, assura Donal en continuant à remuer la casserole, puis tapotant la spatule contre son bord. Qu'est-ce qui te préoccupe ?

— Savais-tu avec quel genre de personne tu voulais voir Kane ?

Il remua sur le comptoir, faisant attention de ne pas cogner ses talons contre la porte de placard.

— Je veux dire, j'entends parfois les gens parler de ce qu'ils veulent pour leurs enfants. Et c'est un peu bizarre, parce qu'ils ont toutes ces idées sur ce que sera cet enfant quand il grandira et parfois même sur le type de personne avec qui ils veulent qu'il soit. As-tu déjà fait ça avec Brigid ? Je veux dire, essayer de planifier leur vie ?

— En vérité, je pense que tous les parents le font.

Donal éteignit le feu d'un simple mouvement de bouton, puis s'appuya contre le comptoir, croisant les bras sur sa poitrine robuste.

— Ce qui est drôle concernant l'éducation des enfants, c'est qu'un parent ne devrait pas y réfléchir en pensant qu'il peut modeler ou faire ce qu'il veut de cette personne. Cela ne veut pas dire que nous n'avons pas commis d'erreurs. Pendant très longtemps, je voulais que Connor soit avocat, mais ce n'était pas dans les cartes.

Miki renifla.

— Je ne peux pas imaginer Connor être avocat. Peut-être Kiki. Ou même Kane.

— Eh bien, j'avais tout planifié. Je savais dans quelles écoles je voulais qu'il aille et j'ai pensé que l'un de nous allait devoir apprendre à jouer au golf pour que nous puissions lui apprendre, quand le père de Brigid m'a dit quelque chose alors que nous étions énervés par une nouvelle bouteille de whisky qu'il avait apportée, expliqua Donal avant de sourire. Et tu es avec moi depuis assez longtemps pour savoir que énervé signifie ivre, pas vrai ?

— Je pense que je sais comment dire gueule de bois dans une quinzaine de dialectes et douze langues, répondit Miki avec une grimace. C'est va juste avec « où sont les toilettes » et « non, je n'ai pas d'argent » et « je ne cherche pas une pute ».

— Très bonnes compétences de vie, ça, reconnut Donal. Nous passions donc un beau dimanche après-midi quand il m'a regardé et a dit : « Tu es un imbécile si tu crois que tu vas avoir ton mot à dire sur ce que sera ce garçon. Là, tu es en train de tracer un chemin sur lequel il doit marcher alors que ce à quoi tu devrais penser… ce que tu dois faire… c'est de te préoccuper du genre d'homme qu'il deviendra. *Élève l'homme, Donal* » m'a-t-il grondé. « *Si tu élèves l'homme correctement, le chemin qu'il choisira sera celui qu'il est censé suivre* ». Puisque ses paroles sont restées en moi après que j'ai dessaoulé, j'ai pensé que ces mots étaient une vérité que je ne pouvais pas nier.

Les légumes rejoignirent le riz, mais Donal s'abstint de mélanger.

— Je n'ai jamais voulu qu'aucun de mes enfants porte une arme et un badge. Pour moi, c'était un moyen d'aider les gens à trouver justice, d'aider les gens qui avaient peut-être besoin d'une voix, mais qui ne pouvaient pas parler. Je n'avais jamais imaginé qu'aucun d'entre eux porterait mon uniforme. Et tous les projets que j'aurais pu avoir pour eux ont été mis de côté, car leur passion pour la justice est encore plus forte que la mienne. Maintenant, pour répondre à ta question, ai-je déjà imaginé la personne avec qui je voyais Kane ? La réponse est non, car je sais que l'amour frappe sans avertissement ni raison.

Le sourire de Donal devint nostalgique et il posa une main chaude sur la cuisse de Miki.

— Je n'ai jamais imaginé que je tomberais amoureux de Brigid Finnegan, mais quand j'ai enfin vu qu'elle s'était fait une place dans mon cœur, je savais que je ne pourrais jamais aimer personne d'autre. C'était comme ça avec toi et Kane. Au moment où je l'ai entendu parler de toi, j'ai su qu'il s'était complètement et irrémédiablement épris de toi.

— Ne souhaiterais-tu pas que ton enfant ait quelqu'un de moins bousillé ?

Miki mordit sa lèvre inférieure, détournant le regard. Il s'attaquait à une coquille fragile d'insécurité qu'il évitait depuis des mois, cependant les doutes quant à sa place dans la vie de Kane et la famille refaisaient toujours surface.

— Je veux dire, je ne suis pas...

— Tu es exactement ce dont il avait besoin pour tomber amoureux, Mick, déclara Donal en attirant Miki par la nuque jusqu'à ce que leurs fronts se touchent. Tu le défies. Tu défies son monde et tu le fais réfléchir. Tu lui dis non quand le monde s'incline devant son insistance, tu le forces à repenser la façon dont il aborde les gens. S'il y a un très mauvais service que j'ai rendu à mes enfants, c'est qu'ils croient parfois qu'ils ont toujours raison.

— Ouais, je ne sais pas de qui ils tiennent ça.

Miki toussa, en lâchant :

— *Brigid.*

— Je ne vais pas prétendre que tu te trompes, mais j'y ai joué un rôle.

Il rit, embrassant Miki sur la tempe avant de le relâcher.

— Tu forces Kane à sortir de ses gonds. Avec toi, il apprend à faire des compromis, car s'il est une force irrésistible, tu es parfois un objet immuable, ce qui le pousse à s'arrêter et à changer de cap. Donc, alors que j'en ai fait le meilleur homme que je puisse élever, tu fais de lui un homme meilleur, parce que tu l'aimes, mais que tu n'acceptes pas ses conneries. En conclusion, Mick, c'est la raison pour laquelle je ne pourrais jamais imaginer personne d'autre que toi aux côtés de Kane, et l'un des jours les plus heureux de notre vie est quand il t'a amené à la maison. J'ai su tout de suite, à cet instant-là, que tu serais un fils de nos cœurs et une bénédiction pour cette famille.

Fraises au bureau

— Docteur Morgan, pouvez-vous expliquer pourquoi l'introduction de teintures et de tissus étrangers a été importante pour la croissance industrielle de l'Angleterre ?

Quinn se retourna, entendant les gémissements des autres élèves de sa classe. Trois semaines seulement après le début des sessions bimensuelles, il avait déjà découvert que Sarah Yarbo était aussi curieuse qu'elle était maladroite. Plus jeune que les autres d'au moins deux ans, il ressentait pour elle une légère empathie la voyant lutter pour suivre socialement, alors même qu'il comprenait pourquoi les autres étaient frustrés par ses questions. C'était censé être un cours d'histoire facile, quelque chose à prendre pour remplir une obligation ou à utiliser comme tremplin pour atteindre un niveau supérieur. Sarah en voulait plus, et Quinn voulait plus que tout la laisser explorer le passé et la guider à travers les choses intéressantes qu'elle trouverait.

C'était dur d'être un adulte. Difficile de ne pas plonger chez le lapin blanc en portant des teintures vertes et des soies moirées. Son cerveau tressaillait, désireux de parcourir les chemins qu'il avait empruntés auparavant pour partager les merveilles et les choses étranges sur lesquelles il était tombé par hasard. Il pouvait disserter des heures sur les poisons utilisés par les gens dans leur vie quotidienne simplement pour rendre leurs yeux plus blancs ou leurs joues plus roses, dérivant même vers les façons détournées dont ils assassinaient leur famille ou leurs partenaires commerciaux en utilisant ce qui était, à l'époque, des produits quotidiens. Des mystères s'étalaient autour d'eux, il suffirait d'un seul tiraillement sur un fil pour les démêler afin qu'ils puissent être exposés à la lumière et examinés.

Malheureusement, les quatre-vingt-cinq autres étudiants assis autour d'elle n'étaient pas aussi enthousiastes à l'idée de voyager et ils n'avaient tout simplement pas le temps de faire des quêtes secondaires.

— Vous savez, il y a beaucoup à en dire.

Il choisit soigneusement ses mots, ne souhaitant pas détourner sa curiosité, mais au contraire la mettre en attente.

— Et bon sang, on pourrait aborder le sujet de tellement de manières, parce qu'il ne s'agit pas seulement de l'influence économique, mais aussi sociale. Ou encore le développement de différents modèles et tissus qui sont alors devenus des standards britanniques emblématiques tout en ayant leurs racines dans les importations. Un peu comme du poulet tikka masala. Celui-ci a une influence indienne, pourtant beaucoup de gens prétendent qu'il a été inventé en Écosse. C'est un terrier de lapin intéressant dans lequel tomber. Déterrer des trucs, je veux dire. Que diriez-vous de m'envoyer un e-mail sur ce que vous souhaitez savoir le plus et que je puisse vous orienter vers des sources. J'ai une série de vidéos que je suis dans lesquelles une femme au Pays de Galles recrée des robes victoriennes et édouardiennes à partir de plaques de mode imprimées à cette époque.

Sarah se redressa, les yeux brillants derrière les lunettes qu'elle repoussait constamment sur l'arête de son nez. Quinn désigna le tableau blanc où il avait griffonné ses coordonnées dans le coin supérieur droit.

— Il y a aussi des livres que vous aimeriez. Et quelques expositions virtuelles que vous pouvez parcourir sur les tissus et les inventions industrielles. Je vais rassembler tout ça pour vous, alors envoyez-moi un e-mail, et nous reviendrons sur la migration des aliments ethniques à travers la Grande-Bretagne et comment ils ont influencé d'autres cuisines.

Il était parfois difficile de déchiffrer une salle, surtout s'il se laissait aller à expliquer pourquoi quelque chose s'était passé, pensant que d'autres personnes trouveraient un sujet intéressant. Essayer de rester humain était parfois la chose la plus difficile à faire. Sa nature était de creuser, plus du blaireau que de la pie, songeait-il souvent, pensant au surnom que sa famille lui donnait, mais à bien des égards, ils avaient raison. Tout ce qui brillait attirait son attention, et le monde contenait tellement de choses brillantes, y compris les techniques de teinture britanniques et les modes françaises. Sarah poursuivrait ce bout d'idée jusqu'à ce que quelque chose d'autre attire son attention, néanmoins Quinn trouvait le passé fascinant, souvent plus intrigant qu'autre chose. Le passé contenait des modèles, des échos d'ondulations que l'on ne pouvait voir clairement qu'en retournant dans le présent et en regardant l'image entière. Parfois, la plus petite des pierres jetées dans une vaste mer avait eu le plus grand des impacts, mais à l'époque, personne ne savait ce qui les frappait.

Tout comme Rafe Andrade l'avait fait à la vie de Quinn... et exactement comme il le faisait en ce moment alors qu'il se glissait dans la pièce et prenait place près de l'une des portes.

Bien sûr, les étudiants remarquèrent Rafe. Il était impossible de l'ignorer, et même si tout le monde ne savait pas qui il était, il attirait les regards sur lui. Il y avait plus qu'un peu d'un look pirate, un soupçon de voyou rendu d'autant plus distrayant quand il passait ses doigts dans ses cheveux blonds ébouriffés tout en offrant à Quinn un sourire lent et malicieux. Il avait probablement enfilé ce qui se trouvait à portée de main, parce que Quinn était à peu près sûr que Rafe portait le T-shirt de la boutique de ramen que Quinn portait au dîner de la famille Morgan la nuit précédente, et le jean déchiré qui épousait à peine ses hanches était éclaboussé de peinture par endroits, des points vert céleri exactement de la même couleur que des murs du bureau de Conn. Jeter de vieux vêtements n'était pas quelque chose que l'un ou l'autre faisait régulièrement, mais le jean était à la limite de l'indécence, surtout depuis que Rafe s'était pris un coin pointu et ait déchiré un petit trou sous sa fesse gauche.

Quinn n'avait vraiment pas besoin d'avoir un bon aperçu du caleçon que Rafe portait sous son jean, le coton rouge encadré par le denim délavé étant clairement visible lorsque Rafe posa son pied sur le bord de la table, pliant son genou tout en s'étalant sur le large dossier de la chaise. Le niveau supérieur de l'amphithéâtre était presque vide, la présence de Rafe remplissait ce coin de la pièce, entraînant une grande partie du fil de ses pensées hors de son cerveau. Après un regard féroce et renfrogné à Rafe, il se retourna vers le tableau blanc, espérant que ses notes le ramèneraient là où il en était dans sa conférence.

—Alors, le tikka masala n'est pas vraiment de la nourriture indienne? demanda un des garçons.

Le garçon au menton en galoche qui se tortillait habituellement dans la classe se déplaça au bord de son siège, jetant un coup d'œil par-dessus son épaule à Rafe avant de ramener son attention sur Quinn en questionnant :

— Ou est-ce un de ces trucs influencés?

— C'est un sujet très débattu et selon un point de vue de l'argumentation, il a été créé par un chef britannique pakistanais à Glasgow, tandis que d'autres soutiennent que ses origines sont en Inde. Mais c'est un autre terrier de lapin, car nous parlons de quelque chose qui a gagné une place dans le lexique des aliments britanniques dans les années 1960 ou 1970. Tout dépend de qui raconte l'histoire, répondit Quinn, son esprit retournant à l'endroit où il avait déraillé. Maintenant, cela ne veut pas dire que l'Inde n'a pas eu sa part pour influencer la

159

cuisine britannique sous le règne de la reine Victoria, car c'est là que les choses deviennent vraiment intéressantes…

Il passa le reste de son cours avec une concentration déterminée. La présence de Rafe… palpitait dans le coin de sa conscience, le ramenant au bassiste ensoleillé à maintes reprises jusqu'à ce que Quinn soit presque prêt à l'expulser juste pour pouvoir terminer sa conférence en paix. Rafe ne disait rien, ne faisait *rien*, mais chaque mouvement d'épaule ou grincement infime d'une Converse se déplaçant contre le bord de la table ramenait Quinn aux sièges du niveau supérieur de la salle. Caché en partie par des ombres grises soyeuses, Rafe se contentait de rester assis à le regarder, établissant un contact visuel chaque fois que Quinn regardait vers lui et souriant de manière exaspérante de temps en temps, avec suffisamment de promesses passionnées dans son sourire pour le faire bégayer et trébucher sur ses mots.

C'était comme être de retour au lycée et regarder ses frères et leurs amis se regrouper pendant le déjeuner, laissant généralement le bout du banc libre pour Quinn… où inévitablement, Rafe les rejoignait cinq minutes après, poussant Quinn plus loin d'un coup de coude. Il avait passé de nombreuses heures à déjeuner en souhaitant être ailleurs que collé aux côtés de Rafe Andrade, tout en espérant que le repas durerait toujours.

Sauf que pour le moment, il tuerait joyeusement Rafe, parce qu'il avait un cours à poursuivre et que ce connard savait exactement ce que Quinn ressentait à propos de ce maudit jean et du défi du triangle rouge clignotant sur lui comme s'il était un taureau que Rafe appâtait d'affronter.

Le temps s'écoula jusqu'à ce que l'alarme sur le téléphone de Quinn émette une forte vibration, l'avertissant, ainsi que tout le monde dans la salle, qu'ils entamaient un décompte de deux minutes jusqu'à la fin du cours. Après avoir éteint le son, il se retourna vers les élèves qui rangeaient à la hâte leurs ordinateurs portables et tout ce qu'ils avaient sorti de leurs sacs à dos, se préparant à se précipiter vers leur prochain cours.

— Quelqu'un a-t-il une dernière question ?

Il y avait peu de chance. S'il y avait eu la moindre interrogation, la classe l'aurait évacuée pendant la conférence, mais cela faisait partie des choses à faire. Une main solitaire se leva et Quinn soupira, relevant les yeux vers la rock star souriante assise près de la porte.

— Quelqu'un qui fréquente cette école a-t-il une dernière question ?

— Hé, Doc, dit Rafe d'une voix traînante.

Sa voix rauque et lente s'enroula autour de chaque mot, caressant Quinn alors qu'il essayait d'ignorer Rafe.

— Tu as des heures de bureau aujourd'hui ?

— Non, monsieur Andrade.

Il rendit le sourire arrogant de Rafe avec un regard sévère.

— Bien que si un élève rencontre des problèmes, je serai ravi de fixer un rendez-vous s'il ne peut pas le faire pendant mes heures habituelles.

— Génial. Alors toi et moi pourrons verrouiller la porte et faire un pique-nique, dit Rafe, se levant pour laisser l'un des élèves de Quinn passer à côté de lui. Prépare ton marqueur magique, bébé. J'ai une boîte de crème fouettée avec ton nom écrit dessus.

— JE NE peux pas croire que tu as dit ça, grogna Quinn, en enrobant une fraise bien mûre d'une grosse cuillerée de crème fouettée. Comment diable suis-je censé enseigner dans cette classe maintenant ? Ils vont penser que je suis une sorte d'accro au sexe.

— Chéri, tu es parfois si coincé, je suis sûr qu'ils étaient simplement heureux de voir que tu as quelqu'un dans ta vie.

Rafe attrapa une grappe de raisin noir sans pépins avant de la placer sur l'assiette de Quinn. La causeuse était un peu étroite pour eux, mais Quinn ne s'en souciait pas. Un rapide remaniement d'un classeur et ils avaient obtenu une table ad hoc pour disposer tout ce que Rafe avait apporté avec lui pour leur pique-nique impromptu.

— Et ils ont ri quand tu as demandé si j'avais apporté suffisamment de fraises. Tu vas bien. Ils ne pensent pas que tu es un pervers. Bien que d'après les regards que certains d'entre eux t'ont adressés, cela m'étonne un peu qu'ils ne clignent pas des yeux avec toi avec *Je t'aime* écrit sur leurs paupières.

— Je ne suis pas Indiana Jones, souligna Quinn. Et personne n'a jamais fait ça.

— Seulement parce que tu ne le remarquerais probablement pas, dit Rafe, en égrappant un autre raisin. Ouvre. Prends.

Une fois le raisin posé sur sa langue, Quinn mâcha, puis avala.

— Je suis surpris que personne ne t'ait demandé de photo ou d'autographe.

— C'est parce que je suis le bassiste. La meilleure partie de tout ça, toute la gloire et pas la célébrité.

S'aidant d'une des fraises, Rafe fit un signe de la main à la protestation de Quinn.

— Et avant de rétorquer qu'ils viennent vers moi après un spectacle, c'est parce que je suis dans le contexte. C'est un bon compromis. Miki et Damie sont les visages du groupe. Forest et moi en récoltons les bénéfices et allons faire du shopping à une heure de l'après-midi sans être assaillis par les gens. C'est donc gagnant-gagnant pour nous. Cela me libère pour avoir du temps sexy sympa avec mon petit ami doc quand je veux.

— Nous n'aurons *pas* de relations sexuelles dans ce bureau, avertit Quinn. On me virerait. Et j'aime mon travail. J'aime enseigner l'histoire à travers les influences alimentaires ou examiner l'évolution des tatouages et leur signification culturelle. Je t'aime, mais…

— Je pensais davantage à une danse.

Rafe gloussa, époussetant ses mains. Se levant, il tendit la main à Quinn.

— Allez, bébé. Aujourd'hui, c'est un jour spécial, en fait. Une occasion dont nous n'avons pas profité lorsque nous étions au lycée, et je pense qu'il est temps de combler cette lacune.

— De quoi tu parles ?

Les doigts de Rafe étaient calleux, rendus rugueux par les cordes de guitare et les heures de répétitions interminables. Il y avait de minuscules cicatrices provoquées par des fils cassés qui s'enfonçaient dans le dos de sa main et un pli sur la pulpe de son pouce droit, là où il l'avait écorché lors d'une excursion de pêche à laquelle ils avaient tous participé quand Quinn avait dix ans. Il aimait les mains de Rafe, aimait la sensation qu'elles diffusaient sur son corps, mais en cet instant, Quinn fixait la main tendue avec suspicion.

— Crois-moi, magpie. Cela en vaudra la peine, car aujourd'hui, c'est l'anniversaire de notre bal de promo, et comme nous n'avions pas pu danser à l'époque, je me suis dit que nous devrions le faire maintenant. J'ai même apporté de la musique.

— À qui as-tu demandé la musique ? demanda Quinn en laissant Rafe le mettre sur ses pieds, évitant soigneusement le coin du classeur. As-tu demandé à ma mère ? Ne me dis pas que tu as posé la question à Brigid.

— J'ai demandé à Brigid, admit Rafe d'un air penaud. Tout ce que nous avons écouté au lycée n'était pas exactement quelque chose sur lequel on pouvait danser, et oui, elle a choisi quelque chose d'un peu ringard, mais ça convient.

— C'est un truc sur lequel *ils* dansent, n'est-ce pas ?

Il soupira. Pourtant, il se souvenait avoir vu Rafe travailler sa magie sur les autres tout au long du lycée, détestant être négligé tout en sachant que ses frères tueraient allégrement leur meilleur ami s'il posait la main sur lui.

— D'accord, mais ne te plains pas quand je te marcherais sur les orteils.

— Bébé, je suis bassiste. Tu ferais mieux de t'inquiéter de *tes* pieds.

Rafe tripota son téléphone, le laissant incliné sur le meuble, et le début d'une mélodie d'adolescent s'échappa du haut-parleur.

— Voilà. Maintenant, approche-toi. C'est une playlist de tous les slows mielleux que j'ai pu trouver dans ce que ta mère m'a donné. Je pense qu'il me reste environ dix minutes avant de mourir d'une overdose de sucre.

Blotti contre Rafe, Quinn se laissa dériver en cercle, se balançant sur la musique principalement électronique et ignorant les faux pleurs de soprano d'un adolescent amoureux suppliant une fille désintéressée de lui réserver sa dernière danse. Il ne s'agissait pas tant d'une danse que d'un câlin prolongé, un tourbillon dans le bureau sans aucune intention d'aller ailleurs que de retourner là où ils avaient commencé juste pour qu'ils puissent recommencer. Après quelques minutes, Quinn sentit le poids de la journée se dissiper, libérant la tension dans son dos et ses épaules. Rafe le rapprocha, le soutenant pendant que leurs cercles se transformaient en un balancement paresseux.

— Ta mère m'a demandé si j'allais te demander en mariage, murmura Rafe dans les cheveux de Quinn. Je lui ai répondu qu'elle devait s'occuper de ses affaires.

— Comment ça s'est passé pour toi ? questionna Quinn, reniflant contre la poitrine de Rafe. Elle a menacé de t'envoyer au lit sans dîner ?

— Pas loin, dit-il en posant sa joue contre celle de Quinn. Elle m'a dit que je ne pouvais pas venir jouer avec toi tant que je ne m'excusais pas. Exactement comme quand j'ai frappé Riley avec ce ballon d'eau gelée.

— Il a dépassé ça.

— Il avait deux ans, répliqua Rafe. Et elle m'a pardonné dès qu'elle a découvert que Kane était celui qui m'avait donné ce maudit truc. Ton père m'a sauvé aujourd'hui. Il a dit que nous pouvons prendre notre temps pour décider de ce que nous voulons faire. Si nous voulons faire quelque chose.

J'ai l'impression qu'à chaque fois qu'ils nous poussent, nous voulons simplement ne pas le faire.

— C'est comme si tu me connaissais, soupira Quinn avant de glousser. Nous devrions nous enfuir.

— Elle nous tuerait.

Il fit bouger Quinn, changeant la direction de leur déplacement et la musique changea, s'approfondissant en quelque chose d'un peu moins larmoyant, mais pas moins collant.

— Mais si c'est ce que tu veux faire…

— Si… quand… si on se marie, je voudrais retourner en Irlande, avoua Quinn doucement.

Il avait eu une idée de ce à quoi ressemblerait le jour où lui et Rafe prononçaient des vœux, à moitié pieux et à moitié rêverie.

— Rien de grand. Juste… la famille, et peut-être à l'extérieur dans l'ancienne abbaye en bas de la route de la maison de mon grand-père. Ensuite, on irait dans un pub pour que personne n'ait à cuisiner et que nous puissions nous saouler à la maison plus tard.

— Rien de grand. Tu as dix mille cousins là-bas. Ça va tout casser. Il n'y aura plus personne pour nous servir, car tout le monde sera à la réception, murmura Rafe en caressant le bas du dos de Quinn. En fait, bébé, ça a l'air parfait. Que diable. Nous allons faire venir quelqu'un pour couvrir au pub et leur dire de faire le plein de Guinness avant d'y arriver.

— Oui, exact.

Enfouissant son visage dans l'épaule de Rafe, Quinn expira, détendu et heureux.

— Je suis juste heureux que tu sois là. Avec moi. C'est tout ce dont j'ai besoin.

— Vraiment ?

Rafe bougea, mettant un peu d'espace entre eux. Quinn cligna des yeux, voulant que les ombres chaudes reviennent autour de lui. Un peu d'or apparut sous le nez de Quinn, une pincée de brillant entre les jolis doigts calleux de Rafe.

— Nous en avons déjà parlé, mais tu sais, même si nous avons plaisanté et nous sommes taquinés à ce sujet, je veux le faire avec toi. Danser avec toi. Cueillir le fruit de tes raisins. Nourrir ta chatte à trois heures du matin, parce qu'elle me crie dessus. Épouse-moi, Quinn Morgan. Je ne vois pas comment je pourrais passer le reste de ma vie sans toi.

Deux! Seulement deux!

— Elle n'aura que le deuxième, marmonna Forest.

Il fouillait dans sa valise pour trouver le jean qu'il savait avoir placé dans l'espace volumineux.

— Merde, je ne les ai même pas mis au monde et je sens toutes les vergetures et les rides d'inquiétude d'une mère, continua-t-il. Pas plus. Nous n'en aurons plus.

— Bébé, pourquoi pas? cria Connor du fond de leur salle de bain attenante.

Sa voix grave était étouffée, atténuée par la forte pluie irlandaise qui frappait le toit en ardoise et les épais murs de plâtre du cottage, mais pas suffisamment pour que Forest n'entende pas l'humour dans la voix de son mari quand il demanda :

— Qu'est-ce qu'un de plus?

— Qu'est-ce qu'un de plus? Si elle est minuscule, alors il y aura des biberons. Une alimentation vingt-quatre heures sur vingt-quatre. L'as-tu oublié?

Incapable de trouver son jean, il commença à vider la valise entière sur le lit, puis réalisa à mi-chemin de ses fouilles que les vêtements qu'il contenait étaient environ deux tailles plus grandes que ce qu'il portait normalement.

— Putain, ce sont les affaires de Conn. Où est ma valise?

Un cottage patiné de trois chambres perché sur la côte en pente le long de la baie de Dunworley dans le comté de Cork n'était probablement pas le premier endroit auquel la plupart des hommes pensaient lorsqu'ils voulaient partir en lune de miel, mais Forest n'avait pas épousé un homme traditionnel. Connor Morgan était aussi irlandais que le vent balayant les falaises à l'extérieur, produisant un gémissement strident provenant d'une tour de guet voisine, dont les sentinelles en ruines se découpaient à travers la pierre effritée. L'île l'appelait, une sirène de son lieu de naissance qui l'attirait alors même qu'il construisait sa vie dans une ville à l'autre bout du monde, loin des collines sauvages et vallonnées qu'il avait parcourues pendant de longues et interminables journées d'été.

Forest avait *senti* la légère inspiration de Connor quand il avait répondu « l'Irlande » à la question de son mari, à l'époque clandestin, sur l'endroit où ils devraient aller une fois que Brigid Morgan les aurait traînés dans l'allée pour les marier devant Dieu et tout ce qu'Il créait. Puis, il avait capté toute la puissance du sourire doux et sexy de Conn avant qu'il le serre dans ses bras. Personne dans la famille n'avait remis en question une nouvelle lune de miel une fois que Conn avait obtenu une longue période de congé, et la plupart d'entre eux s'étaient mis en quatre pour aplanir les difficultés de leur escapade prévue. Les proches avaient été appelés pour être gentiment prévenus de ne pas se rendre au chalet isolé pour une visite. Une tante lointaine promit d'approvisionner l'endroit pour un séjour de deux semaines avant leur arrivée, s'assurant notamment qu'il y aurait suffisamment de bois de chauffage pour repousser le vent froid de l'hiver irlandais quand il provenait de la mer.

Le chalet appartenait à quelqu'un du clan Morgan, mais Forest avait depuis longtemps cessé de suivre des liens entre eux. Pour autant qu'il le sache, c'était un Finnegan qui les accueillait. Dès l'instant où Connor Morgan l'avait ramené à la maison pour rencontrer la famille pour la première fois, il avait appris que les deux étaient aussi étroitement liés et soudés que n'importe quel lien pourrait l'être, tissés ensemble par l'amour et la dévotion féroces de Donal et Brigid envers leur progéniture.

Ils avaient quitté l'aéroport de San Francisco le jour de Noël. Ils étaient épuisés par une matinée passée à ouvrir des cadeaux et à engloutir les bouchées de nourriture placées devant eux, puis ils s'étaient endormis durant le vol, avant d'être réveillés par la voix douce de l'hôtesse de l'air les prévenant qu'ils allaient atterrir sous peu. En vacillant hors du terminal, Forest avait aveuglément suivi Connor tandis qu'il manœuvrait facilement à travers le stand de location de voitures, puis entassait leurs affaires dans une Rover à peine assez grande pour contenir les épaules de Conn. Quelques heures grises et pluvieuses plus tard, il s'était garé devant le cottage isolé et avait annoncé qu'ils étaient à la maison.

Une explosion d'air chaud les avait accueillis lorsque Connor avait ouvert la porte d'entrée après une rapide recherche de cinq minutes parmi les pots de fleurs pour trouver la clé, et alors que Forest était éminemment reconnaissant pour la chaleur, il était resté sans voix par le doux parfum du pin provenant du sapin fraîchement coupé et richement décoré qu'un membre de la famille avait installé pour eux dans un coin du salon face à la mer et par les bûches placées dans la cheminée, attendant d'être allumées par les hommes venus en Irlande pour célébrer leur mariage.

— Ta valise est ici, dit Conn, sortant de la salle de bain.

Il ne portait rien d'autre qu'un pantalon en coton ample si mince que chaque ligne de muscle était visible à travers le tissu. Forest remarqua instantanément que son mari ne portait rien en dessous.

— Et que sont quelques biberons ? Ce n'était pas si mal. Nous devrons simplement le planifier pour un moment où tu ne seras pas en tournée et je peux m'arranger pour ne pas travailler de nuit pendant un certain temps. En veux-tu à maman ? Elle aime les petites choses.

— Alors, elle pourrait en avoir d'autres elle-même, grogna Forest en retour.

Sa tête était un peu sens dessus dessous, arraché de ses amarres à cause du décalage horaire, et bien que son désir soit plus que disposé à s'attaquer à Connor sur l'immense lit de plumes installé le long du grand mur de la chambre, son corps ne pensait pas qu'il aurait l'énergie pour faire plus que simplement se pelotonner contre le grand corps chaud de son mari et de s'endormir. Soupirant de soulagement quand Connor souleva son sac du sol pour le poser sur le lit, Forest marmonna dans ce qu'il espérait être un ton conciliant :

— Je pense juste que nous sommes bons avec les deux que nous avons. Je veux dire, un pour toi et un pour moi. Au moins à la fois. S'il y en a trois, alors quelqu'un sera un peu laissé de côté, non ?

— Tu parles à quelqu'un qui a grandi dans une maison où il y avait toujours des mains libres, admit Connor d'un air penaud. Et si nous en parlions après ta douche et que j'allais te préparer du thé ? Tante Doreen a dit qu'elle nous avait laissé beaucoup de nourriture, et comme je la connais, il y a des plats cuisinés dans le réfrigérateur que nous pouvons simplement réchauffer. Probablement un bon ragoût assez épais pour coller à nos côtes si tu le veux.

— Je prendrai tout ce que je n'aurai pas besoin de mâcher aussi fort, admit Forest avec un soupir. Je ne sais pas si j'ai l'énergie nécessaire pour faire plus que mâcher une cuillerée de purée de pommes de terre.

— Je pourrais le mâcher d'abord pour toi. Comme un petit oiseau.

— Et le recracher dans ma bouche ?

Il fit une grimace dégoûtée, frottant sa langue sur ses dents devant Conn.

— Je t'aime, mais hors de question, bordel.

La douche était agréable. Vraiment trop bonne. L'eau chaude sur son corps endolori était une erreur. L'apaisement de la tension de ses muscles le faisant glisser trop près de la somnolence. Après quelques minutes debout sous la pomme de douche fumante pour se rincer, à contrecœur il coupa l'eau chaude et se prépara au froid.

— Putain !

La morsure glacée le piqua, et Forest resta là aussi longtemps qu'il put le supporter… ou du moins, jusqu'à ce que la porte de la douche s'ouvre brusquement et que son mari l'attrape par les bras pour le sortir.

— Espèce de stupide idiot, gronda Conn, tenant un Forest mouillé et frissonnant contre lui. L'eau est bien alimentée…

— Vraiment ? Parce qu'elle me semble sacrément affamée en ce moment. Elle m'a dévoré la peau, bavassa Forest pendant que Connor enroulait une énorme serviette autour de lui. Peux-tu vérifier dans la douche ? Je suis presque sûr que je viens de geler ma queue. Elle est probablement sur le sol. Peut-être qu'on pourra la recoudre.

— Seigneur que je t'aime.

Riant, Conn commença à frictionner la peau de Forest et la sensation de picotement se transforma rapidement en une chaleur vive.

— C'est l'hiver. L'eau provient d'un puits. Souterrain. Ne l'utilise pas sans eau chaude si tu veux te doucher, d'accord ? Va chercher des vêtements et sors prendre du thé.

Le salon était encore bien au chaud quand il y entra finalement, enveloppé dans l'un des vieux pulls SFPD molletonnés de Conn et un pantalon de jogging. Des chaussettes épaisses en laine recouvraient ses pieds, mais Forest n'était toujours pas sûr de sentir ses orteils. Il se traîna vers le canapé, se laissant tomber à côté de Connor, soupirant quand son mari lui tendit une tasse fumante de ce qui sentait le thé noir revigorant avec beaucoup de sucre.

La première gorgée était aussi céleste que le début de sa douche. Le baiser qu'il reçut immédiatement après scella pour lui l'idée du chant du paradis accompagné d'un chœur angélique. Remontant ses jambes, il baissa la tête quand Connor passa son bras derrière, puis se blottit contre son flanc. Une autre gorgée de thé et le monde se stabilisa lentement, le laissant satisfait.

Un peu de froid roula sur la grande vitre surplombant la mer agitée au-delà et le peu de lumière qui restait de la journée s'enfuyait rapidement, englouti par la tempête et le crépuscule rampant. Les draperies épaisses de chaque côté de la fenêtre prendraient probablement soin du léger froid, mais Forest ne se souciait pas du pincement qui l'atteignait de temps en temps. La tempête était trop belle pour être masquée, en plus Connor adorait regarder la pluie.

D'ailleurs, fermer les rideaux signifierait qu'il devrait se relever ; or s'éloigner de la chaleur de son mari était la dernière chose que Forest désirait.

C'était déjà assez difficile de devoir se pencher en avant pour récupérer le salumi, le pain et les fromages que Connor avait apportés de la cuisine pour qu'ils grignotent. Et tandis que son estomac grognait un peu, il lui intima de patienter. Il avait déjà eu faim, au point de souffrir et de désespérer ; cela pourrait attendre encore un peu pendant qu'il nourrissait son âme.

La foudre crépita dans le ciel pendant quelques minutes ; puis Connor s'éclaircit la gorge, annonçant le début d'une cajolerie. Il y avait toujours des signes indiquant que l'Irlandais musclé voulait quelque chose, principalement des expressions sur son visage alors qu'il réfléchissait à ce qu'il allait dire. Si l'équipe du SWAT de Conn pouvait le voir faire de la gymnastique mentalement avant de trouver un bon moyen de faire passer son message, ils auraient ri, sans reconnaître le flic dur et bourru qui les menait tous les jours à travers les portes de l'enfer.

Mais Forest connaissait intimement cet homme, sa tendresse cachée sous l'acier et le badge. Prenant pitié de son mari, il dit finalement :

— Crache le morceau, Conn. C'est comme arracher un pansement.

Connor fronça les sourcils, visiblement toujours mal à l'aise avec ce qu'il avait inventé, mais pris entre le marteau et l'enclume. Se raclant à nouveau la gorge, il marmonna :

— Je pense que nous devrions considérer ce que maman a dit. Qu'est-ce qu'un de plus alors qu'il y en a tant dans le besoin ?

— Parce que nos vies sont devenues beaucoup plus compliquées maintenant que Brigid travaille dans cet abri, souligna Forest. Nous ne pouvons pas accueillir tous ceux qui attirent son cœur, Conn. Nous sommes les seuls à qui elle fait ça…

— Mon amour, peux-tu envisager Miki et Kane avec un petit ? l'interrompit Conn. Ils peuvent à peine garder le chien en vie.

— Je pense que tu le prends à l'envers. Mec a gardé Miki en vie, le taquina-t-il. Je suis à peu près sûr qu'il oublierait de manger s'il ne devait pas nourrir le chien tous les jours. Kane est tout aussi mauvais.

— C'est juste un de plus. Ce n'est pas comme si nous n'avons pas toute la famille sur qui nous appuyer quand les choses deviennent trop difficiles. Même Mick est venu pour aider avec les biberons et ce n'est pas un jour que je pensais voir venir à l'horizon, argumenta doucement Connor. C'est juste un de plus, après ça, ce sera fini.

Forest pouvait se sentir céder, les fissures se formant dans le mur solide qu'il avait dressé. Soupirant, il jura, utilisant un peu des blasphèmes cantonais que Miki lui avait appris pendant qu'ils étaient en tournée, puis il hocha la tête, se rendant.

— Bien. Fais chier. Qu'est-ce qu'un de plus ? Mais après, c'est fini. Juste un. Elle n'aura pas d'autre chance avec nous après ça. Elle a huit enfants. Il est temps que les sept autres adultes prennent leur tour.

— Ah, je savais que tu dirais oui.

Le sourire de Connor était aussi aveuglant que la foudre traversant le ciel.

— J'ai dit à maman que tu le ferais. Elle m'a parié que tu me ferais attendre notre retour à la maison avant d'accepter.

— Ouais, elle ne connaît pas le pouvoir d'une tasse de thé. Mais je suis sérieux, c'est le dernier chaton.

Forest bascula la tête en arrière quand Connor se pencha, sa bouche réchauffée par le baiser chaud de son mari. Tenté de poser sa tasse, Forest savait qu'il allait devoir mettre de la nourriture dans son ventre avant de retirer les vêtements de son mari et de lui faire l'amour pendant que la tempête irlandaise faisait rage à l'extérieur. Laissant le baiser s'estomper à contrecœur, il prit une autre gorgée de sa boisson refroidissant et soupira :

— Et rappelle-toi, nous allons probablement avoir un enfant en route d'ici peu. La dernière chose que je veux faire est d'élever plus de chatons pendant que nous essayons de déterminer à quelle extrémité de l'enfant se trouve la couche.

UNE JOURNÉE À LA FOIRE

LA VIE de Kane Morgan avait basculé dès le moment où un musicien hargneux et aux yeux étincelants avait ouvert la porte d'entrée à son coup furieux, puis avait craché une profonde boucle chaude de colère veloutée face aux accusations qu'il lui avait lancées. Non, le chien n'était pas le sien, avait grogné l'homme diablement trop mignon, c'était un chien qui avait emménagé et qui n'était jamais reparti, alors Kane pouvait aller se faire foutre tout seul.

Le chien, bien sûr, se tenait assis derrière l'homme, une longue langue rose sortant de sa bouche ouverte, un museau beige bronzé tordu en un sourire de terrier. Kane aurait pu jurer que le maudit chien lui faisait un clin d'œil juste au moment où la lourde porte d'entrée s'était refermée en claquant, le bois dur heurtant presque le bout du nez de Kane.

Il avait été excité par l'homme à l'âme meurtrie et abîmée qui s'était tenu sur le pas de la porte, une main agrippant le cadre tandis que l'autre se frottait distraitement un genou. Kane avait découvert plus tard que celui-ci était aussi merdique que l'enfance de Miki. À l'époque, Kane se souvenait avoir pensé que l'homme savait exactement à quoi il ressemblait, un beau brin de masculinité agrémenté d'une touche d'élégance gracieuse et épicé d'une main lourde de la rue. Il ne savait rien de la rock star ou du musicien ou même du frère d'un homme prétendument mort. Tout ce qu'il avait vu était un gars qui donnerait aussi bien que lui et laisserait probablement Kane sur sa faim.

Non, Kane avait *su* qu'il resterait sur sa faim. C'était stupide de sa part de penser le contraire. Il s'était éloigné de la rencontre, plus énervé qu'il ne l'avait été quand il avait suivi ce maudit chien de son atelier à l'entrepôt d'à côté, son sexe raide contre le frottement de son jean et sa bouche desséchée par le besoin de goûter le grognement de l'homme qu'il avait laissé derrière lui.

L'homme aux longues jambes avec des doigts calleux et des yeux noisette lumineux avait assombri les pensées de Kane au cours des jours suivants, son esprit dérivant vers les éclats de peau des déchirures sur les cuisses et les genoux de son vieux jean ou même la succulente pulpe de sa bouche pleine, juste avant de s'en prendre à lui avec une série d'injures assez puissantes pour peler la chair du dos de Kane. La fois suivante où il avait eu une raison de revenir pour affronter le propriétaire du chien – parce que le cabot appartenait *définitivement* au musicien à la langue acérée – la vie de Kane avait basculé. Il était tombé amoureux de Miki St John de la pire et de la meilleure façon possible.

Il était tombé amoureux, puis avait donné son cœur et son âme à Miki.

Kane n'avait pas regretté une seule seconde le moment où il avait placé sa bague sur le doigt de son amant et avait prononcé des mots devant Dieu, leur famille et leurs amis pour déclarer qu'il passerait le reste de sa vie à espérer être à la hauteur du cadeau de l'amour de Miki.

Bien sûr, le sexe était également plutôt génial, donc ce n'était pas comme si la vie avec Miki St John serait une épreuve… tant qu'il ne mangeait rien cuisiné par son mari.

Ou le laisserait conduire.

La GTO de 1968 dans laquelle ils se trouvaient était un cadeau de Damie à Miki longtemps auparavant, une voiture de rêve alléchante, le guitariste espérait alors qu'elle pousserait son frère de cœur à apprendre à conduire.

Cela n'avait pas été le cas.

Elle avait cependant fourni une toile à un tueur dérangé pour peindre l'intérieur et l'extérieur de la voiture avec des parties du corps et du sang de l'agresseur d'enfance de Miki et cimenté la première pierre du chemin entre eux deux qu'ils poursuivaient depuis. À bien des égards, la voiture et le chien étaient leurs débuts ainsi que des symboles du passé de Miki, trempés de sang, de perte et de douleur. Kane se demandait comment diable sa rock star de mari avait pu se réveiller sain d'esprit chaque jour. Pourtant, Miki l'avait fait. Sain, cynique et féroce, prêt à affronter le jour et tout ce que le reste du monde lui avait balancé, car même accablé par la mort et le chagrin, il avait continué à avancer. Essayant de rester ancré et de protéger l'héritage que lui avait transmis la disparition de son groupe.

Lorsque Damie avait refait surface, vivant et globalement entier, Kane s'était inquiété de la limite de sa relation avec Miki, mais à la manière de Sinjun, celui-ci s'était avéré résilient et adaptable, s'attendant à ce que Damie et Kane gèrent tous leurs conflits à leur rythme et ne l'impliquent pas. Cela avait été assez facile, tout bien considéré, parce que partager Miki n'était pas quelque chose que l'un ou l'autre attendait, mais ils avaient

172

tous les deux découvert beaucoup de points communs entre eux… à savoir l'homme les liant ensemble.

— Épouses-en un et tu obtiens le second gratuitement, l'avait averti son cousin Sionn.

En tant que partenaire de Damie, il savait personnellement à quel point les frères étaient liés, offrant souvent à Kane son point de vue, mais également son oreille lorsque Kane avait besoin de parler de quelque chose. Bien sûr, Sionn avait également poursuivi en disant :

— Mais rappelle-toi, gruges-en un et tu devras toujours regarder par-dessus ton épaule, car tu sais qu'il n'y a aucun endroit où tu pourras te cacher. Damie viendra te chercher si jamais tu blesses Miki, et je suis assez intelligent pour savoir que des deux, c'est de Miki qu'il faut s'inquiéter. Damie te fera ressentir de la douleur jusqu'aux os, mais ton Miki ? Il me fera regretter de ne pas être mort dès qu'il aura mis la main sur moi.

Pourtant, Kane n'aurait voulu avoir personne d'autre assis à ses côtés lorsque la GTO noire vintage rugissait le long de la côte, dévorant les kilomètres dans un ronronnement grondant qui n'était pas sans rappeler son propriétaire. Ce dernier était étalé, totalement détendu sur le siège passager. Ils avaient quitté San Francisco avant que le soleil n'embrase le ciel, enroulant des morceaux de brouillard dans leur sillage, les phares de la voiture traversant l'air laiteux alors qu'elle traçait son chemin hors de la ville. Ils s'étaient arrêtés pour un café et un repas. Ou du moins, Kane avait acheté de la nourriture. Miki, en vrai mode Sinjun, avait attrapé une douzaine de galettes de pommes de terre rissolées croustillantes et les avait grignotées pendant que Kane conduisait, trempant les morceaux dans un étrange ketchup, des piments verts hachés, de la sauce piquante et de la mayonnaise qu'il avait préparés dans un petit gobelet de boisson à la supérette où ils s'étaient arrêtés.

— C'est incroyable que tu aies encore une paroi stomacale, marmonna Kane, secouant la tête à la quantité de sauce dont Miki enrobait chaque morceau. Je peux sentir à quel point c'est épicé d'ici.

— C'est la poudre d'ail.

Miki mâcha soigneusement, puis sourit tout en offrant un morceau à Kane.

— Tu en veux ?

— Non, je conduis, et cette merde va me provoquer une crise cardiaque.

Il jeta un rapide coup d'œil à son mari, mémorisant le sourire facile sur son visage. Le lever du soleil dorait l'étendue des montagnes derrière Kane, mais la lumière dorée dansait et jouait sur les traits fins de Miki, un beau mélange de thaï et d'irlandais qu'il avait obtenu du mélange de ses parents.

— En fait, ce que tu manges ou simplement te regarder va provoquer mon arrêt cardiaque, alors je vais garder mes yeux sur la route et ma bouche propre des déchets toxiques que tu as mélangés là-dedans. Assure-toi simplement de ne pas te brûler la langue avec cette merde. Sans ça, il sera difficile de t'embrasser.

— Pff, cracha Miki en retour. Je serais plus inquiet de ne plus pouvoir chanter. J'ai plus besoin d'une langue pour ça que pour embrasser. Ce serait plutôt cool d'avoir un tentacule de poulpe prothétique en guise de langue, non ? Mais seulement si les ventouses fonctionnent. On pourrait récupérer toute la poussière des Cheetos au fond du sac sans en mettre partout.

Kane risqua un autre coup d'œil à Miki, vérifiant si son mari se moquait de lui. Non, décida-t-il, il était mortellement sérieux, perdu dans l'idée d'une langue tentaculaire. Secouant la tête, il dit :

— *A ghra*, ton esprit t'emmène dans des endroits étranges.

— Hé, tu ne dirais pas ça si j'avais une langue qui pouvait s'enrouler autour des choses, déclara-t-il en reniflant. Eh bien, plus qu'actuellement. Une langue de caméléon ne serait pas trop mal non plus. On pourrait récupérer des trucs des bols de ramen des autres, comme un œuf de shoyu ou peut-être un gâteau de poisson.

— Et dire que je pensais qu'un long trajet en voiture serait relaxant et romantique, mais d'une manière ou d'une autre, c'est devenu une question de tentacules et de langues collantes.

Du coin de l'œil, il aperçut le petit sourire narquois sur la bouche de Miki.

— Tu aimes les promenades en voiture. Bon sang, tu as accepté de venir pour celle-ci, rappela-t-il.

— C'est parce que *tu* aimes les longs trajets en voiture, et j'irai où tu veux de la manière dont ça te plaît, souligna Miki. Tu oublies toujours que j'ai passé une *grande partie* de ma vie sur la route. Tu vois le Zen et le bavardage. Je vois la recherche d'un endroit pour pisser sans serpents à sonnette et peut-être un endroit où nous pouvons nous arrêter pour manger quelque chose qui ne nous tuera pas. La conduite est un voyage pour toi.

Pour moi, c'est une destination. La vie ne peut pas continuer tant que tu ne t'es pas arrêté pour gagner de l'argent ou faire saigner tes doigts.

— Ce n'est pas une bonne chose, alors ? Les tournées ? insista Kane, poussant Miki.

Son mari parlait rarement de son temps sur la route, seulement des bribes de mauvaise nourriture ou des vérifications sonores foireuses. Il y avait beaucoup de choses à propos de Sinner's Gin dont Kane n'avait jamais entendu parler, et même s'il était présent lors de la formation de Crossroads, il était un observateur extérieur regardant à l'intérieur.

— Pourquoi as-tu pris la route pour la tournée Absinthe ? Je sais que Damie était enthousiaste, mais…

— Ouais, cette tournée est totalement partie en vrille, pas vrai ? commenta Miki, reniflant à nouveau. Plus merdique que d'habitude, mais franchement, c'était à peu près pareil. Des petites chambres d'hôtel, de la malbouffe, des connards qui te font chier parce que tu ressembles à une fille, alors que tu veux acheter un hamburger et arrêter de bouger pendant un moment. C'est à ça que ressemble une tournée. Mais Damie avait raison. Nous avions *besoin* de cette merde. On ne peut pas vraiment jouer de la musique avec quelqu'un à moins qu'il ne soit intégré dans ta vie, sous ta peau. Je veux dire, certaines personnes le peuvent. Peut-être. Je l'ignore. D et moi sommes étroitement liés. Rien ne peut nous séparer, mais si Rafe et Forest voulaient s'engager avec nous, ils devaient le faire à fond. Cela signifiait être sur la route, faire les installations, puis démonter tout le matériel et rester coincé dans une camionnette avec quelqu'un durant des kilomètres et des kilomètres jusqu'à ce que tu aies envie de le tuer pour avoir respiré.

— Rappelle-moi encore une fois pourquoi c'est quelque chose que tu voulais faire ? le taquina Kane. Parce que je connais Rafe depuis que nous sommes petits et que je voulais déjà le tuer, juste parce qu'il respirait sans avoir besoin de passer douze heures avec lui dans une camionnette.

La route se déroulait devant eux, une étendue d'océan sur leur droite captant la lumière du soleil, des morceaux d'argent dégringolant sur la crête des vagues. Un peu de sel s'attardait dans l'air, fantôme à travers les fenêtres ouvertes de la GTO, le vent attrapant les cheveux noirs de Miki et les repoussant hors de son visage. Ses yeux n'étaient pas focalisés, flous sous de longs cils noirs. Kane connaissait bien cette expression. Son mari passait tout au crible, sélectionnait des souvenirs et les encadrait en mots aux bords adoucis, rien d'acéré susceptible de trancher dans le cœur de Kane.

La diplomatie n'était pas un truc pour lequel Miki était doué. Sa langue semblait incapable de s'enrouler autour d'un mensonge sans conséquence, pas même pour sauver sa vie, mais les vérités qu'il disait étaient souvent percutantes, de petites explosions d'obus et de plaies douloureuses qui s'étaient aggravées avec des années de négligence. Le monde de Miki était un peu de bonheur éphémère au milieu de rasoirs rouillés et d'éclats de verre, et peu importe combien Kane désirait émousser les fragments ensanglantés que son mari traversait chaque jour, il savait qu'il ne pourrait jamais tous les retrouver.

Et il était douloureux de savoir que Miki s'était battu pour lui cacher ces arêtes, rassemblant prudemment ses mots pour en émousser les tranchants.

— Être sur la route t'oblige à faire des compromis. Genre, tu ne peux pas simplement exploser et partir.

Miki pencha la tête, contemplant les canyons ou l'horizon, Kane ne pouvait déterminer lequel des deux.

— Eh bien, tu peux, mais tu te retrouverais hors du groupe dès que ton pied toucherait le trottoir. Tu dois travailler sur les aspects merdiques. Comme se souvenir de dire quelque chose de gentil au lieu d'être un connard lors d'une vérification du son ou de ne pas crier sur le gars de la réception, parce que tu n'as pas d'eau chaude. Il ne sait pas que tu n'as pas eu d'eau chaude dans les cinq derniers endroits où tu as dormi, et il n'en a rien à foutre non plus. Tu dois garder la tête baissée et te concentrer. Parce que tu es sur la route pour le groupe. Tu ne dois pas donner un coup de pied dans la batterie de quelqu'un ou te moquer de la première partie. Tu es là pour monter sur scène et faire ton boulot. Ensuite, tu remballes tout et tu recommences ailleurs. C'est incroyablement difficile et merdique. Tu perds de l'argent avec certains concerts, parce que le club t'arnaque ou que quelqu'un vole une partie de ton équipement, donc tu sautes à la gorge de l'autre, parce qu'il n'y a personne d'autre à blâmer. Puis, on se dit : « Nous devons juste nous rendre au prochain concert. On aura un plus grand public. On peut arrêter de payer pour de la bouffe avec des pièces de vingt-cinq cents et tout ce que nous trouvons dans les tasses de monnaie à côté de la caisse lorsque le gars du comptoir ne regarde pas ».

Le sourire de Miki s'agrandit, plus mélancolique qu'heureux, mais il y avait quelque chose de délectable dans la façon dont celui-ci atteignait ses yeux, retirant les ombres de leurs profondeurs.

— Ensuite, tu *fais* le concert suivant et la merde disparaît. Tout le monde joue ses notes et la foule t'adore, alors tu as l'impression de boire des éclairs et de t'enivrer du tonnerre qu'ils te lancent. C'est à ce moment-là que tout ça en vaut la peine. Quand quelqu'un dans la foule me chante mes paroles ou hurle en entendant un roulement de tambour, une reprise de basse ou les sons du bourdonnement qu'ils émettent pendant un solo de guitare. Tout est là. Voilà pourquoi on est sur la route. Parce que toi et les gars pouvez toucher quelque chose chez quelqu'un d'autre, pouvez le faire chanter, pouvez le faire se trémousser. Cela vaut chaque siège de toilette froid et chaque pet puant dans la fourgonnette durant le voyage.

— Ça me donne presque envie de faire un road trip, songea Kane à voix haute. Presque. J'ai des frères. Je peux imaginer l'odeur dans cette camionnette.

— Habituellement, elles sentent mauvais. Quelqu'un vomit toujours des burritos aux haricots ou lâche des bombes à gaz atomique qui imprègnent les tapis, assura Miki. Si on peut survivre à une tournée sans s'étriper et garder la tête droite, ça le fait. On ne remplira peut-être pas les arènes, mais on sera solide. C'est Damie qui désirait être une rock star. Moi? Je suis juste là pour la balade. Je me fiche que nous jouions dans une vieille salle des fêtes tant qu'ils connaissent notre musique. Pour moi, c'est ce qui se rapproche le plus d'aller à l'église, et tout ce que j'ai à faire pour trouver Dieu, c'est de prêcher et de chanter.

C'était bien de faire parler Miki, en particulier de musique. Il y avait beaucoup de mécanismes dans ce qu'il faisait que Kane ne comprenait tout simplement pas. Tous les gènes musicaux qu'il aurait pu hériter de son sang irlandais avaient disparu. Il pouvait travailler à partir de n'importe quel morceau de bois, trouver des formes et des dessins dans les nœuds et les grains avec des lames et des ciseaux, mais assembler quoi que ce soit de lyrique était au-dessus de ses moyens. Il avait été étonné de découvrir que son frère Quinn comprenait la dynamique de la batterie après être entré dans le studio de l'entrepôt pour trouver le groupe et Quinn décomposant un modèle de rythmes avec des marqueurs sur un tableau blanc. Avec un peu de sel, des herbes et quelques bougies bien placées, Kane aurait pensé qu'ils invoquaient des démons ou des anges, en se basant sur ce qu'il avait trouvé griffonné sur la surface effaçable. Que son Miki en sépare une section, la tapotant sur la planche dans un rythme assez compliqué pour faire mal à la tête de Kane, mais faisant apparemment la joie des autres avait été encore plus étonnant.

Il pouvait gratter une guitare et sortir quelques accords, mais Kane était incapable d'aller au-delà. Ce que Miki et les autres tiraient du tissu très fin de l'univers était purement magique, et plus il en apprenait sur la musique, plus il avait de respect pour les quatre hommes qui s'étaient réunis sous le nom de Crossroads Gin.

— Tu dois savoir à quoi ça ressemble de vivre sous les aisselles de tout le monde, déclara Miki, brisant les pensées errantes de Kane. Je veux dire, merde. Tu as grandi avec un million de personnes partageant la même salle de bain.

— Quatre salles de bain, sans compter l'espace réservé aux invités derrière le garage, corrigea Kane. J'avais trois ans, mais maman a dit à Da que s'il ne transformait pas la véranda du rez-de-chaussée en une suite principale avec sa propre salle de bain, elle allait tous nous tuer un par un jusqu'à ce qu'elle n'ait pas à s'inquiéter de se retenir, parce qu'elle n'avait nulle part où faire pipi. Apparemment, cela devient un problème après avoir eu des enfants ou quand on est enceinte. Quoi qu'il en soit, Da l'a construit et la vie a été beaucoup plus facile. Et je n'ai pas commencé par avoir à partager. Je suis le deuxième, mon amour, rappela-t-il à Miki. Il y a peu d'écart entre moi, Conn et Quinn ; puis les trois suivants sont arrivés. À ce moment-là, Da avait terminé le grenier et Conn avait déménagé là-haut. Nous avons tous navigué d'un endroit à l'autre, et quand la grand-mère de Sionn a été moins en forme, la maison des invités a été construite et il y a emménagé, alors nous avons mélangé à nouveau le jeu. Ce n'était pas si mal. Je pense que parfois Da oublie qui lui appartient et qui n'est pas de lui. Pareil pour Brigid. Ils sont habitués aux vagabonds qui s'y promènent.

— Comme Rafe.

— Exactement comme Rafe.

Hochant la tête pour confirmer, Kane poursuivit :

— C'était bien pour lui d'être avec nous. Sa mère… eh bien, tu l'as vue. Elle n'est pas bonne pour l'âme, comme dit Da. Il est bien avec nous, avec vous tous. C'est agréable de le voir se remettre sur pieds. Quinn est bon pour lui, et il est bon pour magpie. Ils sont à l'aise ensemble. C'est quelque chose de difficile à faire pour Quinn. Il n'est pas toujours à l'aise avec les choses simples.

— On aurait eu l'utilité d'un road manager comme Brigid quand nous étions sur la route, se moqua Miki. Nous aurions été nourris et si quelqu'un avait essayé de nous arnaquer, nous l'aurions laissée se jeter sur eux. Un petit rottweiler irlandais à talons rouges, c'est ce dont nous avions besoin. OK, maintenant, je comptai juste te laisser rouler comme ça, mais mec, je suis dans cette voiture depuis, genre, quatre heures, et nous roulons toujours. Où allons-nous, bordel ?

— Pomona, répondit-il.

Il se cala sur le mouvement d'une voiture vers la voie de droite, laissant le côté gauche libre pour un groupe de motos hurlant derrière eux.

— Pomona ? répéta Miki en fronçant les sourcils. D'accord, je mords. C'est quoi ce putain de Pomona ?

— La foire du comté de Los Angeles.

Kane remercia d'un geste de la main le pouce en l'air d'un motard.

— Ils aiment ta voiture, remarqua-t-il.

— Je me fous de la voiture.

Son musicien longiligne se redressa, les épaules appuyées contre la portière, son genou incliné sur le siège.

— Tu m'embarques sur des centaines de kilomètres pour aller à une foire d'État ?

— Es-tu déjà allé à l'une d'elles ?

Il y réfléchit, repensant à ce qu'il avait entendu au sujet des expériences de Miki sur la route et de toutes les choses dans lesquelles Damie l'avait entraîné pour qu'il puisse avoir un peu plus de normalité dans sa vie.

— Vous n'y avez jamais joué, n'est-ce pas ? Je veux dire, je sais que certains groupes le font.

— Pas vraiment *été*, été.

Miki haussa les épaules, frottant l'une des cicatrices visibles à travers une déchirure dans son jean noir directement sur son genou.

— Des trucs comme ça coûtent de l'argent. Nous avons fait des trucs de roadie pour quelques gars avant. Je ne me souviens pas de grand-chose, mais il y avait beaucoup de bruit et ça puait le cochon. Je crois que nous étions au Minnesota. Ou peut-être dans l'Idaho. C'était un truc de dernière minute que nous avions organisé entre les concerts que nous avions planifiés. Damie était aux commandes. Je suis juste allé là où il nous a emmenés et j'ai donné un coup de main. Nous avons été payés, nous avons eu de la nourriture, puis nous sommes retournés sur la route avec un ensemble de pneus neufs et des hot-dogs qui rotent.

— Nous sommes allés à ce carnaval, tu te souviens ? questionna Kane en lui lançant un rapide sourire. La grande roue ? Je t'ai gagné un poulet en peluche.

179

— Mec l'a déchiré presque aussitôt que nous sommes rentrés à la maison.

— Maman l'a réparé. OK, maintenant, c'est FrankenPoulet, cela n'empêche pas que je l'ai gagné, dit-il avec une grimace. Il n'était pas vraiment joli, avant même que le chien ne l'attrape.

— Il a l'air cool à présent, concéda Miki. J'aime bien la fourrure arc-en-ciel qu'elle a utilisée pour rapiécer les endroits manquants. Je l'aime mieux maintenant. Qui ne voudrait pas d'un poulet bancal noir et arc-en-ciel avec un cache-œil en cuir et une seule patte ? Gagne-m'en un autre et je t'épouserai.

— Ouais, tu m'as déjà épousé, lui rappela Kane avec un éclat de rire.

— Exact. Alors tu ferais mieux de te débrouiller pour m'avoir un deuxième FrankenPoulet, avertit Miki, se replaçant contre le siège pour regarder l'océan. Ou je vais réclamer le reste de la dot, et où diable vas-tu trouver quinze chèvres nubiennes et un alpaga pygmée ?

— OH REGARDE, une vache, commenta Miki.

Il observait la bête acajou et blanc léchant des morceaux de nourriture de la main tendue de Kane.

— Et qu'y a-t-il à côté ? continua-t-il. Merde ! Une autre vache ! Tout comme les cinq dernières vaches. Je parie qu'il y aura aussi une… *vache* dans la prochaine stalle.

— Toi, mon amour, tu n'as aucun sens de l'émerveillement et de l'admiration.

Kane gratta un endroit près de l'oreille de la vache. Elle émit un grondement grave, fermant les yeux.

— C'est une vache formidable. Solide. Elle sent la terre. C'est agréable. Dans l'ensemble, c'est une bonne vache. Il est dit ici que son nom est Daisy.

— Ouais, répondit Miki en plissant les lèvres. Kane, c'est un hamburger non transformé. Elle a peut-être l'air mignonne, mais je parie qu'elle pourrait t'envoyer valser si elle le voulait.

— Allez. Regarde-la.

La fête de l'amour continuait ; Kane se pencha légèrement pour gratter l'autre oreille du bovin en persistant :

— Elle est adorable.

— Je suis adorable. *Ça,* c'est le dîner. Je dois rester ferme sur les limites.

Il jeta un coup d'œil sur la longue étendue de la salle, observant les gens et les animaux autour d'eux.

— Ne jamais tomber amoureux de ta nourriture. Ne jamais lui donner un nom. Ne jamais la caresser. Je me connais. J'aime trop le bacon et les côtes pour ça. Si je commence à mettre un visage sur ma nourriture, ce sera fini, plus de carne asada frits pour moi. Je suppose que si elles étaient comme des vaches à la crème glacée, ce serait bien. Et ce n'est pas comme si je ne savais pas que les vaches sont des hamburgers. Merde. C'est un train de pensée étrange dans lequel je m'engage. Je tombe amoureux des vaches et tout ça part en fumée. Et *j'adore* le carne asada.

Kane détourna les yeux de la vache qu'il grattait.

— Vraiment? Tu abandonnerais le carne asada? Le chow au bœuf sec?

— D'accord, peut-être pas, admit Miki en haussant les épaules en s'interrogeant sur son appétit. Ouais, probablement pas. Je veux dire, ils sont mignons comme tout, mais ce sont des vaches, mec. Et après? Les poulets?

— Je pensais à un alpaga.

Kane se redressa prudemment, inclinant ses épaules pour éviter de cogner une adolescente à la tête quand il lâcha l'oreille de la vache et s'éloigna de la clôture temporaire servant à séparer les animaux de la foule.

— Et puis, je crois que je dois te nourrir, parce que ton estomac doit commencer à grignoter ta colonne vertébrale à présent.

— Merde, depuis longtemps, déclara Miki, reniflant en fourrant ses mains dans les poches de son jean. On ne mange pas d'alpagas, pas vrai?

— Je suis sûr que certains le font, répondit Kane, un sourire narquois aux lèvres. Mais ils sont probablement utilisés pour la laine.

— De la laine que je peux manipuler.

Il donna un petit coup d'épaule à son mari, le faisant à peine bouger.

— Allons nous intéresser à notre alpaga, et oui, mieux vaut me nourrir avant que je commence à te bouffer.

— Et en quoi est-ce un problème pour *moi*? marmonna Kane dans l'oreille de Miki juste avant de s'éloigner.

— Connard. Maintenant, je vais y penser toute la journée, chuchota-t-il dans le dos de Kane.

Cependant, il emboîta rapidement le pas de son amant pour s'adapter à sa foulée tranquille.

La foire était... bizarre. Pas dans le genre horrible d'un film d'épouvante avec un palais des glaces, ce à quoi Miki pensait toujours quand l'idée d'une foire lui traversait l'esprit. Non, le rassemblement de groupes de personnes étranges autour de choses encore plus étranges que personne ne pouvait réellement acheter était un peu bizarre. C'était comme s'il était tombé par hasard dans une sorte de musée du marché fermier, où les gens s'émerveillaient et regardaient d'énormes têtes ennuyeuses et des vaches aux longs cils, mais personne ne repartait avec l'avocat de six kilos en pensant avoir obtenu un bon prix sur ce qui deviendrait un énorme bol de guacamole.

Les doigts de Kane effleurèrent le dos de la main de Miki alors qu'ils marchaient vers l'extrémité du long bâtiment. Le contact décontracté le surprenait encore, lui picotant la peau avec la conscience de l'homme dont il était tombé amoureux. Chaque fois qu'ils se touchaient, Miki combattait l'envie de jeter un œil autour de lui, de défier le regard de quelqu'un au cas où on aurait un problème avec eux. Il détestait cette réaction, s'en voulait de ne pas pouvoir simplement accepter les doigts de Kane sur son poignet, sa main ou même sur son épaule sans se demander si cela attirerait des problèmes.

— Qu'est-ce que tu marmonnes, Mick ?

Kane s'arrêta devant un enclos de moutons blancs duveteux aux têtes noires idéalistes, leurs doux yeux lumineux, mais vifs, probablement à l'affût de poignées de pop-corn volées et de chips en dépit du panneau avertissant les gens de ne pas nourrir le bétail.

— Et c'étaient des vaches laitières là-bas, au cas où tu te poserais la question. Personne ne leur fera quoi que ce soit à part peut-être baratter un peu de beurre ou de glace au chocolat. Ne me dis pas que tu as quelque chose contre les moutons maintenant.

— Les moutons sont mignons. Ils sont super, dit-il lentement, regardant les animaux gonflés et bosselés qui couraient dans l'enclos. Ils n'ont pas l'air réels. Je veux dire, Mec a un jouet qui ressemble à l'une de ces choses.

— Oh, ils sont réels, assura Kane, glissant un bras massif autour des épaules de Miki, l'attirant plus près. Incroyablement mignons, mais ils sentent comme...

— Le cul d'un hot-dog pourri, termina Miki, endurant le baiser humide sur sa tempe avec une grimace. K, les gens vont…

— Je crois que je me suis surpassé, dit-il, gardant Miki contre lui pendant un long moment avant de le laisser s'écarter. Allez. Je t'ai promis un alpaga. Ils sont tout au bout.

— Ce n'est pas moi qui me suis arrêté pour les moutons, lui rappela Miki, se remettant en marche. Tu te souviens de Mec et de la merde de mouton qu'il a trouvée quand nous avons fait ce road trip dans le nord ? Je fais des cauchemars à ce sujet, K. Des *cauchemars*.

L'anneau à son doigt était un poids étrange auquel il ne s'était pas encore habitué. Même après des mois à porter le simple anneau d'or, Miki se retrouvait à en chercher le bord avec son pouce, passant son ongle sur sa crête et le tournant. Ils avaient débattu de les porter, décidant finalement que quelque chose de simple serait suffisant et facile à enlever si Miki ne pouvait pas jouer avec. Jusqu'à présent, il n'avait eu aucun problème, à part celui de se sentir nu en le retirant. Kane avait surpris Miki en train de demander à Mec s'il se sentait aussi mal à l'aise quand Miki lui enlevait son collier pour son bain, et ils avaient fini par se disputer après que Kane lui avait demandé froidement si la bague sur son doigt lui donnait l'impression de lui appartenir d'une manière quelconque.

Ils s'étaient réconciliés quand Kane avait finalement compris dans son crâne épais que Miki pensait qu'il avait l'impression de porter un morceau de sa maison sur lui et se demandait si Mec se sentait abandonné quand son collier lui était retiré.

Le sexe de réconciliation avait été aussi dur et passionné que leur dispute, et les excuses murmurées par Kane plus tard étaient douces et suaves, caressant les plumes ébouriffées de Miki jusqu'à ce que Mec saute sur le lit et qu'ils découvrent que le chien n'avait pas pris son bain et que leur lit sentait à présent les tripes de poisson malades et les choux de Bruxelles régurgités.

Après ça, tout le monde avait pris un bain, y compris les draps, et Miki avait creusé un peu les insécurités de Kane à propos de sa peur que Miki se sente piégé alors qu'ils se tenaient sous l'eau chaude et que les mains savonneuses de son mari frottaient le dos de Kane.

Cela faisait longtemps, et la bague semblait encore neuve, et malgré les craintes de Miki de le perdre, elle semblait rester à sa place sans problème, même si Miki s'en inquiétait.

La foire était quelque chose de nouveau, une portion différente d'un monde qu'il n'avait jamais connu. Bien sûr, il connaissait l'existence des vaches et des poulets, mais passer du temps à proximité de l'un d'eux n'avait jamais eu d'intérêt. Toutefois, les gens autour de lui étaient une autre histoire. Il y avait des fils de stress tissés à travers la foule, de petits éclats d'enfants fatigués et grincheux ayant raté leur sieste et peut-être leur repas, mais en grande majorité, tout le monde semblait heureux de se trouver au milieu de ballots de paille et de glaçons fondants provenant de boissons tombées, se contentant de regarder les bovins.

Quelque chose provoquait une douleur dans sa poitrine, un noyau dur d'os spirituel logé quelque part dans son âme, Miki ne parvenait pas à s'en défaire, alors qu'il se tenait au milieu du bâtiment allongé, incapable de comprendre pourquoi la minuscule pulsation constante était soudainement devenue une souffrance. Ou du moins, il n'en savait rien jusqu'à ce qu'il jette un autre coup d'œil autour de lui et se rende compte qu'il se trouvait au milieu de familles avec des visages légèrement brûlés par le soleil, des taches de rousseur et des joues charnues aussi sucrées que les adorables moutons quelques stalles en arrière.

Ce n'était pas une image parfaite. Pas du tout. Mais il côtoyait les Morgan depuis assez longtemps pour savoir que même les familles les plus unies se chamaillaient et se disputaient. C'étaient les familles maladivement heureuses qui lui donnaient des frissons, leurs sourires mielleux et leurs voix joyeuses cachant plus que probablement des couteaux et de la douleur sous la surface. Il avait appris cette leçon à un très jeune âge. La perfection des vitrines était mise en place pour garder les secrets des regards indiscrets et des nez curieux. Non, il aimait entendre une famille s'asticoter et se disputer, mais avec des intonations douces et légères des blagues intérieures de longue date et, plus important encore, de l'affection pleine d'amour.

— Hé, bébé, se risqua Kane en tirant sur la chemise de Miki. Tu viens ou tu veux juste aller directement chercher à manger ? Tu as l'air un peu à l'ouest, là.

— Je pense juste à des trucs, expliqua-t-il.

Il laissa sa main se glisser dans celle de Kane. La chaleur des doigts de son mari sur les siens était agréable, les callosités rugueuses sur la paume de son mari, provenant de son travail du bois, frottaient comme du velours sur la peau plus lisse de Miki.

— Manger me plairait bien, mais ça peut attendre.

Les alpagas étaient une surprise. Une agréable. Doux et de bonne humeur, ils se dirigèrent vers Miki lorsqu'il s'appuya sur la balustrade du paddock, sa main remplie de quelques touffes d'herbes douces que leur propriétaire lui avait données. L'un d'eux lui mordilla les doigts, cherchant davantage de nourriture, et Miki se mit à rire.

— Mec, fais attention. Si tu en manges un, mes jours de guitare sont finis, prévint-il, laissant la bête se frotter sur la paume ouverte. Damie te tuerait.

— Je suis sûr que Damie devrait faire la queue, le taquina Kane. Et je t'aime, mais je ne compte pas mettre ma main dans la bouche de cette chose pour récupérer ton doigt afin qu'on puisse le recoudre.

— Ouais, c'est ce dont j'ai besoin, grogna Miki avec espièglerie. Un doigt de zombie.

— C'est Pete. Il devient un peu grincheux quand il a faim, mais il adore qu'on lui gratte le cou.

La propriétaire était une grande femme musclée avec un sourire facile aux dents apparentes et une longue tresse blonde qu'une des chèvres dans l'enclos essayait d'attraper quand elle se penchait en avant.

— Allez-y, donnez-lui de bonnes grattouilles et il sera votre meilleur ami pour la vie. Je viens de les brosser un peu pour les débarrasser de toutes les feuilles coincées dans leur fourrure, mais Pete est toujours prêt à recevoir de l'amour.

— Qui ne l'est pas ? répondit Kane avec un large sourire.

Miki enfonça ses mains dans la fourrure de l'animal, grattant ses ongles contre la peau tendre enfouie sous son sous-poil. La texture soyeuse sous la couche supérieure était un peu une surprise, un agréable contraste avec le pincement qu'il avait obtenu des dents étranges de Pete. Un bourdonnement discordant jaillit de l'animal, se transformant rapidement en un kazoo hurlant, et Pete étira la tête, l'inclinant légèrement pour encourager les mains de Miki à bouger.

Il aurait pu rester là éternellement, à arracher les bruits de kazoo de la bête mouchetée qu'il avait attirée avec des touffes d'herbes et des doigts rugueux, mais l'estomac de Miki avait d'autres idées. Grondant bruyamment par-dessus le chant de Pete, le grondement fit sursauter le bébé chèvre dansant à côté des pattes de l'alpaga, l'envoyant bondir dans le groupe de bêtes de somme placides dont Pete s'était détaché.

185

— D'accord, dis au revoir à ton nouveau meilleur ami, bébé, déclara Kane en désignant de la tête l'extrémité ouverte du bâtiment du paddock. Tu as besoin de manger.

— Ce que je dois faire, c'est me laver les mains, marmonna Miki. Pete est gentil et tout, mais ce gars sent le Rafe après avoir mangé quatre burritos aux haricots et fromage avec une sauce verte.

— Seigneur, je suis vraiment désolé de dire que je sais ce que ça sent.

— Ouais, mais t'es-tu retrouvé coincé avec lui dans une camionnette pendant cinq cents kilomètres après qu'il l'a fait ?

Miki pencha la tête, amusé par la grimace dégoûtée de Kane.

— Les emmerdes de rock star ne sont pas pour les faibles, mec. J'ai dû m'acheter du Vicks quand nous nous sommes arrêtés au Love pour pouvoir en frotter mon nez comme dans les séries policières jusqu'à notre arrivée à l'hôtel. J'ai cru que Damie allait scotcher ce connard sur le toit, parce qu'il n'arrêtait pas de rire et de péter.

— C'est la dernière pensée que tu veux avoir dans la tête avant de récupérer de la nourriture ?

La main de Kane chercha à nouveau la sienne, ses doigts s'emmêlant dans ceux de Miki malgré les avertissements concernant l'odeur de Pete.

— Et si on parlait d'autre chose que les contributions gazeuses de Rafe aux voyages en voiture et aux soirées pyjama, parce que j'ai partagé une tente avec ce connard. Je sais *exactement* à quoi ça ressemble. Et débarrasse-toi de cette expression renfrognée. Personne ne nous en voudra de nous tenir la main.

— Bien sûr. Parce que tu as la taille d'une de ces vaches là-bas.

Il ralentit un peu leur marche, sentant un pincement dans son genou se réveiller. La chirurgie avait fait des merveilles, mais la guérison avait ses limites et après une longue marche, Miki commençait à anticiper chaque élancement vif autour de l'articulation.

— C'est difficile, tu sais ? Je veux dire, la vie continue de balancer d'un côté à l'autre. On est bon. On ne l'est pas. Les gens nous acceptent. Certains connards travaillent dur pour être des connards encore plus gros, parce qu'ils pensent que personne ne leur dira d'aller se faire foutre. Je suppose que je veux toujours aller directement me faire foutre au lieu d'attendre.

— Travaille là-dessus, veux-tu ?

Son mari renifla quand Miki lui lança un regard dur.

— Qu'est-ce que tu vas prendre, Mick ? Des hamburgers ? Plein d'Oreos frits ? De beurre frit ? Ou juste le gros corn-dog standard et un elote ?

— Mec, s'ils ont un elote, tu auras de la chance plus tard, grogna Miki.

Le sourcil de Kane s'arqua.

— Et s'ils n'en ont pas ?

— Tu auras probablement de la chance de toute façon, admit-il avec un haussement d'épaules. Parce que chaque fois que tu as de la chance, j'en ai aussi. Mais si je m'endors en plein milieu, réveille-moi. Ce n'est pas comme un film. Je veux voir la fin.

C'ÉTAIT LA plus étrange collection de nourriture, même pour une foire de comté. Pourtant, Kane ne cligna pas des yeux lorsqu'il passa la commande, coutumier des habitudes alimentaires farfelues de Miki. La personne au comptoir resta figée sur place pendant un bref instant, puis répéta tout en mettant l'accent sur chaque élément lentement et soigneusement. Les frites bien cuites étaient assez normales, mais la friture d'une poignée de kimchee à jeter dessus avec une bonne cuillerée d'oignons verts, de sauce piquante et de mayonnaise la déstabilisa probablement un peu. Mais quand Kane demanda une pincée de citron vert sur le hamburger de Miki, elle lui lança finalement un regard sceptique.

— Vraiment ?

La fille devait avoir seize ans tout au plus, mais elle avait l'air blasé d'une serveuse de carrière coincée dans un vieux restaurant installé dans un tourbillon de poussière près de voies ferrées très fréquentées.

— Vous voulez que je leur fasse mettre du citron vert sur le hamburger ? C'est donc du pepper jack, des tomates, du jus de citron vert avec du sel et du poivre sur un double burger saignant, mais sans petit pain.

— Ouais, répondit Kane avec un hochement de tête. Pas de laitue, pas de pain. La mayo, ça va, mais pas de moutarde ni de ketchup. Et surtout pas de cornichon. Ils peuvent être à côté, mais pas sur le dessus. Je vais également prendre une commande de ces choux de Bruxelles marinés épicés et une portion de ranch pour les frites sans le kimchee.

— Vous voulez que ces frites soient brûlées jusqu'à ce qu'elles crient aussi pour Satan ?

Elle retroussa sa lèvre, aussi aigre et piquante que les choux de Bruxelles marinés que Miki aimait.

— Ou est-ce que le croustillant vous suffit ?

— Si vous voulez les déposer tous ensemble dans la friteuse, ce serait super. Moins de travail pour le dos.

Il la surprit à ricaner, puis ajouta :

— Oh, et jetez-y aussi un de ces corn dogs au riz pané.

— Il y a de la moutarde à l'intérieur. Ils sont préfabriqués. Personne ne va décortiquer cette merde pour l'enlever.

Elle se rattrapa, essayant d'adoucir ses mots avec un sourire canin.

— Juste pour que vous le sachiez, parce que si vous n'aimez pas la moutarde…

— La moutarde, c'est bon pour le corn dog, mais pas pour la galette, expliqua Kane. Merci.

Un porte-boissons en carton avec des poignées et quelques sacs en plastique plus tard, Kane se fraya un chemin à travers la foule, en prenant soin de ne bousculer personne alors qu'il retournait à la table ombragée par les arbres où il avait laissé Miki pour la garder. Il ne fut pas surpris de trouver celui-ci assis sur la table, d'autant plus que son mari semblait parfois avoir une aversion pour les chaises et les bancs, cependant, il était surprenant de le trouver entouré d'un petit groupe de personnes, ses bras autour d'une paire d'adolescents rayonnants avec des sourires aux dents de travers et riant de quelque chose que Miki avait dit. Une femme plus âgée ressemblant fortement au garçon blond qui se tenait à côté de son mari était postée devant eux, son téléphone levé pour prendre une photo pendant qu'elle leur indiquait comment se mettre. À quelques mètres de là, un homme plus âgé en polo et short cargo les observait avec un air d'amusement tolérant. Il hocha la tête distraitement alors que Kane s'approchait, fronçant légèrement les sourcils quand il repéra leur nourriture.

Se raclant la gorge, l'homme parla au-dessus des adolescents qui bavardaient.

— Jessica, l'homme va déjeuner. Nous devrions le laisser seul pour que lui et son garde du corps…

— Mari, corrigea Kane, posant les sacs et les boissons sur la table de pique-nique. Et pas de soucis. Ça se conserve.

— Nous avons presque terminé, assura Jessica à Kane avec un regard maternel, suivi d'une évaluation plus intéressée sur ses épaules. Monsieur Sinjun est d'accord pour une dernière photo.

— Juste Sinjun, maman.

Le garçon blond secoua la tête, haussant les épaules à son ami.

— Et oui, nous devrions les laisser manger. Merci d'avoir parlé avec nous. Sérieusement, c'était cool de vous rencontrer.

Kane attendit que tout le monde fasse ses derniers adieux, puis se pencha pour capturer la bouche de Miki dans un baiser intense.

— Prêt pour de la nourriture ? Ou vas-tu signer des autographes tout l'après-midi.

— Va te faire foutre, murmura Miki en retour. Ils étaient sympas à ce sujet. Leur mère est en voyage. Elle pourrait donner à Brigid une course pour son argent. Le père est gentil. Il voulait s'assurer qu'ils ne faisaient pas les cons à propos de quoi que ce soit. Le monde pourrait avoir besoin de plus de gens comme lui. Qu'est-ce qu'il y a à manger ?

— Tout. Mais si tu veux un elote, nous devrons en acheter dans les étals.

Kane commença à déballer la nourriture, la plaçant à côté de l'endroit où Miki était assis.

— J'ai regardé et il est près de l'endroit où nous nous sommes garés, afin que nous puissions en prendre en partant.

— Parce que tu veux avoir de la chance.

Miki ouvrit le sac de frites qu'on lui avait tendu et les renifla.

— Je prévois d'avoir de la chance toute ma vie. C'est la raison pour laquelle je t'ai épousé, rétorqua-t-il. Maintenant, assieds-toi sur le banc pour que nous puissions déjeuner.

— Que dirais-tu de t'asseoir sur la table pour qu'on puisse manger ? répliqua Miki. Nous l'essuierons lorsque nous aurons terminé. Tu as un sérieux problème avec les chaises.

— C'est marrant, je pensais exactement la même chose à propos de toi et des tables.

Il lui tendit le contenant de pousses marinées, ouvrant sa bouche pour en prendre une quand Miki rabattit le couvercle.

— Récompense pour les germes. Paiement pour être allé chercher le repas.

— Tu n'es parti chercher la nourriture que parce que tu avais peur de ce que je risquais de rapporter.

Une pousse solide, dégoulinante, couverte de flocons de piment et d'ail pincé entre les doigts de Miki trouva finalement son chemin du contenant aux lèvres de Kane.

— Le sushi burrito t'a fait peur, pas vrai ?

— Je ne vais pas mentir à ce sujet, reconnut Kane.

Il l'avait indéniablement contemplé un moment avant de sentir les hamburgers grillés du stand suivant.

— Ils ressemblent à de très gros rouleaux de nori maki. Bien qu'ils en aient un avec des jalapenos frits et du riz croustillant qui semblait décent. Le reste était de l'avocat et du fromage à la crème partout, expliqua-t-il.

— *Mec.*

Il y avait beaucoup de jugement dans cet unique mot, mêlé d'arguments passés et d'opinions fermes sur la présence de fromage à la crème dans les sushis. L'avocat était à peine un ajout passable dans le monde de Miki, et seulement parce que les rouleaux californiens étaient assez bon marché et faciles à obtenir quand il traînait avec Damie durant les périodes de vache maigre du groupe. Pour quelqu'un qui mangeait des ramens crus et buvait les sachets de saveur avec de l'eau chaude comme si c'était du thé, Miki avait énormément d'opinions sur certains de ses aliments.

— T'es-tu déjà habitué à ce genre de choses ? demanda Kane.

Il se servit d'une autre pousse marinée. Le hamburger était bon, mais la morsure épicée semblait faire davantage mouche.

— Habitué à quoi ? questionna Miki, baissant les yeux sur ses frites. Au Kimchee ?

— Non. Pardon. Je veux dire aux gens qui viennent vers toi. Les enfants, leurs parents, répondit Kane, faisant un signe vers la foule en général. Damie semble l'adorer. Il en va de même pour Rafe, mais les deux sont du genre ego en baskets. Forest a toujours l'air d'être surpris en train de voler des fleurs dans le jardin d'une vieille dame quand quelqu'un lui demande un autographe, mais j'ai toujours pensé que tu faisais de ton mieux pour surmonter cette épreuve.

Miki mâcha une frite, fixant le hall avec sa rivière de monde, de bruit et de couleurs vives. Forçant sa bouche en cul-de-poule, il fit glisser un peu de kimchee dans la mayonnaise épicée, trempant le chou dans la sauce.

— Je ne pense pas vraiment que ça m'arrive à moi. Je veux dire, c'est moi, mais c'est une partie du travail. Je suppose ? Je veux juste que les gens ne partent pas en pensant que je suis un connard. Parce que j'ai rencontré des gars que j'admirais, mais qui étaient de purs et vrais connards avec moi, alors ça rend tout ça merdique. Difficile de séparer la musique du gars qui t'a craché au visage quand tu es allé le remercier d'avoir écrit cette chanson ou d'avoir essayé de partager ce qu'un texte représentait pour toi.

— Personne ne peut être parfait, souligna Kane. Tu peux avoir des mauvais jours parfois.

— Écoute, tu ne peux pas, le contredit Miki en secouant la tête et en grignotant finalement le kimchee plein de sauce. Je veux dire, tu pourrais, mais ce n'est pas celui que je veux être. Que ma mauvaise humeur ou mon esprit dérangé pèsent sur la vie de quelqu'un d'autre. Ce n'est pas correct. Tu as vendu à quelqu'un une partie de toi-même, alors tu dois au moins lui donner un peu de ton temps également. Il n'en faut pas tant que ça pour ne pas être un con, mais ça en demandera toujours beaucoup avant que quelqu'un oublie que tu en étais un. Je sais que je ne suis pas une personne formidable. Pas même un peu, mais je ne veux pas que quiconque souffre après m'avoir rencontré. Parce que c'est merdique.

— Tu n'étais pas si gentil avec moi quand je t'ai rencontré pour la première fois, le taquina-t-il. Hé, me faire un doigt d'honneur devant des enfants n'est pas gentil.

— Tu étais méchant avec un chien lorsque je t'ai rencontré la première fois.

Miki repoussa ses cheveux hors de son visage, des morceaux de soleil traversant les arbres autour d'eux effleurant sa joue.

— Quel genre de connard est méchant avec un chien ?

— C'était un voleur. Il en est toujours un.

Kane se servit un peu du kimchee de Miki.

— Il prend beaucoup de place dans notre lit pour un truc plus petit qu'une dinde de Thanksgiving, rappela-t-il.

— Seulement parce que vous faites rôtir des autruches pour Thanksgiving.

Il posa sa nourriture, puis se pencha en arrière sur ses mains, étirant ses jambes avec suffisamment de précautions pour que Kane se demande si le genou de Miki tenait le choc.

— As-tu déjà rencontré quelqu'un que tu aimais vraiment quand tu étais enfant ? Ont-ils été sympas avec toi ?

— Parfois. Quand Conn et moi étions très jeunes, nous faisions du catch, répondit Kane en piochant dans la nourriture de Miki, prélevant quelques morceaux de choix. Quinn détestait ça. Je veux dire, nous savions que ce n'était pas réel, mais ça n'avait pas d'importance. C'était amusant et nous nous y sommes vraiment mis, mais il détestait même en entendre parler.

— Probablement parce qu'il avait l'impression que c'était un mensonge, suggéra Miki. Il ne supporte pas une quelconque mise en scène.

Les émissions de télévision sont une chose, mais il aime que la réalité reste de son côté.

— Tu n'as pas tort, admit-il avec un petit rire. Alors, Conn et moi avions le droit de regarder le catch à la télé dans le bureau de papa et c'était quelque chose de vraiment spécial. Comme un club secret.

— Afin que Brigid puisse fermer la porte et ne pas vous entendre crier et sauter ?

— Probablement.

Kane repensa à sa mère qui leur souhaitait joyeusement de profiter de leur émission avant de les enfermer dans le bureau.

— D'accord, tu as raison. Mais cela nous faisait nous sentir spéciaux à ce sujet. Pour rendre les choses équitables, Quinn a pu regarder des trucs sur la science ou l'histoire sans nous, mais je pense que c'était juste pour une question d'égalité. Maman est douée pour l'égalité. D'une certaine façon, tout a éclaté, parce que Quinn voulait que nous la regardions avec lui, alors nous étions tous les trois installés sur le canapé à regarder les conneries sur le monstre du Loch Ness ou les pyramides égyptiennes. Enfin, pas vraiment.

— Alors, vous avez rencontré un catcheur ou le monstre du Loch Ness ?

— Putain, Quinn aurait chié une pendule si nous avions rencontré Nessie sans lui, renifla Kane. Nan. Un catcheur. C'était l'un des méchants. Black Bart. Un de mes préférés. Bien sûr, en y repensant aujourd'hui, il ressemblait plus à un gars des Village People qu'à un dur à cuire, mais bon, quand on est gamin, l'ambiance est tout ce dont on a besoin.

— Tu aimais un méchant ? s'étonna Miki en le fixant. Mec, tu es tout tarte aux pommes, Batman et Lady Justice. Vraiment ?

— Le catch était très genre : les gentils et les méchants, expliqua-t-il. Black Bart a été le premier genre de gars pas tout à fait méchant introduit dans l'arène. Il faisait partie de l'équipe des méchants, mais il jouait selon un ensemble de règles strictes. On ne frappait pas un type quand il était à terre et on ne tapait pas quelqu'un quand il ne regardait pas. Je pense que j'avais peut-être six ou sept ans, et en un match, l'un des gentils a reçu un coup de poing au tapis et il a empêché son propre partenaire de cogner le gars, parce que ce n'était pas juste. J'ai aimé qu'il soit juste. Puis un jour, Conn et moi étions au poste de papa, parce que maman devait faire un truc avec Quinn, quelque chose s'était produit. Ce n'était pas grave, mais elle n'allait pas nous faire confiance pour rester seuls à la maison pour une raison quelconque. Peut-être parce que Conn avait brûlé une poêle quelques jours auparavant en essayant de faire un sandwich au fromage grillé.

Kane remua les narines, se souvenant de l'odeur rance du métal brûlé amer et des odeurs de pain au fromage enflammé remplissant leur cuisine.

— Donc, elle nous a déposés au poste de police, parce que papa allait bientôt quitter le travail, et pendant que nous étions assis au bout de l'open space, Black Bart est entré.

— As-tu perdu la tête? questionna Miki en souriant. Je peux t'imaginer perdre les pédales en le voyant.

— J'ai perdu la tête. J'ai perdu celle de Conn. Et celle de gens que je ne connaissais même pas, mais qui étaient juste à côté de moi, admit-il avec un rire chaleureux. C'était comme voir Dieu, sauf que Dieu s'est avéré être le cousin de l'un des détectives avec lesquels papa travaillait. Le gars a dû penser, hé, je vais m'arrêter à San Francisco pour rendre visite à ma famille et déjeuner avec mon cousin, et putain de merde, voilà ce gamin qui hurle à tue-tête. Ce n'était pas comme s'il était un catcheur renommé. On parle du circuit local qu'ils diffusaient sur une chaîne indépendante, mais il était là, Black Bart. Cet homme était incroyablement énorme, mais je crois que je lui ai fait peur.

— Qu'est-ce qu'il a fait?

— Il s'est assis sur le banc avec moi et Conn, puis a passé l'heure suivante à nous parler de catch.

Kane soupira, étirant ses propres jambes.

— Quand j'y repense maintenant, je me dis que le gars n'était pas obligé de le faire. Il aurait pu simplement nous faire un signe de la main et aller déjeuner, mais à la place, il a pris le temps de discuter de son travail et de nous avertir très sérieusement de ne pas essayer de faire du catch l'un contre l'autre.

— C'était comme s'il savait que vous alliez vous mettre tous les deux dans la merde, murmura Miki. On pouvait probablement sentir les ennuis fondre sur vous.

— Eh bien, nous étions des gamins assis dans un poste de police. Il a découvert plus tard que notre père était flic. Peut-être pensait-il que nous avions piqué une voiture ou quelque chose comme ça, suggéra-t-il, attirant le regard appuyé de Miki. Le fait est que je m'en souviens. Bon sang, je m'en souviens encore. Il m'a fait réaliser qu'il y avait des gars dehors qui étaient de bonnes personnes, même quand ils jouent le rôle du méchant. Et je me demande combien ils perdent de leur vie en passant ce temps avec leurs fans ou s'ils aiment ça. Je suppose que c'est la question que je me pose parfois sur toi. Si ça te convient que les gens t'abordent. Comme ces gamins l'ont fait.

— Ouais, je pense que c'est ce pour quoi tu dois t'engager. Je veux dire, j'écris des chansons et je joue de la musique, parce que j'aime ça, mais j'aime aussi partager ces choses. Les gens vivent les choses différemment et j'en apprends beaucoup sur ce qu'ils ressentent lorsqu'ils me parlent. Parce que ce n'est pas à propos de moi. Il s'agit d'eux.

Miki étudia Kane pendant un moment, ses yeux noisette obscurcis par l'émotion, avant de poursuivre :

— On n'emporte rien avec nous quand on rencontre des gens, tu sais ? Je veux dire, rien de tangible, mais notre façon d'être est comme un fil. Nous pouvons le tisser doux ou acéré. Peu importe comment on connaît quelqu'un. Merde, ça peut même être un étranger, mais ils enrouleront leurs fils autour de toi et tireront. Alors, soit c'est sympa, soit ils te font saigner. J'ai assez saigné. Je ne veux pas que quiconque saigne à cause de moi. Je ne veux pas que quelqu'un s'éloigne de moi en se demandant pourquoi ça fait si mal de me parler.

— Parce que tu n'es pas un connard.

Le sourire narquois de Kane fut accueilli par un haussement d'épaules.

— Je t'aime, Miki. Tu n'en es pas un.

— Connerie. Je *sais* que je suis un connard, mais cela ne veut pas dire que je dois faire tout mon possible pour en être un avec les autres, réfuta-t-il. Et je travaille pour ne pas être un connard pour moi-même aussi. C'est juste beaucoup plus difficile. Maintenant, réponds à une question, parce que tu as été élevé avec toutes ces règles et tous ces règlements. Je sais qu'on doit attendre une demi-heure après avoir mangé pour nager, mais combien de temps dois-je attendre avant de pouvoir faire un tour dans ce manège tourbillonnant là-bas ? Parce qu'il a l'air génial et que je veux l'essayer.

— TU AS toujours l'air vert, fit remarquer Miki.

Il étudia attentivement Kane, conscient que le froncement de sourcils de son mari s'approfondissait chaque fois qu'il lui touchait la joue.

— Tu n'aurais pas dû manger ce hot-dog.

— Non, ce que j'aurais dû éviter de faire, c'était de monter sur ce truc qui tourne, grogna Kane en retour, saisissant les doigts de Miki. Les choses pour lesquelles je te laisse me convaincre.

— Hé, personne n'a dit que tu devais venir avec moi.

La nuit commençait à prendre le pas sur le jour, l'envoyant se précipiter vers l'horizon, laissant le ciel pour permettre à la lune et aux étoiles de danser. Du pop-corn et d'autres rebuts craquèrent sous les bottes de Miki alors qu'il marchait à côté d'un Kane toujours tremblant.

— Nous pouvons peut-être trouver quelque chose pour ton estomac ?

— En fait, de l'eau me semble une bonne idée, répondit Kane, pressant ses doigts contre un endroit le long de son ventre. Ou un bon rot. Et oui, tu avais raison. Je n'aurais pas dû manger ce hot-dog, mais il était sacrément bon et je n'ai aucun regret.

— C'est ce que tu dis maintenant. Attends que ça te monte au nez et ensuite nous verrons, déclara Miki avec un reniflement. Je vais te récupérer de l'eau. Attends.

L'eau était assez facile à trouver. Après cinq minutes à faire la queue, Miki se retrouva à tenir deux bouteilles d'eau presque gelée et Kane nulle part en vue. Revenant à la pile de pop-corn où il se tenait auparavant, Miki balaya la foule du regard à la recherche du flic irlandais aux cheveux noirs qu'il avait épousé.

Sans grande surprise, il repéra Kane appuyé contre le poteau d'un jeu de tir, discutant avec la bonimenteuse qui semblait plus intéressée à parler avec son flic qu'à attirer des clients. Elle jeta un coup d'œil à Miki pendant qu'il s'approchait, lui offrant un sourire clairement destiné à le faire avancer. Jolie d'une manière exagérée, elle avait relevé ses cheveux blonds autour de son visage et avait appliqué des paillettes et un brillant à lèvres suffisamment scintillant pour attirer l'attention. La fille n'avait pas l'air assez âgée pour boire, encore moins pour manipuler une arme à feu, mais elle semblait capable de tenir une conversation suffisamment intéressante pour tenir compagnie à Kane pendant que Miki allait chercher de l'eau.

— Ah, te voilà.

Lui tendant l'une des bouteilles, il sourit à la fille.

— Vous en voulez une ? Je peux aller en chercher une autre.

— Non, ça va, merci. J'ai une grande bouteille de soda juste là-dessous.

Elle fit un signe de tête vers l'arrière de la cabine.

— Vouliez-vous faire une partie ou vous contentez-vous de faire des va-et-vient avec de l'eau ?

Avec ses lumières clignotantes et ses cibles en rotation, l'espace restreint semblait se resserrer autour d'elle à chaque seconde, des disques rouges et jaunes tourbillonnants de manière de plus en plus frénétique pour redescendre après quelques révolutions. Il y avait des canards plats en bois peints avec des visages idiots qui se balançaient et se déplaçaient le long d'une ligne, le cliquetis d'une chaîne entraînée par des engrenages audible par-dessus une musique de carnaval suffisamment forte pour faire saigner les oreilles de n'importe qui.

— Nan, je ne fais pas dans les armes à feu, répondit Miki en secouant la tête. Cependant, lui le fait.

— Qu'est-ce que tu en dis ? Tu veux que je te gagne un prix ? C'est une sorte de tradition que ton petit ami te gagne quelque chose à la foire, déclara Kane, en lui souriant. Ou du moins, je peux faire de mon mieux. Avant, ces machins étaient truqués, mais c'est toujours différent de tirer avec une vraie arme à feu, donc je vais probablement y perdre ma chemise. J'essaierais bien de te gagner un poisson rouge, mais je pense qu'il est illégal d'en donner désormais.

— Je le tuerais de toute façon, murmura-t-il. La seule raison pour laquelle Mec est toujours en vie c'est parce qu'il mangeait directement dans le sac de nourriture pour chien quand il avait faim. Quelles sont les règles concernant les maris gagnant quelque chose ?

— Vous êtes mariés ? s'exclama la fille, ses yeux se plissant légèrement et ses narines s'évasant alors qu'elle soupirait. Bien sûr que vous l'êtes.

— Ouais, depuis quelques mois, précisa Kane, ramassant l'un des longs fusils attachés par un câble au comptoir principal du stand. Les règles sont les mêmes, Mick. Je tire quelques balles, j'obtiens peut-être quelque chose de minuscule et de laid, et tu pousses des oh et ah dessus.

— Laid à quel point ?

Miki étudia les animaux en peluche enveloppés de plastique attachés aux poteaux intérieurs du stand.

— Parce que certains d'entre eux sont franchement effrayants.

— C'est la tradition, insista Kane, soulevant le fusil, puis faisant un truc de Morgan en observant sa longueur. Habituellement, on finit par dépenser plus d'argent pour jouer au jeu que n'en vaut le prix.

— C'est vrai, admit la fille du stand à voix haute, élevant la voix pour se faire entendre face au bruit croissant. Je vous donne une astuce. Visez un peu vers la gauche. Après, tout dépend de vous.

— Tiens, garde mon eau, dit Kane, essuyant sa main humide sur son jean. Et donne-moi un baiser pour avoir de la chance. Ces jeux sont nuls.

— Alors, pourquoi tu le fais ?

— Parce que je serais un mari merdique si je n'essayais pas au minimum, répondit-il, volant un rapide baiser des lèvres de Miki. Tu as vu cette espèce d'horrible chien rose que ma mère a rangé dans sa vitrine ? Da l'a gagné pour elle quand ils sont sortis ensemble pour la première fois. C'est l'un des trucs qu'on fait. Comme partager des frites ou marcher ensemble sur un quai. On mange des hot-dogs, on vomit presque dans une poubelle, et l'un de nous gagne quelque chose de hideux sur un stand et tu le gardes pour toujours parce que… tu le fais, simplement.

— Eh bien, essaie de me gagner quelque chose de moins laid qu'a obtenu Brigid, pria Miki avec un mouvement de recul en secouant la tête. Parce que cette chose qu'elle garde me donne des cauchemars. Je croyais qu'il s'agissait d'une sorte de poupée d'invocation de démon qu'elle avait achetée dans un magasin de sorcières irlandais et qu'elle n'avait tout simplement pas encore décidé sur qui l'utiliser.

Il tenta de se montrer nonchalant sur tout ça, mais quelque chose dans l'empressement de Kane chatouilla Miki. Son flic voulait le faire, désirait lui offrir une expérience qu'il avait probablement vécue d'innombrables fois auparavant, et il était toujours aussi fasciné par toute l'atmosphère de la foire qu'il l'avait été quand il était enfant. Le bonheur de Kane était contagieux, une chute libre de plaisir dans laquelle Miki acceptait rarement de plonger. Debout dans une mer déferlante de parfum de barbe à papa et de bruit de crépitement, il était facile de se laisser emporter par cet éclat lumineux, et pour une fois, Miki se laissa simplement aller, se glissant dans le monde normalement difficile de Kane avec une facilité surprenante.

C'était sympa.

Plus que sympa.

En dehors du groupe, Miki ne se sentait jamais à sa place. Pourtant, debout devant un stand d'animaux en peluche, de canards cliquetants et de lumières clignotantes, avec le gars pour qui il avait fait de la place dans son cœur, la vie était vraiment très agréable. C'était une musique qu'il n'avait jamais entendue auparavant. Pas vraiment. Cela ne décollait pas des couches de sa peau, ne grattait pas une démangeaison dans son sang, mais il y avait quand même quelque chose de satisfaisant à être avec Kane et à regarder canard après canard crier et grincer alors qu'ils basculaient après avoir été abattus.

— Combien dois-tu en toucher pour gagner quelque chose ?

Miki faisait attention de ne pas se pencher trop près. Il semblait que l'arme tirait de grosses billes rouges, et il en prit une dans la petite tasse que Kane avait devant lui.

— Et combien en as-tu ? ajouta-t-il.

— Pour cinquante dollars, répondit Kane, appuyant sur la détente sans regarder Miki.

Un canard mourut avec un caquetage prolongé et il sourit, les yeux brillants d'excitation, en demandant :

— Tu veux essayer ?

— Nan. Je finirai par me tirer dans le pied ou quelque chose comme ça. Gagne-moi quelque chose de cool. Ou mieux encore, gagne-moi quelque chose de génial.

— J'ai celui-là là-bas comme objectif. Le truc brun avec un cœur sur son T-shirt.

Il fit un signe de tête vers un animal en peluche emmailloté accroché à l'arrière de la cabine.

— Je ne sais pas ce qu'il contient, mais il a la même couleur que Mec. Je me dis que c'est un point positif.

Kane attirait la foule avec chaque tintement de cloche et chaque caquetage de canard qu'il touchait. Retirée dans le coin, la préposée au stand haranguait et cajolait le flot de personnes qui passait pour tenter leur chance et gagner un prix. Miki perdit le compte du score alors que Kane œuvrait pour gagner la peluche dans le sac, mais la fille scintillante veillait, l'annonçant périodiquement à Kane depuis son poste. La nuit se refroidit un peu et avec une dernière balle rouge, Kane coucha sa dernière volaille d'eau puis reposa le fusil.

— Le brun, c'est ça ? demanda-t-elle.

Elle sortit ce qui ressemblait à une énorme paire de pinces de derrière une boîte.

— Celui tout en haut ?

— Oui, celui-là, confirma Kane passant son bras autour de Miki dans une étreinte ferme. Veux-tu l'ouvrir ? lui demanda-t-il. C'est un peu comme donner naissance. Nous ne saurons pas ce que nous avons gagné tant que le sac n'aura pas été ouvert.

— Tu es tellement bizarre, marmonna-t-il dans sa barbe.

Miki prit le gros jouet et s'éloigna de la cabine pour laisser quelqu'un d'autre jouer.

— Alors quoi, tu lui donnes un pourboire ? Est-ce que c'est comme dans un bar ? questionna-t-il.

— On ne donne pas de pourboire. Ou du moins, je ne l'ai jamais fait.

Renfrogné, Kane regarda en arrière. Criant vers la préposée au sujet d'un pourboire, il reçut un rire chaleureux en retour et un signe de la main.

— D'accord, je suppose que non, déduisit-il. Et si tu ouvrais ça ?

— Allons nous asseoir là-bas.

Debout depuis trop longtemps, il commençait à le sentir dans ses articulations et le genou de Miki émit une énorme protestation au premier pas qu'il fit en direction d'un banc placé sous un arbre voisin. Kane attrapa son coude avant que sa jambe ne se dérobe. Miki se stabilisa rapidement, s'agrippant à la peluche d'un mètre de haut enveloppée alors qu'il reprenait son souffle.

— Je vais bien. Je suis juste raide. Ça commence à m'élancer un peu.

— Tu as de l'ibuprofène sur toi, ou as-tu besoin de quelque chose de plus fort ?

Kane garda son bras autour de la taille de Miki, et au lieu d'argumenter, ce dernier s'appuya sur son mari, le laissant l'aider à se déplacer.

— J'ai encore suffisamment d'eau, proposa-t-il.

— Je crois que j'ai juste besoin de le reposer un peu.

Il rit quand son estomac grogna.

— Et apparemment de manger quelque chose, avoua-t-il. N'avons-nous pas fait ça toute la journée ? Qu'est-ce qu'il veut maintenant ?

— Peut-être un hot-dog, supposa Kane.

Ils s'assirent tous les deux sur le banc et Kane aida Miki à étirer sa jambe.

— Ça va mieux ?

— Ouais, trop de marche. Ou peut-être juste trop de station debout.

Il secoua le paquet en affirmant :

— Mais ça en valait la peine. Cela dit, il ne rentrera pas dans notre vaisselier. En fait, nous allons devoir acheter un vaisselier. Et un peu de vaisselle. Que dirais-tu d'une étagère Ikea et de quelques assiettes en carton ? C'est plus mon style.

— Et si nous achetions simplement une bibliothèque ? Tu te souviens quand nous avons essayé d'assembler l'autre ?

Il bascula la tête en arrière, expirant fort.

— J'ai cru que tu allais m'écorcher vif avec la clé Allen à mi-parcours, rappela-t-il.

— Tu n'arrêtais pas de répéter quatre et il n'y avait pas de foutu quatre.

— Ça ressemblait à quatre sur les instructions. Elles se trouvaient presque de l'autre côté de la pièce ! protesta Kane, passant légèrement ses doigts dans les longs cheveux de Miki. Ça ne ressemblait en rien à des *P*. Et d'abord, ce foutu papier était à l'envers. Je suis même surpris d'être allé aussi loin.

— Toutefois, les bibliothèques rendent bien, concéda Miki. Un bon endroit pour ranger tous mes cahiers et le reste.

— Ouvre le plastique, *a ghra*, pour que nous puissions partir d'ici et trouver quelque chose à manger qui ne soit pas frit.

Les doigts de Kane ralentirent, s'emmêlant brièvement près de l'oreille de Miki.

— Ou mieux encore, nous pouvons rentrer à l'hôtel et simplement commander un truc. Prendre un long bain chaud. T'allonger sur le lit.

— Tu t'endormiras et ronfleras le temps que je me brosse les dents, rétorqua-t-il.

— C'est arrivé juste une fois.

Il pencha la tête, se mordillant la lèvre, puis accorda :

— OK, plus d'une fois, mais bon, de longues heures de travail.

— Ouais, je sais. Ce n'est pas comme si je faisais mieux, répondit Miki, étudiant le plastique. Comment diable s'ouvre cette chose ?

— Tu veux un couteau ?

Kane se pencha, probablement pour attraper ses clés, s'arrêtant quand Miki secoua la tête.

— Tu as trouvé le début de la bande ?

— Ouais, ouais. C'est juste casse pied. Attends.

Le cellophane se froissa et résista à Miki alors qu'il tentait de défaire le large ruban épais enroulé autour du ventre du jouet. Le jouet était définitivement d'un brun doux avec un aperçu d'un T-shirt en coton sérigraphié avec l'esquisse d'un cœur sur sa poitrine. À part ça, Miki n'avait aucune idée de ce que Kane avait gagné.

— Elle t'a dit ce qu'était ce truc ?

— Elle a dit qu'elle l'ignorait, répondit Kane en haussant les épaules. Cela semblait être la couleur la moins offensante. Ce violet n'était… pas quelque chose que je voulais ramener dans notre maison.

— Oh putain non, convint-il. OK, j'ai trouvé. Il est difficile de réfléchir quand tu fais ça avec mes cheveux.

— Si tu savais ce que je veux faire à d'autres parties de toi, tu serais heureux que je me contente de tes cheveux, puisque nous sommes en public, murmura Kane. Ouvre-le. Je veux voir ce que nous avons gagné. Tu fais ça aussi à la maison. Tu laisses les boîtes non ouvertes jusqu'à ce que l'un de nous devienne fou, parce que nous voulons voir ce qu'il y a dedans.

— Habituellement, ce sont des cordes de guitare ou de la nourriture pour chiens, lui rappela Miki. Vous êtes tous bizarres. Attends. Un dernier bout.

L'emballage s'ouvrit facilement une fois que tout le ruban fut enlevé, et Miki retira le jouet. Libéré de sa prison nuageuse, l'animal en peluche se déploya, ses jambes et ses bras rebondissant et son ventre se relâchant lentement de son état écrasé. Le duvet de sa fourrure était doux, une caresse de chinchilla sur les paumes de Miki, et après quelques recherches, il trouva les perles noires des yeux de l'animal enfouis dans l'épaisse fourrure blonde. Ses deux oreilles rondes eurent besoin de quelques caresses avant de se relever, mais au bout du compte, le prix de Kane retrouva sa forme ronde et joyeuse.

— Bordel de merde, c'est un ours, s'exclama Miki en riant. Je jure devant Dieu que je pensais que ça allait être quelque chose que nous ne pourrions pas déterminer.

— J'aime le T-shirt, dit Kane en tirant sur l'ourlet de l'ours. Tu es heureux ?

— Oui, je le suis.

Miki admira le jouet, caressant son visage.

— Tu sais, je crois que c'est le premier ours en peluche que j'ai jamais eu. Ou du moins dont je me souviens. C'est un peu stupide, pas vrai ?

Sa gorge le picota et Miki se demanda pourquoi ses yeux se mettaient à pleurer, alors que la piqûre salée débordait du coin de ses yeux. Ce maudit ours était tellement normal, quelque chose que des milliers, sinon des millions de personnes achetaient pour leurs enfants à un moment donné de leur enfance. Pourtant, il était assis là, sur le banc d'un parc au milieu d'une mer de gens, tenant – non, pressant – quelque chose de si simple et basique contre son cœur.

— Merci, murmura-t-il.

Il cherchait des mots pour expliquer le déploiement d'une douce amertume et de tendresse dans son âme. C'était stupide de pleurer pour un foutu ours. Résolument, la chose la plus stupide au monde à tremper sa fourrure avec quelques larmes salées, mais en dépit des reniflements de Miki, la fourrure de l'ours s'assombrit aux endroits où les gouttes tombaient de ses cils.

— Putain d'idiot. Pourquoi ce truc me fait-il pleurer ?

— Peu importe pourquoi, murmura Kane.

Son doigt se posa sous le menton de Miki pour relever son visage. Embrassant l'une des dernières larmes menaçant de tomber, il enroula ses bras autour des épaules de son mari, l'enveloppant dans une étreinte ferme.

— S'il y a une chose que je veux passer ma vie à faire, Mick, c'est de t'apporter ce genre de bonheur. Je veux t'emmener à des foires et te faire éclabousser dans une froide rivière d'eau douce et faire tout ce que tu aurais dû faire, mais que tu étais trop occupé à être juste… toi. À présent, c'est le moment pour ça, et je te promets, *a ghra*, tout comme je l'ai promis devant Dieu, notre famille et à ton chien, je vais passer le reste de ma vie à t'aimer, et je vais chérir chaque sourire que tu me donnes et le garder dans mon cœur. Parce que je t'aime. Tout comme tu m'aimes. Pour toujours.

Rentrer à la maison

Kane sut exactement à quel moment Miki rentra à la maison. Il n'eut pas besoin de voir Mec lever la tête, se réveillant de sa place sur le nouveau canapé qu'ils avaient acheté avant que Crossroads Gin ne commence sa mini tournée sur la côte ouest. Et il n'aurait certainement pas pu entendre le son du bus de tournée arrivant sur la route principale devant les entrepôts, son gabarit surdimensionné étant trop large et trop long pour descendre dans l'allée afin de déposer Miki.

Il le sut parce que le froid extérieur sembla changer, quelque chose dans l'air devenant plus chaud ; puis le soleil traversa le brouillard hivernal qui cachait l'entrepôt lorsque sa rock star franchit la porte d'entrée.

Ils étaient mariés depuis presque cinq ans et avaient été ensemble quelques-uns de plus avant ce jour mémorable où Miki avait chanté son amour à Kane au milieu du pub Finnegan, mais Kane ne pensait pas que le jour viendrait où Miki ne lui couperait pas le souffle.

Il emportait la route avec lui, une lassitude échevelée, balayée par le vent, mêlée d'une satiété profonde. Au sortir d'une tournée, Miki avait presque la même apparence que dans les minutes qui suivaient le sexe, une longue vague sensuelle de grâce liquide et de beauté à couper le souffle.

Kane était un peu fier de savoir que la musique ne pouvait pas mettre un sourire langoureux sur la bouche pleine de Miki quand elle en avait fini avec lui, pas comme lui y parvenait après quelques heures de plaisir intense et dévastateur.

Le chien atteignit Miki le premier. Ce n'était que justice. Mec était arrivé le premier, et le terrier aux poils dorés devenait plus lent, les pattes raides le matin, mais il était plus qu'impatient de sortir par la porte d'entrée pour une longue promenade. Kane se tenait à côté de son mari pendant qu'il s'accroupissait et grattait le pelage raide du chien, arrachant des vocalismes frénétiques à Mec. Le chien prit une overdose d'affection de son maître en moins de trente secondes, faisant un zoom arrière excité pour aller se tenir debout sur le dossier du canapé et aboyer.

Miki se redressa et Kane le prit dans ses bras.

Il y avait davantage de Miki désormais. Il était en meilleure santé et portait un peu plus de muscles que lors de sa première rencontre avec Kane. La physiothérapie l'aidait à se déplacer et, s'il aimait encore se perdre dans de longues promenades à travers Chinatown, il rejoignait également Damien tous les deux jours environ dans le gymnase que lui et Sionn avaient installé dans leur entrepôt.

Ses cheveux étaient plus longs, striés d'un peu d'or à cause du soleil, et ses yeux noisette lumineux contenaient moins de suspicion, mais tant qu'ils vivaient, Kane était à peu près certain que rien n'émousserait jamais la nature sauvage de son mari.

Kane n'aurait pas voulu qu'il en soit autrement.

Miki était doux avec lui, se coulant contre le torse de Kane et enfouissant son visage dans sa poitrine. Le chien se calma après quelques jappements joyeux supplémentaires, se réinstallant sur le canapé quand Kane fronça les sourcils avec amusement. Miki avait l'odeur du vent soufflant à l'extérieur, un soupçon de poussière de la route et un autre de diesel, cependant en dessous, il y avait l'arôme érotique d'un musicien presque propre et à peine domestiqué.

Comme s'il pouvait partager ses pensées, Miki murmura finalement de sa belle voix rauque de whisky :

— Mon Dieu, j'adore notre odeur quand nous sommes ensemble.

— Ah, tu m'as manqué, Mick, déclara Kane.

Il prit le menton de son mari en coupe, relevant son visage pour pouvoir plonger dans les yeux de l'homme dont il était tombé amoureux, en dépit du bon sens qui lui avait soufflé de ne pas le faire.

— C'est bon de t'avoir à la maison.

Il l'embrassa comme s'il était un homme en train de se noyer à la recherche d'air. C'était l'un de ces moments où Kane avait besoin de graver chaque sensation dans sa mémoire, avait besoin de revivre chaque retour à la maison que Miki lui offrait. Il prit son temps. Embrasser son amant valait chaque seconde qu'il y consacrait, et quand les bras de Miki se levèrent, ses longs doigts caressant le dos de Kane, il se perdit dans sa bouche.

Prenant la nuque de Miki dans sa paume, Kane pressa son pouce contre la base de son oreille, sa main enfouie dans les mèches soyeuses de ses cheveux pendant qu'il effectuait de petits cercles sur la peau douce derrière son lobe. Son mari soupira, la tension s'échappant de son corps maigre, s'abandonnant à son contact.

En quelques instants, l'air devint trop chaud, prisonnier entre eux, et Kane avait envie de retirer chaque centimètre carré de vêtements du corps de Miki, mais il connaissait trop bien son mari. La nourriture avait probablement été rapidement prise sur le pouce et très probablement peu copieuse. Bien qu'ils aient été chargés de s'assurer que leur chanteur mange régulièrement, les membres du groupe acquiesçaient souvent lorsque Miki leur disait d'aller se faire foutre. Il n'aimait pas qu'on lui dise quoi faire, même au détriment de sa santé, et il supportait rarement le harcèlement, même venant de son frère, Damien.

— Je t'ai préparé à manger, murmura Kane, mettant fin à leur baiser tout en le gardant contre lui. À quand remonte la dernière fois que les parois de ton estomac ne se sont pas touchées ?

— J'ai pris un café au lait ce matin. Il y avait suffisamment de lait dans cette merde pour qu'elle puisse être considérée comme du yaourt.

Sans se décourager, Miki glissa ses doigts le long de la ceinture de Kane, traçant le dessin de ses muscles d'une caresse délicate.

— Je n'ai pas faim de nourriture.

— Tu dois avoir quelque chose dans le ventre pour que je puisse te garder éveillé toute la nuit, affirma Kane en riant et en s'écartant à contrecœur. D'ailleurs, c'est la veille de Noël, tu te rappelles ?

— Je sais, raison pour laquelle nous sommes à la maison, répondit Miki avec un reniflement. Je viens de me débarrasser du groupe. Pourquoi dois-je les avoir à nouveau chez moi ?

— C'est la tradition, Mick. Maman et papa prennent tous les enfants et tous les huit, nous nous retrouvons pour boire et être joyeux une nuit par an, lui rappela Kane. Laisse-moi m'assurer que les macaronis au fromage sont suffisamment chauds. Maman l'a déposé ce matin.

— Alors, tu n'as pas vraiment *préparé* le repas, se moqua Miki, enlevant ses baskets. Qu'a-t-elle déposé d'autre ?

— Succotash. J'ai attendu qu'elle soit au coin de la rue avant de l'emmener à la benne à ordures, avoua-t-il, souriant à la grimace de Miki. Comment était Vegas ?

— Fidèle à elle-même, répliqua-t-il, se penchant au-dessus du canapé pour masser les oreilles de Mec. Beaucoup de lumières, du homard pour le petit-déjeuner, et j'étais content que ce soit l'avant-dernier spectacle. Encore un ici à San Francisco et nous pourrons retourner au studio.

Son mari alla inspecter le sapin, une monstruosité de deux mètres cinquante qu'ils avaient tous les deux eu du mal à mettre en place après Thanksgiving. Leurs décorations étaient éclectiques, une guirlande holographique étincelante faite de ce qui ressemblait à des milliers de médiators, mais les ornements étaient des choses qu'ils avaient trouvées au fil des ans, généralement en fouillant dans les magasins d'antiquités, ou des choses que Miki avait ramenées à la maison après une tournée. Certains des plus gros globes étaient des cadeaux de Brigid, des ornements qu'elle avait transmis lors des Noëls passés des Morgan.

Il regretta de ne pas avoir pensé à allumer les lumières avant que Miki ne rentre à la maison, mais son mari le fit pour lui, allumant l'interrupteur, puis reculant alors que les ampoules à l'ancienne commençaient leur danse arc-en-ciel colorée. Miki donna un petit coup du doigt sur une chaîne de minuscules cloches argentées qu'ils avaient trouvées à Galway, souvenir de son premier voyage dans la patrie bien-aimée de Kane. Quand Miki le regarda, le cœur de Kane put à peine rester en place, trop rempli d'émotion et d'amour.

— Ça va ? questionna Miki en penchant la tête. Tu as une drôle d'expression.

— Et moi qui pensais justement à quel point je t'aime.

— Vraiment ? Tu as l'air d'avoir mal au ventre, dit Miki en souriant. Je t'aime aussi.

— Avez-vous beaucoup écrit pendant que vous étiez sur la route ?

Kane ralluma le four, n'aimant pas le refroidissement des pâtes qu'il avait laissées chaudes. Le temps qu'il se retourne, Miki était déjà assis sur le comptoir, appuyé en arrière sur ses mains et souriant de contentement. Il y avait de la fatigue autour de ses yeux, mais Kane ne comptait pas suggérer une sieste tant qu'il n'était pas sûr que Miki ait mangé.

— Viens ici, pria Miki en lui faisant signe d'approcher du doigt. Tu es parti depuis trop longtemps.

— Tu es celui qui était sur la route depuis deux semaines, répondit-il, se blottissant entre les genoux écartés de Miki. J'aime ces courtes tournées. J'aime encore mieux quand tu rentres à la maison.

— Je reviendrai toujours à la maison, promit Miki, léchant la lèvre inférieure de Kane. C'est là où tu te trouves. Maintenant, donne-moi à manger pour que nous puissions passer à l'horizontale. Au cas où tu ne l'aurais pas remarqué, tu m'as plus ou moins manqué. Et j'aimerais vraiment te rappeler à quel point je t'aime. Et nous n'allons certainement pas faire ça dans la cuisine.

RHYS FORD est une auteure primée écrivant depuis longtemps des séries LGBT+ policier, thriller, paranormal et urban fantasy. Elle a été finaliste du prix LAMBDA 2016 avec son roman Murder and Mayhem et a remporté en 2017 la médaille d'or et d'argent du Florida Authors and Publishers President's. Elle est publiée par Dreamspinner Press et DSP Publications.

Elle partage sa maison avec un chat tuxedo gris avec une fleur sur le visage, Badger, un chat de gouttière grincheux qui n'est pas sûr que vivre à l'intérieur soit un pas en avant dans l'échelle sociale, ainsi qu'un terroriste cairn roux nommé Gus. Rhys est également esclave de l'entretien d'une Pontiac Firebird 1979 et s'amuse à assassiner des personnes imaginaires.

Vous pouvez retrouver Rhys ici :
Blog : www.rhysford.com
Facebook : www.facebook.com/rhys.ford.author
Twitter : @Rhys_Ford

Par Rhys Ford

415 INK
Rebelle
La sauveteur
Fauteur de troubles

MEURTRE ET COMPLICATIONS
Meurtre et complications
Amants et voleurs
Flics et Comics
Meutre et complications : Intégrale

SINNERS
Sinner's Gin
Whiskey and Wry
Tequila Mockingbird
Slow Ride
Absinthe of Malice
'Nother Sip of Gin

Publié par Dreamspinner Press
www.dreamspinner-fr.com

TOME 1 DE LA SÉRIE SINNERS

RHYS FORD

SINNER'S GIN

Série Sinners, tome 1

Il y a un homme mort dans la Pontiac GTO Vintage de Miki St John et ce dernier n'a aucune idée de la manière dont il a pu arriver là.

Après avoir survécu au tragique accident qui a tué son meilleur ami et les autres membres de leur groupe Sinner's Gin, tout ce que Miki veut, c'est se cacher du monde dans l'entrepôt rénové qu'il a acheté avant leur dernière tournée. Mais quand l'homme qui l'a agressé sexuellement dans son enfance est tué, et que son corps est retrouvé dans sa voiture, il redoute que la mort n'en ait pas encore fini avec lui.

Kane Morgan, un inspecteur de la police départementale de San Francisco qui loue un atelier à la coopérative d'art à côté, suspecte tout d'abord Miki d'être impliqué dans l'assassinat, mais il se rend vite compte que ce dernier est autant une victime que l'homme écorché vif à l'intérieur de la GTO. Alors que le nombre de corps imputable à l'assassin augmente, l'attirance entre Miki et Kane s'enflamme. Aucun d'eux ne sait si une relation entre eux a la moindre chance de réussir, mais en dépit des traumatismes émotionnels de Miki, Kane est déterminé à lui apprendre à aimer et à être aimé… à condition, bien sûr, que Kane puisse attraper le tueur avant que Miki ne de-vienne sa prochaine victime.

www.dreamspinner-fr.com

RHYS FORD

WHISKEY AND WRY

Suite de *Sinner's Gin*
Série Sinners, tome 2

Il était mort. Et c'était le plus odieux des meurtres. Si effacer l'existence d'un homme pou-vait être considéré comme un meurtre.

Lorsque Damien Mitchell reprend connaissance, il n'a plus de vie, plus de nom. Les méde-cins de l'asile du Montana lui affirment qu'il est délirant et que ses souvenirs ne sont que des mensonges : il est vraiment Stephen Thompson et il a basculé dans la folie, obsédé par une rock star morte dans un violent accident. Sa chance de pouvoir s'échapper pour retrouver sa vie sur-vient quand sa prison brûle, mais un homme armé l'attend, déterminé à ce que, ni Stephen Thompson, ni Damien Mitchell n'y survivent.

Avec un assassin sur les talons, Damien s'enfuit jusqu'à la V*ille sur la baie*, où il fait profil bas, seule façon pour lui de survivre pendant qu'il cherche son meilleur ami, Miki St John, dans les rues de San Francisco. Retournant à ce qui lui permettait de se nourrir avant qu'il ne devienne connu, Damien chante devant le Finnegan, un pub irlandais sur la jetée, pour avoir de quoi manger, et il tombe bientôt sur le propriétaire, Sionn Murphy. Damien n'a pas besoin d'une complication tel que Sionn et, pour aggraver les choses, le tireur – qui ne se soucie pas de faire face à Sionn, ou à n'importe qui d'autre, si cela lui permet de tuer Damien – resurgit pour finir ce qu'il a commen-cé.

www.dreamspinner-fr.com

TOME 3 DE LA SÉRIE SINNERS

RHYS FORD

TEQUILA
MOCKINGBIRD

Suite de *Whiskey and Wry*
Série Sinners, tome 3

Le lieutenant Connor Morgan, du SWAT de la police de San Francisco, ne cherchait pas l'amour. Surtout pas avec un homme. Ses projets d'avenir n'incluaient pas Forest Ackerman, un batteur blond aux yeux bruns, aussi sexy que noyé sous les problèmes. Sa famille compte sur lui pour être comme son père : un solide pilier central qui, un jour, guidera le clan Morgan.

Non, Connor a déjà tout prévu : une carrière dans les forces de l'ordre, une belle maison et une famille. Cependant, lors d'une descente pour une affaire de drogue, il trouve un homme assas-siné et perd son cœur en réconfortant son fils adoptif. Ce n'est pas comme s'il n'avait jamais res-senti d'attirance pour les hommes… c'est juste qu'en aimer un ne rentre pas dans ses plans.

Forest Ackerman n'a vraiment pas besoin de convoiter un flic hétéro, même si celui-ci est partout où il pose les yeux, surtout après la mort de Frank. Il vient juste de se dissuader de conti-nuer à désirer le flic baraqué quand son salon de café devient un champ de tir et que Connor inter-vient pour le sauver.

Celui qui a tué son père semble vouloir envoyer Forest le rejoindre dans l'au-delà. Alors que le tueur se rapproche de son objectif, Forest apprend à connaître Connor et se demande ce qu'il va perdre en premier : sa vie ou son cœur.

www.dreamspinner-fr.com

SUITE DE TEQUILA MOCKINGBIRD · SÉRIE SINNERS, TOME 4

RHYS FORD

SLOE
RIDE

Suite de *Tequila Mockingbird*
Série Sinners, tome 4

Ce n'est pas facile d'être un Morgan. Surtout quand les cadavres commencent à s'accumuler et qu'il n'y a rien que vous puissiez faire pour l'empêcher.

Quinn Morgan n'a jamais vraiment correspondu au moule familial. Il rêvait d'une vie avec des livres au lieu de badges et de connaissances au lieu de loi… et d'une vie avec Rafe Andrade, le bad boy, ami de ses frères aînés et l'homme qui a brisé son très jeune cœur.

Rafe Andrade est revenu chez lui pour lécher ses blessures suite à son éjection du groupe qu'il avait aidé à créer. Toxicomane en voie de guérison, Rafe passe son temps à se complaire dans la culpabilité, jusqu'à ce qu'il se retrouve face à sa dépendance initiale : Quinn Morgan… la raison pour laquelle il a fui la ville en premier lieu.

Quand Rafe entend dire que les Sinners sont à lau démarrage.a recherche d'un bassiste, c'est une chance de se racheter, cependant qu'un meurtrier fou se rapproche de Quinn et Rafe est prêt à tout sacrifier – y compris lui-même – pour garder son idéaliste Morgan sain et sauf.

www.dreamspinner-fr.com

RHYS FORD

ABSINTHE OF
MALICE

Suite de *Sloe Ride*
Série Sinners, tome 5

Nous reformons le groupe.

À ces quatre mots, un frisson glacé dévala le long de la colonne vertébrale de Miki St John, surtout quand ils émanaient avec une ferveur presque religieuse de son frère en tout, sauf par le sang, Damien Mitchell. Cependant, ces mots n'étaient rien, comparés à ce qu'il ajouta.

Et nous partons en tournée.

Quand Crossroads Gin prend la route, Damien espère que cela les rapprochera. Il y a quelque chose de magique dans le fait d'être en tournée, surtout lorsque vous voyagez dans une fourgonnette où il n'y a pas de roadies, de gérants ou d'amants pour servir de tampon. Le groupe est déjà proche, mais Damien sait qu'ils peuvent l'être davantage… des sortes de frères, pas uniquement liés par des liens familiaux, mais aussi par leur intense amour de la musique.

Tandis qu'ils voyagent d'un concert à l'autre, le groupe est hanté par des erreurs du passé et des démons personnels, mais ils continuent. Pour Miki, Damie, Forest et Rafe, la scène est l'endroit où ils prennent véritablement vie et la musique qu'ils jouent est aussi importante pour eux que l'air qu'ils respirent.

Mais les démons et les problèmes ne les laisseront pas tranquilles, au cours des kilomètres parcourus, le groupe fera face à ses plus grands défis : dépasser ses défauts les plus profonds et ne pas s'entre-tuer les uns les autres.

www.dreamspinner-fr.com

Pour les meilleures
histoires d'amour
entre hommes, visitez

www.dreamspinner-fr.com